T0243769

El amor es para perdedores

El amor es para perdedores

WIBKE BRUEGGEMANN

Traducción de Carla Bataller Estruch

Argentina – Chile – Colombia – España
Estados Unidos – México – Perú – Uruguay

Título original: *Love is for Losers*
Editor original: Macmillan Children's Books
Traductore: Carla Bataller Estruch

1.ª edición: septiembre 2022

ISBN: 978-84-17854-67-6
E-ISBN: 978-84-19251-26-8
Depósito legal: B-13.184-2022

Fotocomposición: Ediciones Urano, S.A.U.

Impreso por: Rodesa, S.A. – Polígono Industrial San Miguel
Parcelas E7-E8 – 31132 Villatuerta (Navarra)

Impreso en España – *Printed in Spain*

Para Brittain, Lucy y Sophie.

LUNES, 1 DE ENERO #FELIZAÑONUEVOPARAMÍ

¿Sabías que te puedes casar contigo misma? ¿A que es raro/genial?
Se llama «sologamia» y es buena idea por lo siguiente:

- La única persona que te tiene que caer bien de verdad, la única a la que debes rendirle cuentas o tolerar, eres tú misma.
- Nadie te va a dejar nunca, ni a decepcionar ni a hacer daño.
- Al final todos morimos solos.

La razón por la que estoy considerando la sologamia a estas alturas de la vida no es porque en secreto esperaba casarme con Polly algún día (¡puaj!), sino porque el repentino y bastante inesperado final de nuestra amistad me está enseñando todo tipo de lecciones vitales. Y que no se diga que no aprendo rápido.

Desde que tengo uso de razón, siempre hemos sido Phoebe y Polly, Polly y Phoebe. Éramos inseparables.

Ninguna existiría sin la otra. Ya éramos amigas del alma al nacer.

Y, de repente, ding, dong, el Big Ben da las campanadas de medianoche y Tristan El-Que-No-Sabe-Montar-En-Bicicleta Murphy plantea la pregunta que cambiará la realidad: Polly, ¿quieres ser mi novia? Y, de repente, Polly me ha borrado literalmente de su cerebro.

Ni siquiera estoy enfadada por que a Polly se le haya ido la olla. Estoy enfadada por estar enfadada, porque sabía (y es que lo sabía) que pasaría esto.

Lo sabía cuando dijo: «Vamos a Embankment a ver los fuegos artificiales». Y lo que quería decir en realidad era: «Por favor, Phoebe, ¿puedes venir para que no sea tan obvio que le estoy pidiendo a Tristan que salga conmigo de verdad, aunque lo cierto es que se lo estoy pidiendo, porque lo que quiero es estar a solas con él para que podamos avanzar al "siguiente nivel"?».

¡Puaj!

No debería haber ido.

Polly ni siquiera me deseó feliz Año Nuevo.

Seguramente porque no podía verme a esas alturas, ya que en cuanto el Támesis estalló en un espectáculo de fuegos artificiales que caían como meteoritos y que habrán costado millones a los contribuyentes, lo único que existía para Polly era la boca de Tristan.

Pero ¿sabes eso de que en las películas los besos siempre parecen excitantes y espectaculares (sobre todo porque la gente que se besa es excitante y espectacular)? Bueno, pues Tristan parecía que quería tragarse entera la cabeza de Polly.

La bilis me llegó hasta la boca, en serio.

Lo bueno fue que me peleé para volver a la estación de metro mientras millones de personas permanecían pegadas en el sitio mirando para otro lado, por lo que, aparte del conductor, yo era la única en la línea District a las 00:08 de la madrugada.

Estoy en casa de Kate hasta mañana porque mamá ha ido a una reunión sobre la crisis de Siria. Al entrar, Kate ha preguntado: «¿Qué te ha pasado?».

Yo:	Ahora Polly tiene novio, así que no hacía falta que me quedara con ella.
Kate:	Te iba a recoger en la estación.
Yo:	He venido andando.
Kate:	Deberías haberme llamado.
Yo:	Pues no lo he hecho.
Kate:	Respuesta equivocada.
Yo:	Lo siento. Y lo siento.
Kate:	Será mejor que le mandes un mensaje a Polly para decirle que has llegado bien.
Yo:	Le da igual.
Kate:	Escríbele.
Yo:	Me voy a la cama.
Kate:	Feliz Año Nuevo, Phoebe. Te quiero. Escríbele a Polly.

No pienso escribirle ni de coña.

02:05

Polly me acaba de llamar desde la línea District.

Estaba en plan: «No me he dado cuenta de que te habías ido».

Y luego ha empezado: «Tristan esto, Tristan aquello, Tristan te manda saludos… AY, Tristan y yo somos muy felices».

Y yo le he soltado: «¿Quién eres? ¿Me puedes pasar con Polly, por favor?».

¿Qué le pasa a la gente cuando se enamora?

Es como si sufrieran un cortocircuito en el cerebro. Como si sufrieran una apoplejía.

Ha sido la Nochevieja más asquerosa en quince años.

Ha dado incluso más asco que el año pasado, cuando Polly me vomitó en el regazo después de haber tomado demasiados Apple Sourz.

03:30

Acabo de investigar un poco más sobre la sologamia y, aunque es una idea genial, los que la practican tienen pinta de ser imbéciles integrales.

P. D.: Polly aún no me ha deseado feliz Año Nuevo.

P. P. D.: Creo que la gente se vuelve loca al cumplir los dieciséis. En serio, Polly era normal hasta que cumplió años en noviembre.

P. P. P. D.: Juro que no pienso caer víctima del amor cuando cumpla dieciséis años, aunque sea lo último que haga… ¿O debería decir que *no* haga?

MARTES, 2 DE ENERO   #ElFelizAñoNuevoContinúa

Hay siete mil millones de personas en el mundo.

O sea, siete mil millones. Y, entonces, ¿por qué leches se piensa mi madre que tiene que ser *ella* la que vaya a ayudar cuando ocurre una gran catástrofe?

Esto es lo que pasa siempre:

Terremoto en Italia:	Lo siento, Phoebe, me voy a desenterrar a unas monjas de los escombros. (Me deja en casa de Kate).
Huracán en Haití:	Lo siento, Phoebe, me voy a ayudar a la gente que no salió volando por los aires. (Me deja en casa de Kate).
Cólera en la República Democrática del Congo:	Lo siento, Phoebe, me voy a rehidratar el Tercer Mundo. (Me deja en casa de Kate).
Ébola en África:	Lo siento, Phoebe, se acaba de producir un brote de una enfermedad letal que se puede o no transmitir por el aire y tengo que ir allí. (Me deja en casa de Kate).

¿Y a que no sabes lo que pasó cuando mamá me recogió esta mañana de casa de Kate?

Sip.

Sabía lo que iba a decir en cuanto subí al coche, pero no comenté nada, porque me puse en plan: *Si te piensas que te lo voy a poner fácil, estás muy equivocada.*

Y, cuando llegamos a casa, mamá estaba toda rara, rollo: «Siéntate conmigo un momento, Phoebe».

Yo:	...
Mamá:	Mira, me ha surgido la oportunidad de ir a Siria durante seis meses para ayudar a construir un centro médico en un campo de refugiados.

Yo:	…
Mamá:	Sé que seis meses es mucho tiempo, pero te prometo que volveré para tu cumpleaños.
Yo:	…
Mamá:	He hablado con Kate y dice que se muere de ganas de que vivas con ella.
Yo:	…
Mamá:	Phoebe, háblame.
Yo:	¿De qué? Ya has decidido que vas a ir, así que vete. Adiós.
Mamá:	Phoebe, yo… La gente de Siria necesita ayuda y… Soy médica. Es mi trabajo.
Yo:	¿Cuándo quieres que haga las maletas?
Mamá:	Me voy mañana a Ankara.
Yo:	(salgo de la habitación) …
Mamá:	Phoebe…
Yo:	¿Qué? He dicho que no pasa nada, así que no pasa nada.
Mamá:	Lo siento, Phoebe.

¿Que lo siente? Ja, me parto.

Hace tiempo que me sobran las disculpas.

Cuando le digo a la gente que mamá trabaja para Médecins Internationaux, siempre dicen cosas como: «Guau, impresionante… Debes de estar muy orgullosa». Pero nadie dice algo tipo: «Debe de ser horrible cuando tu madre se marcha A TODAS HORAS durante MESES seguidos a lugares donde CAEN BOMBAS y MUERE TODO EL MUNDO».

A nadie le importa lo que yo siento.

Crecí, literalmente, sin una madre ni un padre, aunque papá está muerto, con lo que él tiene una excusa mejor por estar ausente que el complejo constante de mamá de creerse Teresa de Calcuta.

¿Por qué tuviste una hija si no quieres pasar tiempo con ella?

Es cosa de familia. La abuela y el abuelo volvieron a Hong Kong, ciudad en la que crecieron, cuando mamá empezó la universidad, porque: «Siempre seremos inmigrantes, hasta más ver y que Dios salve a la reina».

No voy a tener hijos nunca.

Ojalá pudiera llamar a Polly, pero no pienso hablar con ella después de lo de anoche.

Y aún no me ha deseado feliz Año Nuevo.

MIÉRCOLES, 3 DE ENERO #YaNosVeremosSiEso

Mamá me ha dejado esta mañana en casa de Kate.

En el coche estaba en plan: «Phoebe, sé que es mal momento. Sé que se acercan los exámenes para la certificación de secundaria y sé lo estresantes que son y, bueno, si quieres que me quede, me quedaré. ¿Puedes hablar conmigo, por favor?».

Pero yo le dije algo rollo: «No hace falta que te quedes. De hecho, no hace falta que nadie haga nada». Y luego fingí que hacía algo importante en el móvil.

En casa de Kate, subí las cosas a mi cuarto (no conozco a nadie más que tenga su propia habitación en la casa de su madrina) y cerré la puerta. Ni siquiera me despedí de mamá, pero está claro que le da igual, porque:

a) ni llamó,

b) ni intentó derribar la puerta para entrar.

Mamá es primero médica y luego madre.

Siempre lo he sabido.

Y hace tiempo que dejé de despedirme.

JUEVES, 4 DE ENERO   #PELOLANDIA

No me importa quedarme en casa de Kate. Las cosas positivas superan a las negativas, a saber:

Cosas positivas sobre quedarse en casa de Kate:

- A diferencia de mamá, Kate ya no trabaja para Médecins Internationaux y, por tanto, puede proporcionarme comida, alojamiento y apoyo emocional.
- Me trata como a una compañera de piso, no como a una niña de cinco años.
- Cuando me riñe, me cuesta ofenderme porque se vuelve tan escocesa que casi no puedo entender lo que dice.

Cosas negativas de quedarse en casa de Kate:

- Tengo que tomar el autobús para ir al instituto.
- Las gatas de marca.

¿Cómo es posible que conozca a esas gatas de siempre, pero siga sin saber quién es quién? Solo las diferencio cuando se sientan una al lado de la otra. Es justo como me pasa con Kayleigh y Melody

Sessions (los uniformes escolares no vienen bien para distinguir a las gemelas idénticas).

Encima las gatas de marca van a ser un fastidio más grande porque ahora mismo están

- en celo
- y bajo un arresto domiciliario estricto (y, por tanto, volviéndose locas) porque Kate ha planeado un festival sexual en High Barnet para las dos y que así tengan gatitos de marca al mismo tiempo.

Y como las gatas se piensan que mi habitación es en realidad su habitación, no dejan de rascar la puerta ni de lloriquear porque no pueden entrar.

Este lugar es un manicomio dirigido por una escocesa chiflada.

Gata 1:	*Miau, miau, queja, queja, rasca, rasca.*
Kate:	Mimi, Mimi, deja en paz a Phoebe. Mimi, Mimi, buena chica. ¿Quién es la más buena de la casa?
Gata 2:	*Miau, siseo, rasca, queja.*
Kate:	Sassy, Sassy, ven con mamá. Buena chica, Sassy. ¿Quién es la más buena de la casa?
Gata 1:	(le da una rabieta enorme y tira todo lo que no está pegado a una superficie) …
Kate:	Oye, tú, estás como una puta cabra. ¿Quieres que te meta en el transportín?
Yo:	…

Mamá siempre bromea con que Kate acabará como la loca de los gatos, pero eh... ¡Bombazo informativo! Ya lo es.

¿Quién lleva a sus gatas hasta High Barnet para que les echen un polvo?

Resulta que hay un gato de marca por allá (también persa, cómo no) que se va a pasar todo el fin de semana tirándose a las gatas de marca y luego Kate va a vender a los gatitos de marca por, no sé, 500 libras cada uno.

Imaginemos que hay ocho gatitos. Eso son 4000 libras.

Esta casa va a ser Pelolandia.

Ah, por cierto, lo más escalofriante es que las gatas son madre e hija. Imagínate una orgía con tu madre y luego piensa en esto: si tienes un bebé con el novio de tu madre y tu madre también tiene un bebé, entonces tu hijo tendrá el mismo padre que tu hermano/hermana y, o sea, ¿por qué es tan asqueroso?

VIERNES, 5 DE ENERO #FAMILIA

Mamá ha enviado un correo electrónico desde Ankara para hablarme de todas las maravillosas personas que forman parte de su equipo. Cuánto me alegro de que esté rodeada de gente estupenda. Y también es maravilloso que ellos puedan pasar tanto tiempo con mi madre. A lo mejor algún día me pueden hablar de ella.

Aún no sé nada de Polly.

Es lo máximo que hemos pasado sin hablar. A lo mejor debería comprobar que Tristan Ruedines Murphy no la esté reteniendo en contra de su voluntad.

Nunca le escribí a Polly.

Estaba pensando en preguntarle si quería ir a Starbucks, pero entonces pensé que me sentiría peor si se ponía en plan: «Ay, lo siento, Phoebe, ya voy a ir a Starbucks con Tristan porque Tristan ahora es mi novio, lo que significa que mi vida gira en torno a Tristan».

16:00

Atención a esto.

He encontrado los libros de medicina antiguos de Kate y me están cambiando la vida.

Resulta que Polly es víctima de un caos químico en su cerebro.

Unos niveles descontrolados de feniletilamina le han hecho experimentar un cambio de personalidad. Antes de que las sustancias químicas de su cerebro empezaran a hervir, era una persona normal que consideraba a alguien como Tristan por lo que era/es: un pringado de dieciséis años que no sabe montar en bici.

Pero, de repente... zas, plaf, catapum. Se liberan las hormonas del amor y ahora dice cosas como: «Ay, madre, Tristan está muy bueno, Tristan es muy listo, Tristan lo es todo».

Y esto es lo que pienso: está claro que es demasiado tarde para Polly (DEP su sentido del humor, su mente maravillosa y su personalidad arrolladora), pero yo puedo evitar caer víctima de esta enfermedad tan lamentable, porque reconoceré el proceso químico en mi propio cerebro y, por tanto, podré actuar en consecuencia.

Biológicamente hablando, la atracción de Polly hacia Tristan Rue-dines Murphy no tiene sentido.

Al parecer, de forma inconsciente nos gustan personas con las que podemos hacer bebés superiores para enriquecer el acervo genético y que la raza humana se vuelva mejor y más fuerte.

Pero Tristan no sabe ni montar en bici.

Ahora bien, esto no sería malo/cuestionable/problemático si pudiera, por ejemplo, pilotar un avión. Pero no puede. Así, pues, ¿qué está pasando?

¿Y por qué Polly lleva una semana sin llamarme?

A lo mejor se le ha roto el cerebro de verdad.

P. D.: Mañana vuelvo al insti y estoy segura de que todo saldrá a la luz.

P. P. D.: Odio tener que ir en autobús porque me tengo que levantar una hora antes.

Gracias, mamá.

LUNES, 8 DE ENERO #VUELTAALINSTITUTODELINFIERNO

He caído tan bajo que me he tenido que sentar con Miriam Patel y sus súbditas durante la comida.

Vio que estaba comiendo sola y me invitó a su mesa como si ella fuera Jesucristo celebrando la Última Cena, en plan misericordiosa con los brazos abiertos.

Tuvimos que pasar rozando a Polly y a Tristan, que se estaban besuqueando fuera de la biblioteca.

¡Puaj!

En serio, el cóctel hormonal en el cerebro de Polly, además de potente, también debe de estar mal, porque Tristan da asco. Bueno, comparado con Polly.

De camino a Biología, le dije que su mencionitis ya me estaba tocando la moral, porque normalmente dice cosas del tipo: «Solo recuerdo el término *cloroplasto* porque suena a pegamento, pero no lo es». Y hoy lo único que me ha dicho por ahora ha sido: «Tristan piensa, Tristan dice, Tristan quiere…».

Yo: ¿Puedes decir una frase sin mencionar a Tristan?

Polly: Es que no lo entiendes, Phoebe, Tristan y yo estamos enamorados.

Dios santo.

MARTES, 9 DE ENERO   #CaraDeAparato

Miriam Patel lleva un nuevo aparato rosa fluorescente y le gusta una barbaridad. Se ha pasado todo el día poniendo sonrisas falsas como esos imbéciles de Nickelodeon que fingen tener doce años pero en realidad tienen dieciocho.

Miriam Patel: Ah, hola, Phoebe.

Yo: Ah, hola, Miriam.

Miriam: Estoy muy feliz por Polly, ¿tú, no?

Yo: Extática.

Miriam Patel: (sonriendo, porque es mala) …

Yo: (sonriendo, porque me he atragantado con el odio) …

Supongo que podría haberme quedado mirando cómo Polly y Tristan se enrollaban mientras me comía el bocadillo, pero habría tenido arcadas.

MIÉRCOLES, 10 DE ENERO   #Pardillo

Esta noche, mientras veía la tele, Kate se ha sentado a mi lado en el sofá y me ha dado golpecitos con el pie hasta que la he mirado.

Yo: ¿Qué?

Kate: ¿Por qué no he visto a Polly ni he hablado con ella? Cuando vives conmigo, suele mudarse aquí los fines de semana.

Yo:	Te lo he dicho. Ha encontrado a otra persona que le cae mejor. Se llama Tristan.
Kate:	Ah, entiendo.

Le he contado que Polly ni siquiera sabe que mamá se ha ido a Siria y que aún no me ha deseado feliz Año Nuevo y que Tristan básicamente ha estropeado mi relación con Polly y que siempre está toqueteándola y que ya no puedo ni estar a solas con ella. Y que Tristan no sabe montar en bici.

Y Kate ha dicho algo rollo: «Pues menudo pardillo». Y luego me ha puesto encima a una de las gatas de marca y me ha dicho que la acariciara porque al parecer así te sientes mejor.

No me he sentido mejor.

JUEVES, 11 DE ENERO #NOGRACIAS

Esta mañana he salido de casa sin llaves y me he visto obligada a ir a la tienda benéfica de Kate a por las suyas.

Aparte de Pat, a quien conozco de toda la vida y a quien no recuerdo no odiar, tengo otro problema gordo con la tienda benéfica: la mayor parte de la ropa que venden son prendas que la gente llevaba puestas cuando murió. Luego los familiares meten esa ropa, además de todo lo que había en la casa del muerto, en bolsas de basura y las dejan fuera de la tienda en plena noche (y todos sabemos lo que ocurre cuando hay bolsas de basura delante de una tienda o de una casa: alimañas, vómitos, vandalismo).

Deberías ver el surtido de fruslerías que tienen (para tu información, *fruslería* es una palabra pija para decir «mierda variada que nadie necesita»). Ejemplos:

- Una taza antiquísima de la boda real con una princesa Diana descolorida y una barbilla enorme (infame).
- Un arsenal de saleros y pimenteros (basura).
- Un dedal con la palabra IBIZA (o sea, ¿qué).
- Una colección de jabones de Navidad de Boots *circa* 1971 (rancios).

Y por último, pero no por ello menos importante, mi objeto favorito y un chollo auténtico por tan solo tres libras:

- Un pez globo disecado pero completamente hinchado con ojos de plástico (¿por qué?).

Al entrar, he soltado un: «¡Toma!», porque detrás de la caja registradora no estaba Pat, sino un chico con síndrome de Down un poco mayor que yo.

No me ha saludado, así que yo tampoco he dicho nada y bien que me parecía, porque es una tienda benéfica y no Lush, donde los vendedores están en plan: «Holi» y te acosan durante media hora.

Oía a Kate por la puerta abierta del almacén y se me ocurrió entrar directamente. Cuando pasé junto a la caja, el chico respiró hondo antes de gritar: «¡Kate! ¡Clienta!».

He sufrido un infarto literal y me he girado para mirarlo y decir algo, lo que fuera, y nuestras miradas se han encontrado.

Él:	(en voz muy alta) ¡Kate! ¡Clienta!
Yo:	…
Él:	(más alto) ¡Kate! ¡Clienta! ¡Kate! ¡Clienta!
Yo:	¡Cállate!
Él:	…

Luego una chica vestida con un uniforme escolar y los ojos azul hielo más azules que he visto en mi vida ha salido de la trastienda y me ha mirado con cara de: *¿Acabas de decirle a una persona con síndrome de Down que se callase?* Y yo la he mirado en plan: *Pues sí, porque ¿a santo de qué lo voy a discriminar solo porque tiene una discapacidad del aprendizaje?*

Luego le ha dicho al chico: «¿Estás bien, Alex?», y a mí: «¿En qué puedo ayudarte?». Y le he contado que había venido a ver a Kate y de repente me ha mirado como si ya me hubiera calado y ha dicho: «¿Eres Phoebe? Yo soy Emma. Kate está en la parte trasera. ¿Quieres pasar?».

He asentido y, nada más moverme, Alex ha gritado otra vez: «¡Kate! ¡Clienta!» con tanta fuerza que te juro que todas las fruslerías de mierda se han movido en sus baldas.

Me encogí y sé que a Emma le ha parecido la monda, porque la vi morderse el labio como si tuviera miedo de reírse en mi cara.

Yo:	(A Alex) ¿Tienes que gritar tanto?
Alex:	Soy Alex.
Yo:	Lo sé.
Alex:	Hola. Encantado de conocerte.
Yo:	…
Alex:	Hay que escuchar a quien no podemos ver.
Emma:	(asintiendo) …
Yo:	…

Resulta que al final no me he librado de ver a Pat, porque estaba en la trastienda con Kate. Al parecer ya no atiende la caja porque ahora desempeña una «función más administrativa» (poner precios a las fruslerías).

Me ha examinado de la cabeza a los pies, como siempre, y saltaba a la vista que tenía un millón de cosas que comentar sobre:

- mi pelo,
- mi cara,
- el uniforme escolar
- y mi mera existencia.

Le he dicho: «Pat». Y ella: «Phoebe».

Kate ha intentado convencerme de que me quedara a echar una mano, pero le he soltado: «No, gracias, estoy ocupada» (mentira).

Me ha dicho que Emma y Alex son muy majos y que sería genial que hiciera nuevos amigos, pero yo estaba en plan: «Gracias, pero no necesito amigos porque, bueno, ya sabes, lección aprendida. Además: Pat».

P. D.: De camino a la salida, Emma ha sido muy simpática, rollo: «Encantada de conocerte, Phoebe», y eso me ha dejado a cuadros, porque, ahora que lo pienso, a lo mejor mi forma de hablarle a Alex no ha sido la ideal.

Acabé por no decir nada a ninguno de los dos al marcharme.

P. P. D.: Creo que soy una rara social.

VIERNES, 12 DE ENERO   #DobleRasero

Al parecer, ahora que ya no tenemos que cazar para conseguir comida, alguna gente se ha vuelto tan estúpida que no puede ni siquiera comprarla y, desde mi punto de vista, esto debería afectar a la evolución.

Hoy en el supermercado he visto a una mujer tener una rabieta porque le pidieron que usara una caja de autoservicio.

Estaba en plan: «¡Me niego a usar una de esas cosas!».

Pero seguro que no «se negaría» a que la operaran con la cirugía menos invasiva y más moderna que existe.

Me habría gustado contárselo a Polly, pero no lo he hecho.

P. D.: Mamá ha enviado un WhatsApp esta tarde, pero no lo he mirado.

SÁBADO, 13 DE ENERO   #ElInfiernoDeLasGatasDeMarca

Como llevo una semana tomando el autobús para ir y venir del instituto, Polly, muy lista ella, ha deducido que estoy en casa de Kate y hoy me ha preguntado: «¿Tu madre pasará mucho tiempo fuera?».

Yo:	Se ha ido a Siria, así que a saber cuándo volverá. Si es que vuelve.
Polly:	Phoebe, no digas eso. No lo digas.
Yo:	Ya lo he dicho.

De verdad que esperaba más de Polly. ¿Qué le pasa a todo el mundo con la verdad? El trabajo de mamá es peligroso, todos lo sabemos. Pero, en vez de admitirlo, dicen cosas como: «No le pasará nada».

Según internet, han muerto unas cuatrocientas mil personas hasta ahora en Siria. Eso es casi la población total de Manchester. Y seguro que sus amigos y sus familiares dijeron cosas como: «Ah, no les pasará nada».

Las cosas siempre le pasan a otra gente, hasta que te pasan a ti.

O sea, lo odio, pero al menos no escondo la cabeza en la arena. Si le pasa algo a mamá, estaré preparada emocionalmente.

En otro orden de cosas, las gatas de marca han entrado en mi habitación y decidieron dormir sobre el uniforme escolar.

¿Cómo es posible que Kate no tenga un rollo quitapelos?

Ha hecho falta todo un rollo de celo para quitarme los pelos beis de las gatas.

Cerraría la puerta, pero entonces Kate se pensará que soy antisocial (lo cual posiblemente sea cierto y quizás el motivo real por el que me encanta la idea de la sologamia y de las cajas de autoservicio).

DOMINGO, 14 DE ENERO   #HolaDesdeElOtroLado

Mamá ha llamado.

Sigue en Ankara y al parecer hace un frío que pela y las está pasando canutas.

Me alegro.

P. D.: Polly no me ha escrito en todo el fin de semana.

De hecho, ha puesto una nueva historia de Instagram en la que aparecen Tristan y ella dando de comer al otro un trozo de pizza.

Todo el mundo estaba en plan: «Oooh, ¡qué pareja más mona!».

Mentira.

Tristan es repugnante.

Y, o sea, ¿qué os pasa? Comed pizza como personas normales.

LUNES, 15 DE ENERO   #HISTERIA

Hoy en el baño Polly estaba muy dramática. No dejaba de mirarse en el espejo y entonces se ha puesto en plan: «Quiero a Tristan. ¿Crees que es demasiado pronto para decírselo?».

Y yo: «Han pasado literalmente dos semanas, así que sí, es demasiado pronto».

Pero entonces Polly se ha enfadado de verdad: «¿Por qué has dicho algo así, Phoebe? Eres mi mejor amiga».

¿Qué coño le pasa a todo el mundo?

Busqué en Google *verdadera amistad* y me encontré con la definición: «La verdadera amistad es cuando alguien, en una crisis, te dice lo que es mejor para ti».

Polly estaba pasando por una crisis y yo le he dicho lo que era mejor para ella.

En serio, la peña necesita tranquilizarse.

Y me niego a mentir sobre mierdas insignificantes como esa.

MARTES, 16 DE ENERO   #LaTragediaDeLaGataDeMarca

La gata se ha escapado. ¡No!

Lo que significa que he destrozado el sueño de Kate de jubilarse antes, porque casi seguro que hay un gato salvaje de marca blanca tirándose a esa gata mientras escribo esto.

Dejé la puerta entreabierta durante un milisegundo porque tenía que sacar la basura y de repente la veo salir de la casa como Lobezno a tope de anfetaminas. Intenté agarrarla... pero intenta tú agarrar a una gata cachonda.

Lo único que pude hacer fue quedarme quieta y ver cómo el culo beis de la gata de marca desaparecía sobre una valla.

Noooooooo.

Me pasé una eternidad llamándola. Hasta recorrí la calle de un lado a otro buscándola durante, no sé, una hora y... nada.

Así que, cuando Kate volvió a casa, le dije: «Lo siento mucho, de verdad, pero la gata salió a la calle y no la encuentro y te juro que lo he intentado».

Kate:	Ay, no. ¿Cuál ha sido?
Yo:	...
Kate:	(sacude la cabeza y chasquea la lengua porque sabe que no las distingo) ...
Yo:	Lo siento mucho.
Kate:	Seguro que fue un accidente.
Yo:	De hecho, creo que la gata lo tenía planeado.
Kate:	...
Yo:	No es gracioso, lo sé. Lo siento muchísimo, Kate. Salió de repente.
Kate:	(respira hondo) Bueno, ya no se puede hacer nada.

¿Como cuando la gente dice: *No estoy enfadada, solo decepcionada*?

Pues así.

Kate dice que la gata solo volverá a casa cuando reciba un buen meneo. Es su instinto natural, al parecer. Ahora solo una gata tendrá gatitos de marca y los otros serán imitaciones baratas.

En vez de Chanel, tendrán que llamarse Shanel.

P. D.: Me doy cuenta de que no es gracioso.

MIÉRCOLES, 17 DE ENERO   #SiempreAdelante

Me siento tan mal por el desastre de la gata de marca que he decidido buscar trabajo enseguida para pagarle a Kate el dinero que ha perdido.

En un mundo ideal, la gata tendría cuatro gatitos de marca y, según internet, un gato persa de marca con la cara aplastada cuesta quinientas libras, lo que significa que le debo dos mil a Kate. Aunque es probable que acabe siendo más, porque Kate no va a poder vender las imitaciones. Y tendrá que darles de comer, porque he llegado a la conclusión de que, si no les encuentra amo, ella nunca:

a) los llevará a la protectora de Battersea,
b) ni los ahogará.

Así que he pensado en lo siguiente:

El salario mínimo para menores es de 4,20 £ por hora (alerta de estafa).

$$2000 £ \div 4,20 £ = 476,19$$

Así que voy a tener que trabajar 476 horas para conseguir ese dinero.

Si encuentro un trabajo para los fines de semana, digamos de doce horas, eso significa que ganaría 50,40 £ a la semana.

$$2000 \text{ £} \div 50,4 \text{ £} = 39,68$$

Conclusión: voy a tardar poco menos de cuarenta semanas en devolver el dinero que le debo a Kate.

Eso es casi un año entero. Qué deprimente.

JUEVES, 18 DE ENERO #CurriculumVitae

He preparado mi CV y es una mierda como una casa.

Phoebe Alexandra Davis

Curriculum vitae

Rochdale Close, núm. 3. Wimbledon, Londres, SW19 1AL
Teléfono: 07965500713
Correo: phoebead666@gmail.co.uk

Tengo quince años y busco un trabajo a media jornada por las tardes y/o los fines de semana.

Formación

En la actualidad voy a la Academia Kingston. Saco sobresalientes en todo (excepto en Literatura Inglesa, Arte e Historia).

Otros

En quinto de primaria, recibí un diploma por mi buen dominio de la bicicleta. En mi tiempo libre me gusta ir al cine.

Referencias disponibles previa solicitud.

No me daría trabajo ni a mí misma, pero ¿qué puedo poner para parecer interesante? No he hecho nada con mi vida.

VIERNES, 19 DE ENERO   #ElRetornoDeLaGataDeMarca

La gata fugitiva ha regresado.

Al parecer, no han tardado ni setenta y dos horas en echarle un polvo.

Hoy Polly ha dicho que es como si llevara siglos sin verme.

No sé por qué podría sentirse así...

En fin, supongo que puedo darle un respiro por su desequilibrio hormonal y he accedido a ir mañana al cine con ella y con Ruedines.

Aunque ahora siento que soy *yo* la que tiene el desequilibrio hormonal, ya que ¿por qué he accedido a hacerlo?

SÁBADO, 20 DE ENERO   #CitaInfernalEnElCine

Llegué a Kingston ridículamente pronto porque me olvidé de que los sábados el autobús solo tarda quince minutos y no una hora en pleno tráfico hacia la escuela. Fui al Bentall Centre a matar el tiempo y ¿a qué no sabes quién estaba allí, justo fuera de Starbucks, fingiendo que hablaba por teléfono?

Miriam Patel.

Y llevaba un top minúsculo por encima del ombligo e iba sin abrigo, aunque fuera hacía como tres grados bajo cero.

Yo:	(pensando: pero ¿poooor quéééé estás en todas partes?) ...
Miriam Patel:	(tras terminar su conversación fingida) Ah, hola, Phoebe. ¿Estás sola? Yo he quedado con las chicas en Starbucks. Puedes venir con nosotras.
Yo:	Ah, hola, Miriam. No, gracias. Voy al cine con Polly y Tristan (¿por qué, o sea, por qué lo mencioné siquiera?).
Miriam Patel:	(arruga la cara como si hubiera chupado un limón) ¿En serio? Porque ya sabes lo que dicen: tres son multitud.

Sé que solo dice esas cosas porque quiere que reaccione mal y ojalá no me molestara tanto, pero lo hace. Me dan ganas de vomitar. Espero de todo corazón que muera congelada con ese top minusculísimo.

Para sorpresa de nadie (porque, en el fondo, lo sabía), las cosas fueron a peor. Nada más saludar a Polly y a Ruedines, el ambiente se enrareció. ¿Cómo es posible que dos personas que solían pasarse el día hablando desde el comienzo de los tiempos de repente no tengan nada que decirse?

Desesperada, Polly intentó empezar una conversación entre los tres, pero lo único que podía ver en sus ojos enormes y oscuros era una disculpa silenciosa porque ya no me quiere más a mí.

Y no pasa nada.

Lo entiendo.

Las cosas cambian.

Pero lo que ocurrió después sí que me molestó.

Resulta que en realidad Polly y Tristan no querían ver la película, sino pasarse ciento veinte minutos besuqueándose.

Lo único que pude oír por la oreja izquierda fueron ruidos de besos húmedos, sustanciosos y con lengua. Y, en un momento dado, juro que Polly le puso la mano en la entrepierna a Tristan, y, o sea, ¡no!

No voy a perdonar nunca a Polly por eso.

Antes de Tristan, nunca habría sido esa clase de persona. Nunca habría invitado a alguien al cine para excluirlo. Era la mejor persona que conocía. Y ahora es como el resto de la humanidad: egocéntrica y ansiosa de tener sexo, sexo, sexo.

Al llegar a casa, he ido derecha a mi habitación y he cerrado la puerta. Kate ha llamado un poco más tarde para preguntarme si estaba bien o si necesitaba acariciar a una gata. Le he dicho que estaba bien, pero creo que sabe que no lo estoy.

No sé qué me molesta más: que Polly le tocara la entrepierna a Tristan o que Miriam Patel tuviera razón sobre que tres son multitud.

DOMINGO, 21 DE ENERO   #MÉDECINSINTERNATIONAUX

Mamá me ha llamado por WhatsApp desde Ankara.

Ya tenía un aspecto de mierda y ni siquiera han llegado a Siria, pero irán para allá mañana.

Me ha dicho que no sabe cuándo podrá llamar. Lo de siempre, lo de siempre, bla bla bla, qué peñazo.

LUNES, 22 DE ENERO   #OdioATodoElMundo

Voy a dejar de ver las noticias.

O sea, que haya enfermedades es una cosa, igual que terremotos, huracanes, tifones, erupciones de volcanes, etc. Pero ¿guerras?

Enviaron drones a Alepo, o quizá debería decir a la zona donde antes estaba Alepo, cuando aún era un lugar de verdad con casas y tiendas y colegios, porque ahora solo es un montón de escombros. Han bombardeado esa ciudad hasta dejar solo basura.

Mostraron a una mujer sin piernas a la que llevaban en una silla de ruedas, que era una chapuza rota, por lo que antes fue una carretera, hasta un hospital improvisado que básicamente era una habitación con gente tumbada sobre tablones de madera.

¿Por qué nos hacemos esto?

Y luego lo enseñan por la tele y lo vemos así como así mientras cenamos.

P. D.: Creo que Polly sabe que lo del sábado no fue bien, porque esta mañana estaba en plan: «¿Quieres que comamos juntas?».

Pero le dije: «Lo siento, no puedo, tengo que ir a la biblioteca».

Ni siquiera sé por qué me lo inventé y hasta me planteé cambiar de idea durante un momento, pero luego vi que le daba de comer palitos de zanahoria a Tristan y me felicité por mis decisiones vitales.

MARTES, 23 DE ENERO · #MALEDUCADA

He comprado unas fundas de plástico para mis CV.

Y Kate me ha soltado: «Te has currado la presentación, Phoebe. Bien hecho. Prueba también a sonreír cuando hables con la gente».

¿EN SERIO?

MIÉRCOLES, 24 DE ENERO · #BÚSQUEDADECURROTOMA1

Enero debe de ser el peor mes del año para buscar trabajo.

Nadie quiere más personal.

Recorrí entero el Bentall Centre después de clase y en todas las tiendas me dijeron cosas como: «Lo siento, acabamos de despedir a todos los trabajadores temporales de Navidad, así que ahora no buscamos a nadie».

¿Pooooor quééééé?

JUEVES, 25 DE ENERO · #BÚSQUEDADECURROTOMA2

Hoy volví a repartir CV por Wimbledon.

A este ritmo, voy a necesitar que alguien se muera en cuanto ponga el CV sobre el mostrador.

Otra complicación es que mucha gente no contrata a personas menores de dieciséis años, lo cual es muy injusto, porque estoy en el mismo año escolar que toda esa otra gente que ya tiene permitido trabajar pero no quiere/no lo necesita.

De camino a casa, pasé junto a la tienda benéfica y miré por el escaparate a ver si estaba Kate, pero debía estar en la parte trasera.

Alex atendía de nuevo la caja y charlaba con Emma, que sostenía un montón de perchas llenas de blusas.

Me pillaron mirando como a una acosadora perturbada y Alex me saludó con la mano. Le devolví el saludo y Emma me dijo por gestos que entrara, pero le respondí en plan: *Lo siento, me tengo que ir.*

A lo mejor debería haber entrado a saludar.

Mamá me ha enviado un mensaje en el que dice que están tardando una eternidad en cruzar Turquía. Al parecer hace muy mal tiempo y los coches y las camionetas no dejan de atascarse.

Le dije que estaba buscando trabajo porque la tonta de la gata se había escapado.

VIERNES, 26 DE ENERO   #MarcarCasillas

Le di mi CV a Kate para que le echara un vistazo y se puso en plan: «Sí, pero no».

Media hora más tarde, me envió por correo esto:

PHOEBE ALEXANDRA DAVIS

Curriculum vitae

Rochdale Close, núm. 3. Wimbledon, Londres, SW19 1AL
Teléfono: 08965500713
Correo: phoebead666@gmail.co.uk
Soy una profesional entusiasta y con experiencia en atención al cliente a la que le gusta formar parte de un equipo. Tengo una ética laboral sólida, soy ambiciosa, me centro en mis objetivos y

asimilo con rapidez nuevos conceptos e ideas. Soy capaz de trabajar bien por iniciativa propia y de manifestar altos niveles de motivación. Bajo una presión significativa, poseo la capacidad de actuar con eficacia. Soy puntual, de confianza y tengo habilidades excepcionales de organización y de atención al cliente.

En la actualidad busco un empleo a tiempo parcial durante los fines de semana.

Formación

Academia Kingston

Estoy en 4º de la ESO y en junio me presentaré a los exámenes para el Certificado General de Educación Secundaria. El año que viene, tengo la intención de cursar primero de Bachillerato para poder hacer la EBAU en Matemáticas, Biología, Física, Literatura y Lengua inglesa, así como en Historia y Sociología.

Experiencia laboral

Tienda benéfica para la investigación del cáncer, Wimbledon

Llevo meses siendo voluntaria de forma habitual. Mis obligaciones incluyen clasificar bolsas con donaciones y planchar y etiquetar ropa en privado, así como atender a los clientes en la tienda. Disfruto mucho trabajando con una clientela tan diversa y siempre busco crear una relación positiva con mis clientes.

Referencias disponibles previa solicitud.

Yo:	Pensé que no se podía mentir en el CV.
Kate:	Estamos estirando la verdad, Phoebe. No es lo mismo.
Yo:	«¿Siempre busco crear una relación positiva con mis clientes?». Odio a la gente.
Kate:	Cielo, tú eres la que quiere adentrarse en el mundo laboral y, qué quieres que te diga, hay normas para eso. Tienes que predicar con el ejemplo. Hablar su idioma. Al final todo es un mojón de mierda, pero la única forma de triunfar es marcar todas las casillas.
Yo:	(mirando mi CV) ¿Esto marca casillas?
Kate:	(haciendo como quien tacha una casilla) Marca, marca y no dejes de marcar.

P. D.: No sé si quiero marcar casillas.

SÁBADO, 27 DE ENERO   #AlertaDeIncesto

Hoy he intentado solicitar empleo por internet, pero acabé por accidente cotilleando el Instagram de Emma. He estado pensando en ella, pero solo porque no entiendo por qué quiere ser voluntaria en ese sitio. Al principio pensé que estaba haciendo el programa Duque de Edimburgo, pero Kate me dijo que lleva allí meses y creo que para el programa ese solo tienes que ir un par de horas.

Tardé siglos en encontrarla en Instagram.

Y menudo fastidio: su cuenta es privada y lo único que puedo ver es la foto de perfil en la que sale ella y uno que debe de ser su novio disfrazados como Luke y Leia de *Star Wars*. Y es asqueroso, porque Luke y Leia en realidad son hermanos.

Me pregunto cuánto tiempo llevarán juntos.

P. D.: Emma está fantástica como princesa Leia.

P. P. D.: ¿Quién es Luke?

DOMINGO, 28 DE ENERO   #MiPropiaMejorAmiga

Le he preguntado a Kate si le parece bien que mamá siempre me esté dejando en su casa y me ha dicho algo rollo: «Lo cierto es que me encanta cuando te quedas conmigo, Phoebs. Así que sí… me parece genial».

Luego le pregunté si le parece bien que mamá esté ahora mismo de camino a Siria, de todos los lugares a los que podría ir, y ha respondido: «Tu madre es mi mejor amiga en el mundo entero y puede que no siempre coincida con ella, pero siempre estoy de su parte. ¿Sabes lo que quiero decir?».

Pues no.

Y no lo digo solo para hacerme la difícil.

LUNES, 29 DE ENERO   #EnTodaLaCara

Miriam Patel me ha invitado a la fiesta de Jacob del próximo finde y, como en ese momento estaba al lado de Polly y Ruedines (que ahora conforman un único ser porque siempre están unidos), he dicho: «Gracias... Me encantaría ir».

Más tarde, Polly ha comentado que creía que yo odiaba las fiestas, pero le he dicho que no.

Lo cual es una mentira más grande que una casa, porque no hay nada que me dé más asco que una fiesta.

MARTES, 30 DE ENERO   #NoMeArrepiento

Hoy, en la comida, Miriam Patel se ha puesto a hablar sobre que Jacob y ella se acuestan juntos, aunque no son una pareja «oficial» y les va bien así.

Y odio admitir que tiene razón, pero la tiene, porque ¿a santo de qué va a ser como Polly, que no deja de decir «te quiero, te quiero, te quiero» como una chiflada? A lo mejor a Miriam le gusta el sexo y ya está. Cada persona es diferente.

Luego se le ha quedado medio piñón enganchado en el aparato, pero no se lo he dicho y ha salido a hacer su presentación de geografía de esa guisa.

MIÉRCOLES, 31 DE ENERO #ENAMORARSE

Esta noche, mamá me ha llamado por WhatsApp en plan: «¿Cómo está Polly?». Y yo: «Clínicamente muerta y flotando en un delirio producido por el estrógeno». Y mamá: «Venga, no seas mala, Phoebs. Es algo bonito. Tú espera, que ya caerás presa del amor».

Y le dije: «No pienso enamorarme nunca».

Porque, vamos a ver, ¿qué clase de expresión es «caer presa del amor?».

Como si cayeras en una zanja o algo.

A lo mejor la gente tiene que empezar a mirar por dónde va.

JUEVES, 1 DE FEBRERO #LAPeorPesadilla

Le he contado a Kate que me habían invitado a la fiesta de Jacob, con la esperanza de que me dijera que no tenía permiso para ir, pero, cómo no, se ha puesto en plan: «Genial. Puedo llevarte y recogerte, si quieres».

Le he dicho que iría en bus porque, seamos sinceras, no voy a pasar mucho rato allí.

No tengo nada que ponerme y toda mi ropa está llena de pelo de gato.

Odio mi vida.

Ahora que es febrero, a todo el mundo le ha entrado la fiebre absurda de San Valentín. Creo que inventaron ese día solo para que la gente no muriera de aburrimiento durante el invierno.

Después de las rebajas de Navidad, se quedan en plan: «Y ahora ¿qué?».

Os presentamos… San Valentín. Y vuelta a empezar. Venga a gastarnos dinero en mierdas disparatadas, en bombones en forma de corazón en vez de ser de Papá Noel y en tarjetas tontas y carísimas.

De hecho, vi una tarjeta en la que ponía: *Feliz San Valentín a una cuñada genial.*

¿A santo de qué viene eso?

Ah, y como el amor flota en el aire, la gata de marca menos cachonda, que es la madre de la hija cachonda que se escapó, va a ir a su fiesta de sexo.

Kate ha decidido llevar solo a esa a High Barnet, porque la otra está preñada seguro y el fin de semana guarro cuesta unas quinientas libras por gata.

Me pregunto si puedes comprar acciones en esperma de gato de marca, porque Kate debería hacerlo.

De hecho, yo también debería.

SÁBADO, 3 DE FEBRERO   #FiestaInfernal

Sabía que lo pasaría de puta pena en casa de Jacob y así fue.

Desconocía que era posible odiar más las fiestas ahora que la gente las ha convertido en sesiones comunales para enrollarse.

Esta noche hemos jugado a un juego llamado Siete Minutos en el Cielo, aunque en realidad son siete minutos en el baño.

Miriam Patel: (vestida como si se hubiera olvidado de ponerse ropa de verdad y mirándome a mí en concreto): Me gustaría mencionar que no todos los que estamos aquí tenemos dieciséis años y, por tanto, según la ley no tienen edad para ser activos sexualmente. Estoy hablando del coito, claro.

Yo: (vestida con ropa de verdad) Coito. LOL. (O sea, ¿quién dice eso?).

Miriam Patel: (me fulmina con la mirada) ...

Yo: (reflexionando sobre sus niveles estratosféricos de feniletilamina) ...

El caso es que acabé pasando siete minutos en el baño con Travis Monahan.

Creo que no fue mal. O sea, NUNCA me acostaría con él, ya que no lo conozco de nada y ¿por qué voy a besarme con un desconocido al lado de un retrete? Pero a los dos nos gusta *Doctor Who*, así que hablamos sobre la última temporada y coincidimos en que era maravillosa.

Al salir, saltaba a la vista que no había habido besuqueos/sexo y la única persona que me habló después de eso fue Annie, que tampoco tiene amigos, aunque creo que lo suyo es un poco más trágico porque nunca los ha tenido y solo la invitan porque trae alcohol (y nadie sabe de dónde lo saca, lo cual le añade misterio al asunto y a la gente le encantan esas cosas).

Nos sentamos juntas en el sofá y observamos cómo varias parejas felices desaparecían en el baño y volvían a aparecer siete minutos más tarde.

Menudo aburrimiento.

Miriam Patel y Jacob entraron juntos y, al salir, Miriam se puso en plan: *Miradme, pero no me miréis.* Y luego Annie le dijo: «Miriam, ven aquí». Y Miriam, claro, pensaba que Annie quería saber los detalles, pero entonces Annie alzó con cuidado la mano hacia su cara y le quitó como si nada un vello púbico de su mejilla.

Y yo: «Puaj, ¿en serio tienes un vello púbico en la cara?». ¿Y sabes lo que pasó después? En vez de decir: «Qué asco, tenías un vello del pubis en la cara», todo el mundo se puso en plan: «Ostras, qué pasada… Miriam Patel tenía un vello púbico de verdad en la cara».

Me marché treinta segundos después.

En el autobús estaba pensando que, bueno, sentada junto a Annie, había deseado durante un milisegundo ser popular, pero si fuera la chica popular, habría acabado con un vello púbico en la cara.

Y, además, puedo resolver una ecuación matemática compleja, conozco los procesos químicos responsables del amor y la lujuria y entiendo muy bien la diferencia entre *hay, ahí* y *ay*. No quiero un pin ni nada, pero ¿por qué se idolatra a la gente por tener vellos púbicos en la cara?

DOMINGO, 4 DE FEBRERO   #MÁSMENTIRAS

Polly me ha escrito para preguntarme qué tal había estado la fiesta e iba a ponerme en plan odiosa: «A lo mejor deberías haber venido en vez de irte con la familia de Tristan a la casa de sus abuelos cuando no han pasado ni cinco semanas desde que empezó vuestra relación». Pero he acabado diciéndole que la fiesta había estado muy bien.

No sé por qué he mentido. Tampoco es que esté desesperada por convertirme en la mejor amiga de Vello Púbico Patel.

LUNES, 5 DE FEBRERO   #PilladaConLasPatatas

Miriam Patel se ha convertido en una especie de celebridad después de que se le quedara pegado el vello púbico en la cara y Polly, si no está unida a Tristan, lo busca con cara de zombi, así que mi objetivo para hoy era no hablar con nadie en el insti.

A la hora de la comida, fui a la biblioteca a imprimir más CV.

Luego me senté en el suelo detrás de la sección de clásicos (donde no va nadie) e intenté comerme un paquete de patatas fritas, pero la señora Day me pilló enseguida.

Señora Day:	Phoebe Davis, ¿te escondes?
Yo:	(trago una patata gigante de la marca Kettle sin masticarla del todo y casi abro en canal la tráquea) …
Señora Day:	Pues quería hablar contigo.
Yo:	(tosiendo) No he hecho nada malo.
Señora Day:	No se puede comer en la biblioteca.
Yo:	Todo el mundo lo hace.
Señora Day:	Y si todo el mundo saltase por un puente, ¿tú también lo harías?
Yo:	…

Durante un momento pensé que me había metido en problemas, pero resulta que solo quería decirme que estaba contenta de que hubiera decidido cursar «Matemáticas» (¿quién lo dice así?) en el Bachillerato.

Pues claro que voy a hacer mates. O sea, son fáciles y me gusta que solo haya una respuesta. No como en Inglés, donde todo es bla bla bla y si no eres comunista como el señor Harris sacas una nota de mierda.

De camino a Historia, me tropecé con Polly y Ruedines. Estaban enredados en un abrazo apretado junto a los baños de la primera planta. Polly me daba la espalda, pero Ruedines me miró a los ojos y la acercó un poco más a él.

A estas alturas me la suda.

P. D.: Me pregunto si Emma y Luke Skywalker son así cuando están juntos. Emma parece demasiado madura y no tan básica. Pero, si soy justa, Polly también lo parecía hasta que todo se fue de madre.

MARTES, 6 DE FEBRERO   #BuenasNoticiasAlFin

¡Sí! He recibido un correo de la Fábrica de Osos Soñadores en el que me invitan a una «audición» el sábado.

Supongo que *audición* es su palabra chachiguay para referirse a *entrevista de trabajo*.

O sea, ¿cuán difícil puede ser?

P. D.: La gata de marca ha vuelto de High Barnet y lleva dormida desde entonces. La han agotado a base de polvos. Ni siquiera puedo mirarla.

Kate me ha dicho que no me burlara de la Fábrica de Osos Soñadores, aunque a la entrevista de trabajo la hayan llamado *audición* y en el correo diga: «Muchas *osogracias* por su interés en soñar con nosotros».

Mamá sigue en Turquía. He ido a mirar un mapa porque estaba en plan: *¿Cuánto se tarda en llegar en coche hasta Siria?* Y resulta que Turquía es enorme; para ser exactos, es tres veces más grande que Reino Unido.

Mamá ha dicho que hoy han pasado por un pueblo y que la gente les ha ofrecido ubres de cabra para comer, y lo único que puedo pensar es: *Podrías trabajar en cualquier hospital de Londres, pedir comida para llevar en Pret o sushi en Itsu o ir a Marks and Spencer todos los días. Podrías dormir en una bonita casa calentita, en una cama suave, pasar tiempo con la maja de tu única hija y, aun así, te has ido de senderismo por la terrible Turquía en pleno invierno y estás comiendo ubres de cabra.*

De verdad que se piensa que es el nuevo mesías.

No sé qué ponerme para la audición de la Fábrica de Osos Soñadores.

Kate me ha sugerido que me pusiera algo «colorido y alegre, mejor con unicornios». ¿Quién se está burlando *ahora*?

Toda mi ropa es negra con pelo de gata de marca. Siempre me puedo poner el jersey del uniforme escolar, pero menuda vergüenza.

Supongo que debería pedirle a Kate que me llevase a mi casa-casa para que pueda saquear mi armario. Pero, para ser sincera, ya no sé ni lo que tengo allí.

También podría ir a Primark y comprarme algo, pero odio Primark. No por la explotación infantil, sino porque el cliente promedio parece perder el control de su función motriz y, cuando vas allí después de clase, todo está por el suelo.

P. D.: Aunque la explotación infantil tampoco está nada bien. Obviamente.

VIERNES, 9 DE FEBRERO   #CasillasDelMal

Kate hizo una simulación de audición conmigo para prepararme para mañana. Va muy en serio con lo de tomárselo en serio y, aunque suele estar loca y dar miedo, se puso *muy* loca y dio *mucho* miedo (y se volvió *muy* escocesa).

Fingió ser la señorita de la Fábrica de Osos Soñadores y me dio las *osogracias* por haber solicitado el trabajo. Hasta se imprimió mi CV y buscó un boli, lista para tomar notas.

Kate:	¿Te llamas Phoebe Alexandra o solo Phoebe?
Yo:	Solo Phoebe.
Kate:	Muy bien, Phoebe. Te voy a hacer una serie de preguntas. Son bastante estándar, pero puedes tomarte tu tiempo para responderlas.
Yo:	Vale.

Kate:	(pronunciando las erres de una forma ridícula) Descríbeme un momento en el que hayas estado en desacuerdo con un compañero de equipo. ¿Cómo lo resolviste?
Yo:	Aún voy al instituto, así que no tengo compañeros de equipo.
Kate:	(apunta algo) Vale. Háblame de alguna ocasión en la que hayas hecho hasta lo imposible para cumplir las expectativas de un cliente.
Yo:	Aún voy al instituto. No tengo clientes. No sé cómo responder eso.
Kate:	(apunta algo) ¿Consideras que trabajas bien en equipo o prefieres trabajar sola?
Yo:	No lo sé.
Kate:	¿De qué estás orgullosa? Justifica tu respuesta, por favor.
Yo:	Cielo santo, Kate… No lo sé. Qué preguntas más tontas. En serio, ¿qué quieres que diga?

Kate dejó el boli y se puso en plan: «Joder, Phoebe, invéntate algo. ¿Qué te dije sobre marcar las casillas del demonio? Marca, marca, marca. Diles lo que quieren oír. ¿Cómo resolviste un desacuerdo con un compañero de equipo? "Bueno, señorita de la Fábrica de Osos Soñadores, creo que la comunicación es el núcleo de una buena relación laboral". ¿Te gusta trabajar en equipo? "Sí, pero también disfruto trabajando sola". ¿De qué estás orgullosa? "De esa vez en la que ayudé a una persona ciega a cruzar la carretera". Por todos los clavos de Cristo, cielo, esfuérzate».

En ese punto, se había vuelto tan escocesa que la BBC le habría puesto subtítulos.

Y luego dijo: «¿Puedo sugerirte que reflexiones largo y tendido sobre cómo responderías estas preguntas?».

Me pasé, no sé, una hora pensando: *Esto es pasarse.*

Cuando dejé de pensar, era demasiado tarde para ir a Primark y no quería que Kate me llevara hasta Kingston.

Joder.

SÁBADO, 10 DE FEBRERO   #PhoebeNoTieneTalento

08:00

Internet dice que, para las entrevistas de trabajo, hay que vestirse «de forma casual y elegante», lo que al parecer significa ponerse pantalones o una falda cara y una blusa. No tengo nada parecido a eso, aparte del uniforme escolar.

Socorro.

08:25

Le he dicho a Kate que no tengo nada que ponerme y ha respondido: «¿Y me lo dices *ahora?*».

Así que voy a ir a la tienda benéfica con ella a ver si podemos encontrar algo en una bolsa de donación.

¿Sabes el dicho *La vida es dura, pero más si eres tonto?*

Yo, ahora mismo.

Las cosas no han ido bien.

Acabé yendo a esa ridícula audición con la camisa lila ajustada que un hombre muerto había comprado en Marks & Spencer y los pantalones del instituto. Parecía una imbécil total.

Cuando llegué a la Fábrica de Osos Soñadores, resultó que no era la única con una *audición*. Había, no sé, unas veinte personas y todas tenían pinta de haberse pasado horas peinándose y maquillándose.

La encargada de la tienda, una mujer espantosa llamada Sandra, tenía una de esas voces agudas que la gente mayor pone cuando habla con bebés.

Sandra (con una sonrisa forzada que me provocó un dolor compasivo en la cara): «Bienvenidos y muchas osogracias [no miento] por haber venido. Sois bastantes y, por desgracia, solo hay dos puestos para los fines de semana, pero os deseo toda la suerte del mundo. Ahora vamos a presentarnos. Diremos nuestro nombre y luego una palabra que empiece con la primera letra del nombre. Así será mucho más fácil recordar quiénes somos. Empiezo yo: soy Sandra la Simple».

Nunca en toda mi vida había ansiado con tantas ganas que la tierra me tragara. Ni siquiera escuché lo que decían los demás, porque estaba intentando:

a) pensar mi palabra

b) y no pensar en lo ridículo que era el juego, porque Phoebe puede empezar por la letra pe, pero se pronuncia como una efe, así que cualquier palabra que pensara con pe iba a entorpecer que la gente recordara mi nombre.

Cuando me llegó el turno, lo único que se me ocurrió fue «Phoebe la Preocupada».

El chico que tenía al lado era Max el Maravillas, luego había una Esther la Estupenda y una chica fue Olga la Osogracias (también conocida como Olga la Osopelota).

Luego hicimos un recorrido guiado por todos los puestos para hacer osos.

Es básicamente una fábrica de droides chapucera: debes seleccionas el armazón vacío, tomar un puñado de relleno, pedir un deseo, meterlo todo dentro, coserlo y cobrar las veinticinco libras. ¡Clin, clin, clin!

Vamos a ver, ¿no es absurdo que vivamos en un mundo donde un niño en África o en la India se muere de hambre y, en ese preciso instante, un mocoso en Wimbledon se esté gastando treinta pavos en una tumbona y en chancletas para su peluche de Pikachu?

En fin, después de la tontería del relleno, las cosas fueron a peor.

Sandra la Simple: «Ahora vamos a pasar cinco minutos fuera para hablar con posibles clientes e invitarlos de forma activa a que vengan esta tarde a nuestra tienda. Nuestra misión como empresa es dar vida a la imaginación de un niño».

Yo: «Y ganar dinero para vuestros accionistas».

Solo lo dije porque es cierto, pero Sandra la Simple no apreció mi profundo comentario en absoluto, sino que su cara se contorsionó en una mueca ridiculísima y su sonrisa falsa no dejó de expandirse. Pero no dijo nada, solo dio dos palmadas. Luego sacó de detrás de la caja un conejo de Pascua morado con patines. Le dio la correa a Esther la Estupenda, que salió trotando fuera en sus tacones de quince centímetros.

Me pusieron temporalmente en el puesto de relleno y mi cerebro estaba en plan: *Vale, llevas aquí media hora y ya quieres suicidarte. Pero podría ser peor, podrías ser Esther la Estupenda y estar en la calle con pinta de gilipollas mientras interactúas con un juguete en patines y la gente del insti pasa a tu lado. Pero entonces, Sandra la Simple llamó a Esther la Estupenda y me dijo:* «Te toca, Phoebe la Preocupada».

Miré a Esther, la correa, el conejito de Pascua, a Sandra la Simple y dije: «Pues va a ser que no».

Y me largué.

Esther la Estupenda profirió un grito agudo de indignación, pero sé que en el fondo quería ser yo en ese instante.

Me marché de la tienda con bastante despreocupación, pero en cuanto dejé atrás la tienda de zumos, eché a correr. Salí corriendo del centro comercial, recorrí Broadway y regresé a la tienda benéfica, donde me dejé caer en un sillón lleno de pulgas.

Emma estaba en pleno proceso de arreglar el desastre que había hecho yo antes, cuando vacié diez bolsas de donaciones en el suelo en busca de algo que ponerme, y se me quedó mirando en plan: *¿Por qué has venido?* Y yo: «Esta camisa no es mía».

Kate (delante de mí): «Phoebe, explícame, exactamente, qué mosca te picó para pedir un trabajo allí, porque no se me ocurre ningún otro lugar en toda la faz de la Tierra en el que pegues menos. Excepto, quizá, una tienda de ropa para bebés».

Yo:	Solo es un trabajo.
Kate:	Pero te das cuenta de que cuando consigas un trabajo, ¿tendrás que *hacer* ese trabajo?
Yo:	Sí.
Kate:	¿Y te viste rellenando ositos de peluche?

Yo:	La verdad es que no.
Kate:	¿Y qué te imaginas haciendo?
Yo:	Algo en lo que no tenga que hablar con gente.
Kate:	¿Y por eso atender en una tienda fue tu elección más obvia? ¿Crees que te pagarán por quedarte de pie? ¿Crees que esto es una broma?
Yo:	El nombre de la mujer era Sandra la Simple.
Kate:	¿Y tú crees que Sandra la Simple no tiene nada mejor que hacer que entrevistar en el día más ajetreado de la semana a gente que no quiere estar ahí? Esa mujer tiene una tienda que dirigir, objetivos de ventas que cumplir, facturas que pagar. Le has hecho perder el tiempo y eso no está bien.

¿Por qué todo es tan difícil?

Me puse de nuevo mi sudadera y, como no tenía ningún otro sitio al que ir, me quedé en la tienda benéfica todo el día y organicé los libros del almacén por orden alfabético.

Ves, eso sí que puedo hacerlo. Un trabajo modesto, mundano, mecánico. Y no tuve que hablar con nadie. Excepto con Emma. Aún no he superado el color de sus ojos.

Qué barbaridad: son de un azul muy pálido.

Mañana voy a pensar en un nuevo plan para la búsqueda de trabajo.

¡¡¡No *puede* ser tan difícil!!!

Estos son los trabajos que he encontrado en *La Gaceta de Wimbledon* que no implican hablar con el público general:

- Niñera (pero no me gustan los niños).
- Repartidora de periódicos (pero no quiero levantarme a las cuatro de la madrugada).
- Paseadora de perros (pero no quiero ganarme la vida recogiendo mierda).

También he mirado a ver si había algún trabajo en la biblioteca, pero los únicos «trabajos» que había anunciados eran voluntarios y, vamos a ver, un trabajo en el que no te pagan no es un trabajo. Es una afición.

A lo mejor debería mejorar mis contactos. Tyler Johnson trabaja en una mierda de cafetería junto a la estación de tren. Le podría preguntar si buscan a alguien. Fui allí una vez y la mujer ni siquiera se dio cuenta de mi presencia cuando pagué una Coca-Cola. Eso lo puedo hacer.

Matilda Hollingsworth trabaja en un Hollister, pero no tiene sentido que le pregunte porque tienes que estar en forma para trabajar allí. Como Matilda... ah, y Jason Goodman. Si esos dos tuvieran hijos, serían la próxima raza superior (pero sin el rollo nazi).

LUNES, 12 DE FEBRERO   #PringadaSinTarjeta

La cuenta atrás para San Valentín es real.

El año pasado recibí una tarjeta de Polly, pero como aún no me ha deseado feliz Año Nuevo, supongo que este año no recibiré ninguna.

La verdad es que odio que me moleste, porque no eres mejor persona ni más válida solo porque alguien se sintió presionado para comprarte una bazofia inútil.

17:43

¿Debería hacerle una tarjeta a Polly por si ella me ha hecho una?

Podría usar acuarelas, pero, en vez de agua, usaré mis propias lágrimas. LOL.

MARTES, 13 DE FEBRERO   #Vergüenza.com

Annie le preguntó a Polly si Tristan y ella habían tenido sexo de verdad (es decir, coito).

Por suerte, Polly hizo lo más elegante y dijo: «Lo siento, Annie, pero no comento mi vida sexual en público».

Miriam Patel se metió enseguida en la conversación en plan: «Ah, ya. Menuda horterada. Yo hago lo mismo».

¿Perdona? ¿La ironía?

MIÉRCOLES, 14 DE FEBRERO

Kate es muy rara. Me dio una tarjeta de San Valentín enorme hecha a mano de parte de las gatas de marca e incluyó fotos de verdad de cada una. Hizo la letra hasta diferente y torcida para que pareciera que las gatas lo habían escrito (está como una cabra).

Querida Phoebe:
¿Quieres ser nuestra novia?
Con mucho amor,
Mamá Mimi

Sassy

Cuando llegué a clase, Miriam Patel ya parecía Miss Universo porque sujetaba montones de flores y tres millones de tarjetas.

Y pensar que todo esto es por un vello púbico...

No he recibido nada de parte de Polly. Y menos mal, porque la tarjeta que le hice anoche es horrenda. La he tirado a la papelera de reciclaje nada más llegar a casa. A lo mejor dentro de un año se convertirá en una nueva tarjeta brillante y puede que a la persona que la reciba hasta le guste.

Tristan le ha regalado a Polly un osito de peluche gigante con un corazón que dice: *Cariño, te quiero hasta el infinito y más allá.* Lo que me sorprendió fue que, en vez de morir de

a) risa

b) o vergüenza,

Polly se pasó todo el día sonriendo como una idiota.

He pensado largo y tendido sobre su reacción y he llegado a la conclusión de que debe de ser el instinto de cazador-recolector que sigue incrustado en nuestro ADN.

De ahí que Polly, cual mujer cavernícola, piense que Ruedines ha cazado y recolectado ese enorme símbolo de amor (que, posiblemente, también venga a simbolizar un pene gigante) y por eso lo considere digno de su amor y el progenitor de la próxima generación.

Bueno, cuando digo «nuestro ADN» me refiero al ADN *de Polly,* porque *yo* sí que he salido de la cueva, he cruzado el valle, he descubierto el fuego, he inventado la rueda, etc., etc.

Me da a mí que me voy a pasar la noche con una escocesa loca de remate.

Kate y yo vamos a ir a Goat Tavern a cenar porque tenemos un 2 x 1 en curri especial San Valentín. A mí no me entusiasma y es evidente que va dirigido a parejas, pero Kate se ha puesto en plan: «Escúchame bien, Phoebe. No pienso castigarme por no haber encontrado el amor y tú tampoco, así que ponte un vestido, alza el mentón, cuadra los hombros y vámonos».

No tengo un vestido, así que me he puesto vaqueros negros ajustados, como siempre.

P. D.: Según mi investigación, el Día de San Valentín en realidad no tenía nada que ver con el amor hasta que el amor se puso de moda en el siglo XVIII, cuando los amantes (no los amigos o los parientes lejanos) se enviaban tarjetas y flores. Lo que significa, en resumen, que la raza humana no ha evolucionado desde entonces. Nada sigue de moda durante tanto tiempo, excepto quizá Dios.

En serio, os tenéis que calmar con todo eso del amor.

Además, mañana toda la basura de San Valentín se venderá por una libra en el montón de rebajas. Eso, al menos, debería dar cierta perspectiva al asunto.

JUEVES, 15 DE FEBRERO   #PornoGastronómico

El Goat tiene que estar entre los tres últimos puestos de «lugares menos románticos donde comer» en el código postal SW19, justo antes del Pizza Hut y del KFC. Aunque fue raro, porque todo el mundo iba vestido como si estuvieran en *Love Island*.

Cuando el camarero nos trajo la comida, se puso en plan: «Hola, me gusta tu camiseta. Soy muy fan de los Stones».

La verdad es que solo me la pongo porque es como si le sacara la lengua sin parar a la gente. Es el equivalente social aceptable de ir todo el día con el dedo corazón levantado. Pero le dije: «Sí, eh... ¡bien por ellos!».

Kate comentó algo como: «Ojalá llevara yo una camiseta de los Stones. Ese chico es muy guapo». Y yo: «Puaj». Porque el chaval tendría unos veinticinco años y le sobresalían los bíceps y Kate tiene casi cuarenta tacos y llevaba un jersey con la frase: *Yo [corazón] gatos.*

Cuando vino a recoger los platos, Kate entrecerraba tanto los ojos para leerle la placa con el nombre que le desaparecieron en la cara, y luego dijo: «James, esta es mi amiga Phoebe. Phoebe, este es James». Y él: «Encantado de conocerte». Y luego me estrechó la mano.

También le estrechó la mano a Kate y ella se lo tomó como una invitación para contarle toda su vida: que dirige una tienda benéfica, cuántas veces voy a ayudar (una mentira como una casa), bla bla bla.

Cuando nos marchábamos, James dijo: «Hasta luego, Phoebe. Adiós, Kate». Y en la calle Kate se puso en plan: «¡Dios mío! Cuando hay gente tan guapa sirviéndote comida es puro porno gastronómico».

Porno gastronómico.

Santo cielo.

Está claro que le gustaba el chico.

Esta tarde he suspendido en el examen para pedir trabajo en Boots. Menudo chiste. O sea, chiste de verdad, porque las preguntas eran del tipo:

Un cliente entra en la tienda y tú:

a) le das la bienvenida,

b) le ignoras,

c) le acosas enseguida a base de preguntas y le pones la última crema antiarrugas núm. 7 en la cara.

Seleccioné la a), por supuesto, porque no soy idiota y estoy aquí marcando casillas. Pero ¿a que no sabes qué? El ordenador dice que «no, gracias».

Y pensar que Miriam Patel tiene experiencia trabajando en Boots. No voy a volver a comprar allí en la vida.

La semana que viene son vacaciones y Kate se ha puesto rollo: «¿Algún plan, Phoebe?».

Le he dicho que voy a probar a repartir otra vez CV, porque nunca se sabe: alguien, en algún lugar, de alguna forma, puede espicharla.

SÁBADO, 17 DE FEBRERO   #VeteACagar

Kate le ha contado mi vida a mamá, porque ha empezado una conversación/intervención por WhatsApp conmigo a las seis de la mañana.

Mamá:	*¡¡¡¡Lo siento!!!! Sé que es temprano por allí, pero te echaba de menos.* (Mentira)
Yo:	*Hola.*
Mamá:	*¿Cómo va la búsqueda de trabajo?*
Yo:	*No demasiado bien.*
Mamá:	*¿Y cómo te sientes?*
Yo:	(pensando: ¿qué más da cómo me sienta?) *Es una mierda.*
Mamá:	*Sé que te sientes responsable por lo que pasó con la gata, pero me parece que fue un accidente y estoy segura de que Kate no espera que le pagues ese dinero.*
Yo:	*Lo sé.*
Mamá:	*Cariño, creo que deberías concentrarte en el instituto. Los CGES van a ser complicados y son bastante importantes. ¿Por qué no esperas y buscas un trabajo en verano?*
Yo:	*No me hace falta concentrarme en el insti. Eso va bien.*
Mamá:	*Te creo. Solo digo que no necesitas un trabajo.*
Yo:	*Vale.*
Mamá:	*¿Cómo está Polly?*
Yo:	*Sigue enamorada.*
Mamá:	*Kate dice que no ha ido a verte. Esa no es la Polly que yo conozco.*
Yo:	*Está enamorada de* Tristan, *así que estará en su casa.*
Mamá:	*¿Por qué no le dices que vaya a pasar unos días contigo durante las vacaciones?*
Yo:	*Porque no quiero.*

Mamá:	*Es tu mejor amiga, cariño.*
Yo:	*Lo era.*
Mamá:	*Sé que es duro cuando una relación cambia, pero no dejes de hablarle ahora. Sé cómo eres, Phoebe, y no lo hagas, ¡¿vale?!*
Yo:	*Vale.*

Solo le dije «vale» porque quería que no me hablara más, porque ¿cómo se atreve a ponerse en plan «sé cómo eres» cuando no está aquí?

Ella *decidió* no pasar esta época de mi vida conmigo.

Ella *decidió* que había cosas más importantes.

Ella *decidió* que es aceptable que pueda morir trabajando, igual que papá, y que yo acabe sola.

Y no pasa nada (es su vida, lo entiendo), pero no me mandes WhatsApps a las seis de la mañana con falsos pretextos para darme un montón de consejos de manual solo para que puedas marcar la casilla de «madre» y dormir bien por la noche.

Hoy es uno de esos días en los que me gustaría no volver a verla nunca, porque ¿qué sentido tiene?

DOMINGO, 18 DE FEBRERO   #MADRES

Le he dicho a Kate que no volviera a cotillear con mamá a mis espaldas y hemos tenido un momento superraro en el que nos hemos quedado de pie en la cocina mirándonos y entonces Kate se puso toda maternal conmigo y dijo: «Sé que no eres feliz, Phoebe, y pensé que Amelia debería saberlo. Es tu madre».

Creo que las madres están sobrevaloradas. La mía, desde luego. No hace nada aparte de preocuparse por otra gente y ponerme a rabiar.

LUNES, 19 DE FEBRERO   #VACACIONES

He recordado que Polly trabajó en una peluquería de Toni & Guy y lo único que tuvo que hacer fue barrer pelo y preparar tazas de té. *Ese* es un trabajo que me imagino haciendo. No es como ser peluquera de verdad en plan: «Bla bla bla, ¿y dónde te vas de vacaciones este año?».

10:41

He decidido que nunca en la vida le voy a dar «me gusta» en redes sociales a alguien que pose prácticamente en cueros.

Me alegro de que Chloe Brenton esté #muyfeliz con su nuevo set de maquillaje de @MacCosmetics, pero ¿por qué tiene que salir con las tetas al aire?

¿Qué le pasa a todo el mundo? ¿Por qué están tan obsesionados con que les hagan fotos casi desnudos? O sea, ¿en serio quieres atraer a gente en tu vida a quienes les gustes solo por tu aspecto? Porque lo cierto es que Chloe es maja.

13:41

No me puedo creer que esté imprimiendo CV para pedir un curro que consiste en barrer pelo del suelo.

Esta tarde he ido a la tienda benéfica después de haber visitado todas las peluquerías de Wimbledon.

Al entrar, Alex y Emma estaban detrás de la caja y Kate y una señora mayor con una coleta blanca enorme estaban delante, y todos se reían tanto que parecían a punto de morirse de risa.

Cuando Kate me vio, dijo: «Ah, Phoebe, qué bien. Ven aquí, te va a encantar».

Resulta que alguien había donado unos marcos aún con las fotos puestas. Eran imágenes familiares (en el parque de atracciones Chessington, delante de la Torre Eiffel, en la playa), pero en todas habían cortado la cabeza del hombre para reemplazarla por la de Mickey Mouse.

La señora mayor de la coleta se estaba limpiando los ojos y dijo: «Debería amenazar con reemplazar la cabeza de Bill con la de Harrison Ford si no se porta bien».

«O con la de alguien guay como Barak Obama», comentó Emma. Y luego Pat soltó: «Mmm, o George Clooney. A mí siempre me ha gustado George Clooney». Y Alex dijo: «O Batman». Y volvieron a descojonarse.

Kate me presentó a la señora de la coleta, que se llama Melanie. Al parecer, su marido y ella son voluntarios en la tienda cuando no están recorriendo el mundo, pero hoy no había venido él porque tenía cita con el oftalmólogo.

En vez de estrecharme la mano como cualquier otra persona mayor habría hecho, Melanie me dio un beso en cada mejilla y luego me abrazó, diciendo: «Me alegro de que nos veamos al fin. Es como si ya te conociera porque Kate habla mucho de ti». Me quedé en plan: «Ah», porque no creo que nadie me conozca de verdad.

Emma me dijo: «¿Estás de vacaciones?».

Yo:	Sí.
Emma:	¿Vas a hacer algo guay?
Yo:	Estoy buscando trabajo.
Emma:	¿Por qué no trabajas aquí?
Yo:	Busco un trabajo de verdad.

Dios, ¿por qué tengo que decir cosas así? Ni siquiera lo dije con desprecio ni nada. Lo único que quería decir era: tengo que ganar dinero de verdad, no puedo trabajar gratis.

MARTES, 20 DE FEBRERO   #CUMPLEAÑOS

Kate me ha preguntado si Emma y yo podíamos llevar a Alex a algún sitio el jueves, porque es su cumpleaños y estamos de vacaciones.

Al parecer, Kate suele llevarlo a la heladería Sprinkles, porque el helado es lo que más le gusta en el mundo, pero se le ocurrió que podría socializar con gente de su edad, para variar, lo cual es una tontería, porque Alex va a cumplir veintiuno. Pero Emma ya había aceptado y yo dije que me parecía bien.

Nunca he quedado con nadie con síndrome de Down.

MIÉRCOLES, 21 DE FEBRERO   #BúSQUEDADECURROTOMA341

No tengo noticias de las peluquerías. ¿A que es deprimente?

Cuando Kate ha llegado a casa, estaba leyendo sobre el síndrome de Down para prepararme para las actividades de mañana y me ha dicho algo tipo: «Phoebe. Es Alex. Y habrá helados». Pero me alegro de haber investigado, porque no sabía nada.

Según www.downwithfriends.org.uk:

El síndrome de Down no es una enfermedad y, por tanto, la gente no «sufre» síndrome de Down. Te puedes referir a una persona con síndrome de Down de la siguiente manera: «Linda tiene veinticuatro años y síndrome de Down». La gente con síndrome de Down son personas y el síndrome solo es una parte de la persona.

Una de cada mil personas puede tener síndrome de Down y lo interesante es que, en el momento de la concepción, en el mismo instante en el que el esperma se junta con el óvulo, un cromosoma de más se une a la mezcla y nadie sabe de dónde sale.

JUEVES, 22 DE FEBRERO   #FelizCumpleAlex

Emma es todo lo que ni Miriam Patel ni yo ni nadie será en la vida: perfecta sin esforzarse.

Llevaba puesto un abrigo de piel falsa, vaqueros ajustados y Converse rojas y altas. No se había hecho nada en el pelo, aparte de peinárselo, y llevaba cero maquillaje. O sea, lo juro, casi ni la reconocí, pero iba con Alex y él es inconfundible con su chaqueta larga militar. En comparación, yo iba bastante básica.

Cuando nos sentamos, Emma preguntó: «Alex, ¿qué debería pedir?».

Resulta que Alex se conoce todo el menú de memoria, precios incluidos.

Comenté que nunca había ido a Sprinkles y Emma dijo: «Pues no sé si podemos ser sus amigos, Alex. ¿Tú qué piensas?». Y Alex: «No sé». Y entonces Emma soltó: «Solo dejamos entrar en el círculo de confianza a la gente guay». Alex se rio, pero Emma sonrió y me miró como si supiera algo que yo no sé, y juro que se me olvidó de qué estábamos hablando.

Y de repente no podía leer el menú como una persona normal y acabé pidiendo un banana split porque fue lo único que reconocí.

Emma (que se pidió un helado extremo de palomitas de mantequilla) dijo: «Banana split. Un clásico».

¿Se piensa que soy aburrida? ¿Qué significa «clásico»? Y ahora, cómo no, creo que, en vez de investigar sobre el síndrome de Down, debería haber mirado el menú de Sprinkles por internet.

Y luego Alex dijo: «El banana split se inventó en 1904».

Emma y yo intercambiamos una mirada y él añadió: «Podéis comprobarlo», pero Emma respondió: «No, te creo. Solo me fascina tu conocimiento».

Y a mí también. Además, me encanta la gente que sabe cosas aleatorias.

Emma dijo: «¿Ya has abierto tus regalos de cumpleaños?». Y Alex respondió: «Sí, me han regalado un robot de cocina de la marca KitchenAid». Lo que al parecer mola mucho, porque le gusta la repostería y, cuando no está en la tienda benéfica, va a una escuela para aprender a ser un repostero profesional.

Emma:	Qué suerte tenemos. Ahora nos puedes hacer una tarta todas las semanas.
Alex:	Todas las semanas, no. Estoy ocupado.
Emma:	Yo solo lo digo.

Alex:	Haré una de coco.
Emma:	Qué ganas.
Alex:	Phoebe, ¿te gusta el coco?
Yo:	Sí, gracias. A mi madre le gusta la repostería. Cuando está en casa. Que es nunca.
Alex:	¿Dónde está tu madre?
Yo:	Trabajando en Siria.
Alex:	¿La echas de menos?
Yo:	Lo cierto es que no.
Alex:	Yo echaría de menos a mi madre.
Emma:	Su trabajo mola mucho.
Yo:	(encogiéndome de hombros) …
Emma:	¿En serio? ¿A ti no te lo parece?
Yo:	Odio creer que ha muerto cada vez que suena el teléfono.
Emma:	Ya, lo entiendo.
Yo:	Nadie lo entiende. No de verdad.
Emma:	No, yo sí que lo entiendo.
Yo:	(pensando: qué vas a entender) …
Alex:	¿Y dónde está tu padre?
Emma:	Alex…
Yo:	No, no te preocupes… No pasa nada. Mi padre está muerto.
Alex:	Lo siento.
Emma:	Lo siento mucho.
Yo:	No pasa nada. Nunca lo conocí.

(Silencio incómodo. Nos pasamos un minuto comiendo).

Emma:	¿Sabes muchas cosas sobre él?
Yo:	La verdad es que no. Mis padres no estaban *juntos* juntos. Mamá descubrió que estaba embarazada de mí después de su muerte.
Alex:	Qué guay. Murió y naciste tú. La muerte no es el final.
Yo:	Bueno; para él, sí.
Alex:	A mí no me lo parece.
Yo:	A mí, sí.
Alex:	(a Emma) ¿Tú qué piensas?
Emma:	Creo que deberías hablarnos más de ese robot de cocina, porque es tu cumpleaños y hoy es tu día.
Alex:	Voy a hacer helado en él.
Emma:	Cómo mola.
Alex:	¿Sabíais que el helado napolitano debería ser verde, blanco y rojo? Porque esa es la bandera italiana.

Estuvimos en Sprinkles casi dos horas. En parte porque Alex se toma su tiempo para pedir y comer, pero sobre todo porque nos lo pasamos en grande.

Después los acompañé a la tienda benéfica y ¿a que no sabes con quién nos encontramos fuera de Tesco?

Con Miriam Patel.

Y con la señora Patel, que se habrá hecho un lifting desde la última vez que la vi, porque nadie puede estar tan sorprendido de verme.

Miriam:	Ah, hola, Phoebe.
Yo:	Ah, hola, Miriam.
Miriam:	Estoy de compras con mi madre. ¿Qué haces tú por aquí?
Yo:	Estoy con mis amigos.
Miriam:	(mira a Emma y a Alex, claramente juzgándolos). Ah, hola. Soy Miriam.
Yo:	Miriam, estos son Emma y Alex. Emma, Alex, esta es Miriam.
Emma y Alex:	Hola.
Yo:	Bueno, tenemos que irnos.
Miriam:	Sí, nosotras también. Adiós, Phoebe. Nos vemos la semana que viene.
Yo:	Sí, adiós. Hasta la semana que viene.

Y luego arrastré a Emma y a Alex lejos de allí y les solté algo como: «Dios mío, esa era Miriam Patel. Está en mi curso y es lo peor. Siempre es muy maja a la cara, pero en cuanto le das la espalda, te pone por los suelos». Y entonces Alex me soltó: «Sois tal para cual», como sugiriendo que estaba haciendo lo mismo. Así que le espeté: «Cierra el pico, Alex». Y Emma se echó a reír y acabó riéndose tanto que hasta lloró.

La cuestión es: pues claro que Alex tiene razón. Estaba haciendo un Miriam Patel sobre Miriam Patel, lo que significa que no puedo caer más bajo.

Y ahora me preocupa mucho que Emma piense que soy así en realidad, porque no es cierto. Soy la persona menos hipócrita que conozco. Vale, a veces digo cosas y la gente se queda en plan: «Cielo santo, Phoebe, no puedes decir eso». Pero nueve de cada diez veces ellos también lo están pensando.

23:44

He encontrado esto, escrito por un tal Thomas Moore: «Ojos de un azul impío».

VIERNES, 23 DE FEBRERO   #LaRedSocialDelInfierno

¡¡Sí!! Una petición de seguimiento de Emma en Instagram. No me odia. Pero, claro, no puedo aceptarla enseguida porque pareceré desesperada.

Esperaré a medianoche.

Al fin podré cotillearle el perfil.

Quedan cuatro horas.

¿Por qué esto es tan estresante?

20:59

Meaburro.com.

Quedan tres horas.

23:10

He visto programas chorra en la tele con Kate y ya me he quedado dormida.

Quedan cincuenta minutos. ¡Yo puedo!

SÁBADO, 24 DE FEBRERO #LukeSkywalker

04:15

Me parece increíble que me haya quedado dormida. Emma estará en plan: *¿Por qué aceptó mi petición de seguimiento a las dos de la madrugada?* Pero bueno, ya lo he hecho y no hay vuelta atrás. Y al parecer tampoco puedo dormir.

La última vez que me molesté tanto en cotillearle el Instagram a alguien fue con Polly cuando quiso saber todos los detalles sobre la vida de Ruedines.

Lo peor es que, después de haber dedicado tanto tiempo a eso, ya nunca podré olvidar el Instagram de Tristan. Lo sé todo sobre él.

Miriam Patel es igual: no hay nada secreto, nada sagrado, nada ni siquiera un pelín misterioso, porque ha vomitado visual y verbalmente toda su vida en la web.

Emma es todo lo contrario. No hay nada. Solo tiene ciento setenta y cinco seguidores, lo cual es bastante menos que la media, y su última imagen es una foto de un árbol de Navidad del 25 de diciembre. O sea, yo tampoco es que suba gran cosa, pero tengo quinientos tres seguidores y eso que ni me gusta la gente ni pido seguir a nadie, porque me estresa.

Para averiguar quién es Luke Skywalker, he repasado todos sus seguidores y toda la gente a la que sigue, pero no he visto a nadie que se le parezca ni una pizca. A menos, claro, que sea un ex y haya dejado de seguirle, pero entonces habría quitado esa foto, ¿verdad? También es la primera foto que subió, pero no lo etiquetó. Mucha gente ha comentado en plan: *Qué chula la foto* o *Cuánto amor*. Pero eso tampoco dice nada.

Voy a dejar el cotilleo para Pascua, porque el estrés de no dar «me gusta» por accidente a una foto de hace meses (a las tres de madrugada) o de enviar una solicitud de seguimiento al primo segundo de alguien es demasiado. O sea, me encantan las redes sociales, pero me estoy volviendo loca.

En serio, ¿quién es Luke Skywalker?

DOMINGO, 25 DE FEBRERO   #QUÍTAMEINSTAGRAM

Volví a cotillearle el Instagram a Emma.

Creo que necesito ayuda. La adicción a las redes sociales es algo real.

Según internet, afecta a 210.000.000 personas. ¡Eso es 3,2 veces los habitantes de Reino Unido!

Pero juro que, en cuanto averigüe el rollo de Emma, me detendré.

Ha habido algunas actualizaciones: Emma tiene tres seguidores más desde la última vez que miré, todos gente mayor, como de cuarenta años, y hay más comentarios en la foto de Luke y Leia, pero nada que me dé ni una pista sobre quién es ese chico o cuándo se sacaron la foto.

Y no hay ninguna foto nueva.

¿POR QUÉ?

¿Dónde va y qué hace?

Y luego hay gente como Miriam Patel, de la que puedo dar una descripción detallada de cada pensamiento trivial que ha tenido en las últimas veinticuatro horas, así como el valor nutricional de su desayuno, la comida y la cena.

LUNES, 26 DE FEBRERO   #ElFinDeUnaBonitaAmistad

Mi amistad con Miriam Patel se ha acabado.

Cuando he llegado al insti, Polly me esperaba junto a la puerta en plan: «Miriam Patel le ha contado a todo el mundo que estás saliendo con alguien que tiene síndrome de Down».

Yo: ¿De verdad ha dicho eso?

Polly: Sí, algo tipo: ¿no es muy tierno que Phoebe esté saliendo con un chico que sufre de síndrome de Down?

Yo: (pensando: esto es demasiado bueno) …

Polly: Tristan conoce a una persona con síndrome de Down.

¡Dios! ¿Por qué la gente siempre tiene que decir cosas así? «Ah, sí, conozco a alguien que, o sea, también tiene una discapacidad, vale…». ¡Que te calles!

Pues esto fue lo que hice: esperé. Hasta la hora de la comida, cuando me senté a la mesa de Miriam Patel.

Miriam: Ah, hola, Phoebe.

Yo: Ah, hola, Miriam. Por cierto, Alex no es mi novio.

Miriam:	(claramente arrepintiéndose de sus decisiones vitales) …
Yo:	Es un amigo al que conocí en la tienda benéfica de Kate. Y, además, las personas no «sufren» (hasta dibujé unas comillas en el aire) de síndrome de Down, sino que *tienen* síndrome de Down, lo que significa que tienen un cromosoma de más. Solo *sufren* cuando pardillos ignorantes como tú abren la boca.

Es que menuda gilipollas.

MARTES, 27 DE FEBRERO   #LaNuevaRecluta

Esta noche, cuando Kate me ha pedido que me sentara con ella en la cocina, le he preguntado: «¿Quién se ha muerto?».

Kate:	No ha muerto nadie, no seas tonta. Es sobre tu búsqueda de trabajo.
Yo:	Sé que no va bien, pero…
Kate:	No, no, no te voy a meter caña, solo quiero hacerte una sugerencia.
Yo:	…
Kate:	Tu madre me contó que crees que necesitas un trabajo por mí.

Yo:	No por ti, sino por mi culpa. Porque la gata está embarazada de gatitos ilegítimos y, según mi investigación, eso significa que sufrirás una pérdida económica de hasta dos mil libras.
Kate:	(muy escocesa) Venga, no seas ridícula. No esperaba que me pagaras nada porque la gata del demonio se escapó.
Yo:	...
Kate:	Pero si sientes que necesitas recompensármelo, aunque no hace falta y deberías centrarte en los CGES, ¿por qué no trabajas de voluntaria en la tienda? No puedo pagarte, pero supongo que podríamos fingir que lo hago.
Yo:	...
Kate:	Mira. Tú quieres un trabajo y a mí me falta personal.
Yo:	¿Cuántos días tendría que ir?
Kate:	Seis, por supuesto.
Yo:	...
Kate:	Es broma, tonta. Un par de tardes. Pero solo si no interfiere con los estudios.
Yo:	¿Qué días?
Kate:	Los que tú quieras. Puedes venir jueves y sábado si quieres estar con Emma y Alex.
Yo:	...
Kate:	Podemos fingir que te pago diez libras la hora.

Yo:	Si trabajo todos los jueves por la tarde y el sábado todo el día, eso serían unas doce horas a la semana.
Kate:	(agarrándose el pecho) Lo cual me sería de gran ayuda.
Yo:	Eso significaría que debería trabajar para ti 16,7 semanas para recuperar el dinero que te debo.
Kate:	¿Eso es aproximado o lo acabas de calcular?
Yo:	…
Kate:	Vale, listilla… Pero, por favor, no pienses que me debes dinero.
Yo:	Pero te lo debo.
Kate:	Phoebe, no me debes nada. Mira, es solo una idea. No hace falta que…
Yo:	No atenderé la caja.
Kate:	(centrándose) Solo la trastienda.
Yo:	No quiero hablar con los clientes.
Kate:	Por supuesto.
Yo:	Ni con Pat.
Kate:	…
Yo:	Ni con gente mayor.
Kate:	¿Qué te pasa con la gente mayor? Has conocido a Melanie. Es la caña.
Yo:	(porque, para ser sincera, me he quedado sin opciones) Vale.
Kate:	(aplaude y me besa en la cara) ¡Te quiero! ¡Te quiero! ¡Te quiero!
Yo:	Aparta.

21: 15

Ya me estoy arrepintiendo de mi decisión y estos son los motivos:

Contras de trabajar en la tienda benéfica:

- Pat.
- Otra gente mayor odiosa/loca.
- Rebuscar en la ropa de gente muerta.
- Rebuscar en los objetos personales de gente muerta.
- Organizar por orden alfabético los libros de gente muerta.
- El olor a pis.

Ventajas de trabajar en la tienda benéfica:

- Emma.
- Alex.
- Pagarle a Kate el dinero de los gatitos por unas diez libras imaginarias la hora en vez de esclavizarme por el salario mínimo en un trabajo que odiaré.

Seis contra tres, no debería hacerlo.

¿Cómo voy a decirle a Kate que no?

MIÉRCOLES, 28 DE FEBRERO   #AlertaDeGatitos

Las dos gatas de marca están embarazadas.

Kate me escribió al volver del veterinario.

«¡Enhorabuena! Vas a ser tía».

Que te den.

En otro orden de cosas, Miriam Patel sigue ignorándome. Resulta que no le gustó que la llamara «pardilla».

Por mí se puede ir al infierno.

Y Polly también, porque hoy me ha dicho: «Sabes, Phoebe, creo que es muy guay que te juntes con la gente de la tienda benéfica».

¿Qué me estás contando?

Mamá me ha enviado un correo para decirme que siguen en Turquía. Para cuando lleguen a Siria, no hará falta salvar a nadie, en serio.

P. D.: Mañana después de clase voy a la tienda benéfica.

JUEVES, 1 DE MARZO #FELIZAÑONUEVO

Polly aún no me ha deseado feliz Año Nuevo. Ya estamos en marzo.

Esta tarde, he tenido mi primer turno oficial en la tienda benéfica, a pesar del seis contra tres. Cuando he llegado, Emma ya estaba trabajando. Va al Wimbledon High y solo tarda diez minutos en llegar aquí a pie.

Kate estaba en plan: «Me alegro de que hayas venido. Nos han entregado las tarjetas de Pascua esta mañana y tenemos que ordenarlas enseguida».

Había diez cajas enormes de tarjetas con unas veinticinco mil variaciones distintas del tema de Pascua:

- Una foto de narcisos.
- Narcisos en acuarela.
- Narcisos al óleo.
- Narcisos con un árbol.

- Narcisos con un cordero.
- Narcisos con el conejito de Pascua.
- Narcisos con narcisos.
- Narcisos con narcisos con narcisos.

He tenido que rellenar tres exhibidores giratorios con tarjetas y no podía ponerlas en cualquier parte (¿a quién le va a importar?), ya que tenía que seguir el plan que habían enviado desde la oficina central de la organización benéfica contra el cáncer y tardé unas tres horas.

Así que, en un momento dado, solté: «¿Por qué somos seis personas y solo estoy yo haciendo esto?».

Emma dijo que había ordenado las tarjetas de Navidad y le había dicho a Kate que, si la obligaba a poner tarjetas de nuevo, no pensaba volver. Y Alex nunca ordena las tarjetas porque, según él, es «un especialista en atención al cliente» y, por tanto, *debe estar en la caja.*

Melanie y su marido Bill (quien, por cierto, es graciosísimo y lleva pantalones de pana muy coloridos) también estaban y Melanie dijo: «Ay, no, querida. Yo no he venido para eso». Y luego Bill añadió: «Y yo tengo la vista fatal, para mí todas son iguales». Qué raro, porque sí que podía ver bien las etiquetas minúsculas de los precios que él mismo:

a) había escrito en una letra minúscula
b) y había pegado con cuidado en unas etiquetas igual de minúsculas detrás de cada corbata.

Pat estaba enferma, lo que al principio me alegró mucho, pero enseguida me di cuenta de que había dado esa excusa flagrante porque *ella tampoco quería ordenar las tarjetas de Pascua.*

Resulta que es el peor trabajo que existe.

Y, sin ánimo de hacerme la graciosa, quizás el comunismo sea buena idea. Hay mucho que decir de esa gente que no tiene elección.

Kate estaba tan feliz de que hubiera ido a hacer ese trabajo basura que nadie quería que nos trajo a todos cosas de Starbucks. Yo tomé un *latte de vainilla*, como siempre, y Emma dijo: «No esperaba que fueras una mujer que tomase *latte de vainilla*». Y luego me guiñó un ojo.

¿El *latte de vainilla* es una bebida tonta?

Emma se pidió un *chai latte* con leche de soja. A lo mejor me pido eso la próxima vez.

De camino a casa, le pregunté a Kate por qué Emma va de voluntaria a la tienda y me respondió: «¿Por qué no se lo preguntas tú? Seguro que te lo dirá».

Ya, bueno, yo también creo que me lo dirá, porque seguro que no es una historia muy interesante, aunque ahora que Kate ha montado un drama por ella sí que me lo parece.

Ojalá la vida fuera más sencilla.

¿Cuál es el rollo de Emma?

21:08

Una cosa más sobre Emma: nunca he conocido a nadie con unos globos oculares más grandes y más hermosos.

Según internet, los ojos azules son una mutación que ocurrió en algún momento entre 6000 y 10.000 años atrás. Hasta entonces, todos los seres humanos tenían los ojos marrones. Además, solo el ocho por ciento de la población mundial tiene los ojos azules y en realidad no hay ningún pigmento en los iris azules; solo parecen azules del mismo modo que el cielo parece azul pero no lo es.

VIERNES, 2 DE MARZO   #VERGÜENZA

Cuando Kate ha llegado a casa esta noche, estaba en plan: «Hoy ha venido James a la tienda». Y yo: «¿Quién es James?».

Kate: Pero si conoces a James.
Yo: ...
Kate: *James*. James el guapo. Del Goat.

Resulta que James Porno Gastronómico ha visitado la tienda benéfica y estaba examinando como quien no quiere la cosa la sección de no ficción cuando Kate lo ha reconocido.

Al parecer, trabajar en el Goat no es su vida. Va a la Facultad de Arte de Wimbledon, donde se licenciará en Fotografía Artística, y tiene veintitrés años. Según Kate, le pidió que viniera como voluntario porque sufre una escasez crónica de voluntarios, y él ha dicho que se lo pensaría. Juro que si empieza a trabajar en la tienda no pienso volver a pisarla en la vida, porque está claro que a Kate le gusta el chaval y eso da asco y no me hace falta estar con otra pareja que dé vergüenza ajena y que se pase el rato besuqueándose y mimoseándose delante de mi cara.

SÁBADO, 3 DE MARZO   #LaTiendaDelCáncer

Hoy Pat ha vuelto al trabajo. Se ha sentado en su silla habitual junto a la mesa grande para poner precio a las fruslerías y juro que me ha examinado de arriba abajo tres veces. Yo la he fulminado con la mirada y ya. Ojalá supiera por qué me odia.

Mi primer trabajo ha sido organizar el exhibidor con las tarjetas de Pascua, porque al parecer la gente es

a) ciega
b) y demasiado tonta para devolver las tarjetas a su sitio.

Y, cómo no, durante todo el rato que he pasado reorganizándolas la gente no dejaba de girar el exhibidor a un lado y a otro ni de sacar tarjetas y ponerlas en el sitio equivocado.

Yo estaba en plan: «Pida ayuda si esto le supera, por favor».

Después me enseñaron a usar la plancha de vapor para la ropa, que es como una plancha enorme con potencia industrial. Hierve el agua como una tetera y luego la expulsa por una boquilla que tienes que pasar por la ropa para quitar las arrugas. Por desgracia, no hace que todo huela mejor, pero Emma ha dicho: «Para trabajos duros como este, frescura floral» y echó un poco de ambientador Febreze.

Y yo: «Ahora huele a baño público». Y Emma soltó: «Mmmmm, delicioso». Y se puso a oler el sobaco costroso de la camisa que estábamos planchando y nos echamos a reír.

Pat no ha dicho ni «mu» en toda la mañana y parecía bastante molesta de que Emma y yo nos lo pasáramos bien. Cuando al final se espabiló, me dijo: «Phoebe, me han contado que tu madre está en Siria ahora mismo».

Yo: Sí.

Pat: Kate dice que ha ido a ayudar a construir un
            hospital.

Yo: (pensando: ¿por qué me preguntas esto cuando ya
            sabes la respuesta?) Sí.

Pat:	Es muy valiente.
Yo:	…
Pat:	Y tu padre también lo fue. Debes echarle de menos.
Yo:	La verdad es que no.
Pat:	(con la boca abierta tocando la mesa) …

Lo siento, pero odio cuando la gente dice esas mierdas. Porque es como si dijeran: «Ah, qué difícil debe de ser vivir sin ese tercer brazo que nunca has tenido».

Me molesta mucho que Kate pueda hablarle a todo el mundo sobre *mi vida*, pero cuando le pregunto una única cosa sobre Emma, se pone en plan: «Ya lo siento… Ahora no puedo abrir mi gran bocaza escocesa».

A lo mejor debería decirle que no quiero trabajar para ella.

Ya sabes lo que dicen: *No cagues en el mismo sitio en el que comes.*

DOMINGO, 4 DE MARZO   #WWW.INFIERNO

Ninguna imagen de Emma a la que le pueda dar «me gusta». Una imagen a la que he decidido *no darle* «me gusta» es la de Polly: domingo de vaguear con el novio y una foto de sus pies sobresaliendo de una manta suave. Es que no puedo.

Me he pasado una hora intentando llamar a mamá por WhatsApp, pero la cobertura era tan mala que hemos desistido.

Kate me ha dicho: «Lo siento, Phoebe», pero le he contestado: «No es culpa tuya. Además, me la suda».

Y me ha mirado y ha dicho: «Te importa, Phoebe. Amelia es tu madre».

Pero no, no me importa. Mamá solo llama porque le gusta oír el sonido de su propia voz. Entiendo todo el tema de marcar casillas, pero... ¿en tu casa? ¿Y obligas a alguien a hablar solo porque sois parientes? Pues no me da la gana.

Mañana es un día que en el insti dedican a la formación de los docentes y no tengo clase, así que voy a ir a la tienda benéfica.

LUNES, 5 DE MARZO #REVELACIONES

Si se te da de pena mentir, no deberías hacerlo.

Polly nunca me miente porque:

a) sabe que siempre me doy cuenta enseguida, porque tiene un tic en el párpado izquierdo y le cambia la voz,

b) y siempre está en plan: «Mentirte a ti sería como mentirme a mí misma».

Además, si insistes en guardar un secreto pero te sientes culpable y, por tanto, has decidido deshacerte de esa culpabilidad en algún momento del futuro contando la verdad, ¿por qué no eres sincera desde el principio?

La gente es patética.

Lo de hoy es que he descubierto que mamá nunca me contó toda la verdad sobre papá.

Y, claro, al igual que cualquier otro hecho esencial sobre la vida, como la regla, los penes y montar muebles de IKEA, lo he descubierto por Kate. Porque a mi madre se le da fatal ser madre.

Por lo visto (y esto me decepciona bastante, la verdad), lo de no compartir detalles sobre el fallecimiento del padre con su hija (¡!) fue una decisión conjunta entre mi pésima madre y mi pésima madrina.

Pero, claro, me lo iban a contar algún día…

Pensaron que, si descubría que me habían mentido desde el principio, sería menos decepcionante que si sabía la verdad desde el primer día.

Mi vida es uno de esos programas en los que las personas descubre que los miembros de su familia o sus seres queridos les han ocultado cosas y al principio todo el mundo se pone a gritar, pero al final acaban llorando. O marchándose.

Total, que esta mañana Kate y yo teníamos que ir temprano a la tienda benéfica porque iba a venir alguien a revisar las alarmas antiincendios.

De camino paramos en Starbucks a por café.

Kate:	(bostezando) Recuérdame por qué decidí llevar una tienda benéfica.
Yo:	¿Porque ya no querías ser una enfermera de Urgencias?
Kate:	(frotándose los ojos) Ah, sí. Eso era.
Yo:	¿Por qué lo dejaste?
Kate:	(se encoge de hombros) Por muchas razones.
Yo:	Di una.
Kate:	No podía más.
Yo:	¿Por qué?
Kate:	Porque no podía más.
Yo:	O sea que un día te levantaste en plan: «Vale, lo dejo»... ¿O cómo fue?
Kate:	Sí, un día me levanté y dije: «Pues lo dejo».
Yo:	Estás mintiendo.

Kate:	¿Y qué más da si miento? Son las siete de la puta mañana.
Yo:	Así que pasó algo.
Kate:	Phoebe. Siempre pasan cosas cuando eres enfermera de Urgencias. Y nunca son buenas. Sobre todo en una guerra.
Yo:	Pues dímelo.
Kate:	(me mira como si estuviera a punto de soltarlo antes de respirar hondo un par de veces) Algún día te lo contaré, Phoebe.
Persona de Starbucks:	(gritando, aunque éramos las únicas clientas y estábamos justo delante) Un café solo y un *chai latte* de soja para Kate.
Kate:	Gracias.
Yo:	(sujetándole la puerta al salir) ¿Te has fijado en que no me tratas de una forma consistente?
Kate:	Perdona, ¿qué has dicho?
Yo:	Hace nada me hablaste sobre marcar casillas y sexo gatuno y ahora te pones en plan: «Ay, no, Phoebe, me resulta imposible compartir esta información contigo».
Kate:	(se detiene en medio de la acera y luego me arrastra a un callejón que siempre huele a pis, justo entre una tienda de animales y un bazar) Vale, Phoebe. Antes que nada, no todo gira a tu alrededor. A lo mejor, esta vez, no estoy lista para compartir esa información contigo porque, aunque soy una persona adulta, tengo sentimientos. Y, en segundo lugar... Vale, te lo contaré, joder.

Yo:	...
Kate:	Vi morir a tu padre.
Yo:	...
Kate:	He visto a mucha gente morir, pero eso fue diferente, porque era mi amigo. Y tu madre lo quería y yo no pude salvarle.
Yo:	(el callejón de pis dando vueltas) ...
Kate:	Lo siento. No debería haber dicho nada...
Yo:	(el callejón sin dejar de dar vueltas) ...
Kate:	Lo siento mucho, Phoebe. Yo...
Yo:	(Kate también dando vueltas) ...
Kate:	(intenta agarrarme la mano libre) Soy un desastre. Lo siento.
Yo:	(aparto la mano) No me toques.
Kate:	Phoebe...
Yo:	Y no me hables.

La dejé en el callejón de pis y me fui a la tienda, donde esperé a que llegara y abriera. Creo que estaba demasiado desconcertada como para que me diera una rabieta. O echara a correr. Qué patética fui.

Al fin Kate llegó, abrió la puerta y me fui directa a la parte trasera a ordenar ropa. Cuando el tipo de la alarma antiincendios llegó, me dijo: «Oye, ¿estás bien?» y le dije: «La verdad es que no».

Más tarde, Pat me preguntó: «¿Te has peleado con Kate?» y yo: «Sip». Y juraría que parecía contenta.

Me parece increíble que nadie me haya dicho nada.

Lo bueno es que no queda ninguna persona que me pueda decepcionar.

22:36

Kate me ha contado toda la historia.

Se ha plantado al otro lado de la puerta cerrada de mi dormitorio y me ha dicho: «Siento que nunca te lo hayamos contado y siento si te lo he soltado así de repente. Fue una época muy difícil y no nos gusta hablar de ello. No le cuentes a tu madre que me he comportado como una cría de cinco años, por favor. Ya se lo diré yo. Le voy a mandar un correo enseguida. ¿Phoebe?».

Y yo: «Vale» y le he abierto la puerta.

Sabía que papá había muerto mientras trabajaba en un hospital en Irak al que bombardearon, pero no sabía que Kate y mamá también habían estado allí.

Según Kate, ella estaba en el edificio en el que vivían los médicos y las enfermeras y papá acababa de salir para ir al hospital en el que mamá ya estaba trabajando.

Según Kate, el problema de las bombas es que no las oyes por la velocidad a la que caen. Así que, de repente, hubo una explosión enorme, los edificios temblaron y algunos se derrumbaron y todo el mundo acabó en el suelo.

Según Kate, salió corriendo al patio y vio que gran parte del hospital había quedado aplastado y que la gente gritaba y corría, y en lo único en lo que pudo pensar fue: «Mierda, Amelia está en el hospital».

Cruzó corriendo la calle y entonces vio a mi padre tirado en el suelo.

Me dijo que un trozo enorme de un tejado le había caído en la barriga y que se estaba desangrando con tanta rapidez que, cuando ella llegó a su lado, ya había un charco de sangre.

Me dijo que cree que mi padre sabía que iba a morir.

Y me dijo que seguramente él sabía que ella lo sabía, así que solo se arrodilló a su lado y le sujetó la mano.

Según Kate, fue el momento más horrible de su vida y todo acabó en menos de treinta segundos, pero ella lo recuerda como si hubiera durado horas y horas.

Yo: ¿Por qué bombardearon el hospital?

Kate: (sacudiendo la cabeza) Así son las guerras, Phoebe. No te lo puedes ni imaginar... es que no puedes. La gente se vuelve mala.

Yo: ¿Papá dijo algo antes de morir?

Kate: (sacude la cabeza otra vez) No, cielo, no dijo nada.

Yo: ¿Y tú qué le dijiste?

Kate: (se encoge de hombros) Pues... Dios. Creo que le dije que no se preocupara por nada.

Yo: Lo siento.

Kate: (abrazándome) No, yo sí que lo siento, Phoebe. Era tu padre. Y era un ser humano maravilloso. Igual que tú. Y no es justo.

Según Kate, murieron quince personas en el bombardeo.

Mamá quedó inconsciente y la hirieron en la cabeza. La evacuaron a Chipre y Kate se fue con ella. Allí fue donde le dijeron que estaba embarazada de mí.

Kate dimitió nada más volver a Londres.

El cuerpo de papá lo enviaron a su familia en Tel Aviv, porque era de allí. Según Kate, mamá no habló con nadie ni hizo nada durante cinco meses. Cuando nací, decidió poner en el certificado de nacimiento que el padre era desconocido porque no podía enfrentarse a la realidad.

Lo he pensado y es muy típico de mamá, ¿verdad? Lo mismo de siempre: todo gira a su alrededor. Ni siquiera consideró que quizás a los padres de papá les habría gustado conocerme, porque, todo sea dicho, habría sido algo muy importante para ellos cuando su hijo acababa de morir. Y a mamá tampoco le importé yo (lo normal), porque me merecía algo más que tener un padre muerto anónimo.

Le he preguntado a Kate si cree que a la familia de papá le gustaría saber de mi existencia y dice que no sabe cómo se sentiría mamá si intentara contactar con ellos, pero que ella me apoyará si quiero conocerles.

Me ha contado que papá era la persona más graciosa que ha conocido nunca y que yo he heredado su «alocado» sentido del humor. También me ha dicho que era muy amable y hospitalario, pero que yo no había heredado eso (qué borde).

Nunca me había interesado mucho por mi padre.

Supongo que nunca lo vi como una persona de verdad.

Pero ahora sí.

Me alegro de que fuera gracioso.

Me pregunto si yo le hubiera caído bien.

Imagínate que tuviera una cuenta de Facebook. Ahora mismo se la estaría cotilleando.

Según internet, aún quedan unos veinte millones de personas muertas en Facebook. No de forma literal, claro, porque están muertas. Pero ojalá pudiera ver fotos de papá, agregar a su familia, ver qué le gustaba tomar para comer, qué películas veía en el cine, dónde iba de vacaciones...

P. D.: Nunca lo había pensado, pero siento mucho que muriera.

MARTES, 6 DE MARZO   # סולש

Esta noche, Kate y mamá han hablado por WhatsApp y Kate le ha dicho que me ha contado lo de papá.

Me alegro de que todo se sepa ya.

Y me alegro porque, en cierta forma, la gente solo se convierte en gente de verdad cuando oyes una historia sobre ellos. Me he pasado la vida en plan: mi padre está muerto, trabajaba de médico en la guerra y lo mataron antes de que yo naciera.

Y ahora pienso cosas más tipo: mi padre se llamaba Ilan y era de Tel Aviv. Trabajaba como médico en la guerra y murió cuando bombardearon un hospital cerca de Mosul. Nunca nos conocimos, pero dicen que me parezco a él. Pero sin la barba.

Kate me ha dicho: «Phoebe, pregúntame todo lo que quieras saber sobre él. Siento mucho que hayamos sido tan raras con este tema durante tantos años».

Yo: ¿Mi padre era judío?
Kate: Sí.
Yo: Pero yo no.

Kate: Pues no sé… tú dirás.

Yo: Ja, ja.

Kate: Por nacimiento, no. El judaísmo se hereda de la
            madre. Así que supongo que solo eres medio judía.

Yo: ¿Y hablaba hebreo?

Kate: (mirándome como si fuera idiota) Sí. Como era
            israelí, nacido y criado en Israel y fue a la Universidad
            de Tel Aviv, hablaba hebreo.

Yo: Creo que debería aprender hebreo.

Kate: Phoebe, si quieres aprender hebreo, yo misma
            financiaré tus estudios.

(Pero luego lo he buscado en Google y, madre mía, ¿has visto el
alfabeto? «*Hola*» es «*hello*», *lo cual es fácil, pero se escribe así:* שלום).

Yo: ¿Y me parezco más a mamá o a papá?

Kate: Tú, cielo, eres lo mejor de los dos.

Yo: Hashtag cliché.

Kate: Vale, doña gruñona, te lo diré. Tus preciosos ojos son
            los de tu padre, igual que tu agudo ingenio y tu
            cuestionable sentido del humor. De Amelia has
            heredado la capacidad de no aguantar ninguna
            mierda. Pero tu inteligencia la has sacado toda de mí.
            Igual que tu belleza. Y ese pelazo. Y…

Yo: Cierra el pico, Kate. Lo preguntaba en serio.

Kate: (agarrándose el pecho) Y yo lo digo todo muy en
            serio. Se nace o se hace, Phoebe.

Yo: …

Kate: (me agarra para besarme la cara mil veces) Tú,
           querida mía, eres la combinación perfecta de esos dos.

Yo: ¿Por qué nunca hablabais sobre papá?

Kate: A veces ocurren cosas tan grandes que es imposible
           encontrar las palabras adecuadas. Y no es que tu
           madre no quiera hablar de ello. Es que creo que no
           puede.

Yo: …

Kate: Pero, Phoebe, déjame decirte tu padre era un hombre
           maravilloso.

Yo: Siento que perdieras a tu amigo.

Kate: No tanto como yo siento que nunca os llegarais a
           conocer.

Yo: …

Kate: (me besa en la cara de nuevo y luego me da un abrazo
           demasiado fuerte mientras se ríe en mi pelo) Su
           inglés era perfecto, pero él nunca decía «hola» sino
           «shalom».

Yo: A lo mejor debería saludar a la gente así. Por ser
           medio israelí.

Kate: Pero avisa a tu madre antes de soltárselo.

Yo: …

Kate: Lo quería. Y a lo mejor aún lo quiere.

21:32

Shalom [exclamación]:

Usado como saludo por la gente judía en una reunión o celebración. Significa «paz».

22:00

Creo que a lo mejor quiero conocer a la familia de papá.

O sea, seguramente les dé un infarto, pero ¿tú no querrías saber que tu hijo/hermano/mejor amigo muerto ha tenido una hija?
Entiendo que mamá esté triste, pero no todo puede ser sobre ella.

MIÉRCOLES, 7 DE MARZO   #GenialPhoebe

Cuando he visto a Polly en el insti, le he dicho: «Shalom» y se ha
quedado en plan: «Pero ¿qué?». Así que le he contado que, como
papá era israelí, voy a investigar más sobre su cultura y que estaba
pensando en aprender hebreo (lo cual es mentira, porque ya he decidido no hacerlo).

Polly me ha dicho: «Genial, Phoebe».

No sé qué esperaba que dijera, pero eso no es una reacción. O
sea, si le hubiera soltado algo rollo: «Estoy pensando en tirarme
delante de un autobús», también habría dicho: «Genial, Phoebe».

Le da igual y lo odio, y odio odiarlo, porque *no* quiero que me
importe.

Que Miriam Patel siga pasando de mi cara porque la llamé
«pardilla» no me molesta. Todo lo contrario: me ha mejorado la
vida. Pero la indiferencia de Polly me pone enferma.

¿Cómo puede un novio reemplazar a una amiga del alma?

P. D.: Acabo de buscar en Google la pregunta anterior y la respuesta es: un novio *no puede* reemplazar a una amiga del alma porque:

a) necesitas a tu mejor amiga para hablar sobre tu novio,
b) tu amiga es objetiva cuando tú no lo eres
c) y los novios son temporales, mientras que las amigas del alma son para toda la vida.

¿Polly no se da cuenta de nada de esto?

P. P. D.: La vida sería mucho más sencilla si no tuviera sentimientos. Igual que Data en *Stark Trek*. Sé que en realidad no es una persona, sino un androide, pero es un genio de verdad hasta que Geordi le instala el chip de emociones y Data se rompe.

Intento con todas mis fuerzas no tener emociones, pero cuando miro a Polly y pienso que ya no la conozco, algunos fragmentos de emoción se cuelan por el escudo de hierro que rodea mi alma. Como si fueran ácido. Queman y pican.

JUEVES, 8 DE MARZO   #ProblemasDeClaseMedia

Esta tarde, una clienta se quejó de que en nuestra selección de tarjetas de Pascua faltan las de Jesucristo en la cruz. Luego se puso a despotricar sobre cómo los huevos de Pascua ya no se llaman *de Pascua*, sino que los anuncian como huevos *de chocolate* y sobre cómo la corrección política ha ido demasiado lejos, porque, al final, este sigue siendo *nuestro* país.

Sin ánimo de hacerme la graciosa, no sé de qué estaba hablando la señora, a menos que Jesucristo haya puesto un huevo de chocolate en algún momento.

Ojalá le hubiera dicho algo ocurrente, pero como me impactó tanto su racismo, al final no dije nada.

James Porno Gastronómico ha venido a la tienda esta tarde y tengo una duda:

¿La gente se piensa que tienen buen aspecto cuando liga?

Porque Kate parecía que tenía piojos de tanto tocarse el pelo.

Emma y yo nos hemos pasado una eternidad observándolos, y entonces Emma me ha soltado: «Es muy guapo, ¿no?».

Le iba a preguntar por Luke Skywalker, pero al final no lo he hecho.

Ahora me siento físicamente agobiada por todas las palabras que no he dicho hoy.

Mi vida sería mucho más sencilla si yo no fuera tan rara.

VIERNES, 9 DE MARZO   #MundoDeLocos

Me he pasado una hora mirando el Instagram de Emma para intentar averiguar cuál es su rollo.

A lo mejor debería buscarla en Google.

23:55

Lo he hecho. Y nada.

Me pregunto qué estará haciendo Polly. ¿Por qué no me echa de menos? Me paso la mitad del tiempo que no sé si estoy triste o solo ofendida. ¿Cómo pueden ser diez años de amistad tan intrascendentes para ella?

No es que quiera hablarle de papá, pero estaría bien ir a Starbucks las dos juntas. Lo bueno de Polly es que siempre tiene algo que decir y a veces, cuando a mí no me apetece hablar, que es a menudo, me lee algo aburrido del periódico *Metro* y ya. O finge que está haciendo el sudoku, pero como lo odia y no sabe nada de números, acabo haciéndolo por ella.

Odio que mi vida sea una mierda.

Y sé que he hecho nuevos amigos, más o menos, pero no le puedo preguntar a Emma si podemos sentarnos juntas en Starbucks en silencio y hacer un sudoku.

Aunque sí que se lo podría preguntar a Alex.

Pero, de toda la gente que conozco, es el que más ocupado está socialmente y, además, no quiero obligar a la gente a estar conmigo.

Mañana es el Día de la Madre.

Emma dice que va a ir con la suya a Brighton a pasar el día, ir de compras y comer. Mamá y yo no hemos hecho nunca algo así. O sea, no es que quiera... yo solo lo digo.

Nunca me lo había planteado, pero el Día de la Madre es muy ofensivo para la gente que no tiene una madre. Igual que el Día de San Valentín es ofensivo para la gente soltera.

Cada tarjeta de Feliz Día de la Madre/ramo de flores/selección de pralinés se te ríe en la cara en plan: *No tienes a nadie a quien regalarme.*

Supongo que debería haberle comprado algo a Kate.

La naturaleza también se ha reído en mi cara, con tantos narcisos y pájaros y sol que hasta me dolían las retinas.

Kate y yo hemos ido a una cena imaginaria por el Día de la Madre al Goat y, como James Porno Gastronómico no trabajaba, Kate ha dicho: «Bueno, pues acaban de perder cinco estrellas en TripAdvisor».

P. D.: No me apetece volver mañana al insti.

Ahora todo va sobre los CGES, y eso me estresa porque:

a) los profes se vuelven locos por los exámenes,

b) los padres se vuelven locos por los exámenes

c) y todo el mundo, por consiguiente, se vuelve loco por los exámenes.

Y sé que CGES significa Certificado General de Educación Secundaria, pero de verdad debería ser Catástrofe Generalizada Escolar de Secundaria, porque no es bueno que nos hagan hacer dos exámenes al día durante seis semanas.

Magda Jennings nos contó que su prima, que es italiana y vive en Italia, no tiene que pasar por los CGES. Por lo visto, hacen varias pruebas y tres grandes exámenes en cada asignatura, pero repartidos a lo largo del año, y la media es tu nota global. Y eso es mucho más justo, porque ¿y si resulta que tengo la peor semana de mi vida y todos los CGES importantes ocurren en esa misma semana? En plan: ¿y si tienes un montón de problemas hormonales porque estás con la regla o te sientes como una mierda porque te has resfriado o tienes un dolor de cabeza que no se va? Todos los exámenes de la semana podrían acabar en desastre, lo que indicaría que eres una estudiante pésima, sin que eso fuera cierto.

P. P. D.: No lo había pensado, pero acabo de ver que me presentaré a veintisiete exámenes a lo largo de seis semanas.

Y sí, puede que sea una idiotez, porque solo tienes que aprenderte cosas de memoria sin necesidad de comprender lo que significan, pero ¿veintisiete exámenes en seis semanas?

Es una crueldad.

LUNES, 12 DE MARZO   #POLLY

Hay una novedad interesante sobre Polly.

Me ha preguntado si quiero ir a Starbucks con ella mañana después de clase.

Le he dicho: «Sí, claro, por qué no… Mañana no trabajo». Y ella: «No sabía que tenías trabajo». Y yo: «Ah, ¿no te lo he dicho? (Obviamente no se lo había dicho). Trabajo en la tienda benéfica de Kate».

Qué ganas tengo de saber qué quiere. ¿Me echa de menos al final o se siente superculpable por ser tan mala amiga?

Seguro que mañana todo se desvela.

MARTES, 13 DE MARZO   #ImbécilTotal

No sé en qué estaba pensando, pero creí de verdad que Polly querría verme porque me echaba de menos, pero resulta que solo quería verme por ella.

Supongo que debería sentirme un poco halagada porque Tristan no vino ni iba colgado de su brazo.

Cuando llegamos a Starbucks, Polly pidió lo de siempre y yo dije: «Un *chai latte* de soja, por favor».

Y Polly se quedó en plan: «¿Desde cuándo bebes eso?». Y yo: «Desde siempre». Lo cual es una mentira enorme.

Nos sentamos en nuestro sofá de cuero marrón favorito y durante, no sé, un milisegundo, la situación no se me hizo incómoda. Era como si nos hubiéramos teletransportado a un año atrás, cuando todo era perfecto.

Y entonces pasó esto:

Polly:	Es sobre Tristan.
Yo:	(pensando: ¿qué coño me estás contando?) ...
Polly:	El sexo no funciona.
Yo:	¿Qué coño me estás contando?
Polly:	¡Lo sé! ¿Cómo es posible? Tenemos mucha química y yo quiero hacerlo, de verdad, pero cuando estamos en ello, pues no pasa... nada.
Yo:	No. O sea, ¿en serio quieres hablar conmigo sobre eso? Llevas tres meses sin llamarme ni escribirme y solo me hablas si es de pasada. Y nunca me felicitaste el Año Nuevo, por cierto. Y *ahora* que querías pasar un rato conmigo, ¿era para contarme que tu novio da pena en la cama? ¿Qué esperabas de un chico que no sabe montar en bicicleta?
Polly:	Phoebe...
Yo:	¡No! Me voy. Ahora mismo no tengo la capacidad cerebral para lidiar con tu vida sexual de mierda. ¿Por qué no hablas con Tristan? Con él hablas sobre todo lo demás.

Y me marché.

Kate ha preparado para cenar patatas rellenas de alubias con tomate, pero yo estaba mareada. Ha intentado darme un par de cucharadas, pero le he dicho que vomitaría si me obligaba a comer más.

Es que no puedo.

23:47

Me parece genial que Tristan no tenga ni zorra sobre lo que hacer con su pene/boca/dedos.

Creo que lo odiaría más si fuera Don Orgasmo.

MIÉRCOLES, 14 DE MARZO   #NiMeHables

Sigo cabreada.

Esta mañana, Polly me ha dicho: «Phoebe, siento lo de ayer. Es que…». Y yo: «No quiero saberlo».

Y entonces me he alejado de ella.

Porque sus dramas son muy irrelevantes.

Hay guerras, hambrunas, injusticias sociales, cambio climático y la gente solo quiere hablar de sexo. Y entonces, cuando ya lo han hecho, tampoco se callan y siguen hablando de sexo, porque al parecer no es tan guay ni te cambia tanto la vida como se pensaban.

Menudo coñazo.

Y otra cosa más: Polly puede hacer algo al respecto. Puede hablar con Tristan, pero no quiere, y si la gente ni siquiera se molesta en solucionar lo que *sí* que puede arreglar, ¿cómo vamos a resolver las cosas más importantes?

Fin de la perorata.

JUEVES, 15 DE MARZO

Hoy Emma ha sugerido que podríamos ponernos más creativas con las donaciones buenas/asquerosas. En plan: «¿Por qué no elegimos un objeto para que sea "la donación de la semana" cada semana?».

Kate:	Explícate.
Emma:	Algo que sea muy guay, una mierda total o dé asco. Y todos tenemos que promocionarlo.
Yo:	¿Como los marcos de fotos con el hombre Mickey Mouse?
Emma:	Exacto.
Kate:	¿Quién no necesita uno de esos en su vida?
Emma:	Exacto.
Kate:	Creo que es una idea maravillosa, cielo.

Emma y yo procedimos entonces a elegir la *fondue* de chocolate como la primera donación oficial de la semana. Alex está comprometido al ciento por ciento y se ha pasado el resto de la tarde preguntando a todos los clientes que se acercaban a la caja: «¿Puedo tentarle con una *fondue* de chocolate?».

Pero al parecer no ha tentado a nadie.

VIERNES, 16 DE MARZO

La gata ha potado en mis zapatos.

Lo he dejado ahí un rato, con la esperanza de que la otra gata se lo comiera, pero no ha ocurrido y, como Kate no había llegado aún a casa, he tenido que limpiarlo yo.

¡Puaj!

Es una metáfora excelente sobre mi vida ahora mismo. Todo el mundo vomita sobre ella.

P. D.: Hasta tengo ganas de ir a la tienda benéfica mañana.

SÁBADO, 17 DE MARZO   #ZOMBI

Hoy he oído a Pat intentando echar mierda sobre mí con Emma.

Estaba a punto de entrar en el almacén cuando las he oído susurrar, así que me he quedado junto a la puerta entreabierta para escuchar. ¿Y a que no sabes qué? Tres segundos más tarde, Pat dijo mi nombre:

Pat:	¿Por qué tiene que vestirse así? Con tanta calavera y de esa forma tan espeluznante. Es como… un zombi.
Emma:	(partiéndose) Pat, los zombis son muertos vivientes.
Pat:	Pues una bruja entonces.
Emma:	¡Pat!
Pat:	¿Sabes a lo que me refiero?
Emma:	La verdad es que no. Todo el mundo tiene un gusto distinto para vestir.

Pat:	Lo siento, pero esa chica me parece rara. Siempre ha sido así, incluso de pequeña. Callada. Pero de una forma extraña… ¿Sabes a lo que me refiero?
Emma:	No, sigo sin entenderte. Pero a lo mejor piensas eso porque te ha echado un hechizo.
Pat:	…
Emma:	(partiéndose de nuevo) A mí me parece maja. Quizás esté un poco triste ahora mismo porque su madre está en Siria.
Pat:	Sí, eso no es fácil. Sin embargo…

A esas alturas ya no me apetecía escuchar otra palabra que saliera de la boca de esa mujer, así que entré en plan: «¡Buenos días!» (pero mucho más alegre de lo normal).

Y sobre el tema de que cada persona tiene un gusto diferente para vestir, algunas chicas de mi clase deben tener la impresión de que lo más atractivo es llevar poca ropa, lo cual no es cierto. Emma llevaba un jersey multicolor que le quedaba grande y unos vaqueros ajustados; se había recogido el pelo en dos moños torcidos y estaba muy guapa.

Ojalá yo fuera guapa de una forma natural. Si lo fuera, a lo mejor no intentaría taparme la cara con el pelo. Y a lo mejor tampoco parecería «espeluznante».

Dios, cuánto odio a Pat.

¡Puaj!

Juro que, si pudiera echarle un hechizo, lo haría. Y por eso me he pasado el resto del día imaginándomelo.

Pero ha sido muy guay que Emma me defendiera. Alguna gente se dedica a coincidir con lo que dicen otras personas, aunque solo

digan burradas. Miriam Patel es un buen ejemplo. Está tan desesperada por caer bien que pondría por los suelos a cualquiera.

A lo mejor por eso no tiene una amiga del alma.

Bueno, yo tampoco tengo una ya, pero aunque odie a Polly y la
forma en la que las sinapsis de su cerebro parecen fallar en este momento, nunca rajaría de ella a sus espaldas.

Sé que ya lo he dicho, pero lo repetiré: comparada con el resto
del mundo, Emma tiene mucha clase.

DOMINGO, 18 DE MARZO   #LosPájarosYLasAbejasYTodoEso

Esta tarde, Kate y yo decidimos ver del tirón todas las películas originales de *Star Wars*.

Hacia la mitad, me puso encima una de las gatas embarazadas.

Kate:	Acaríciala.
Yo:	Uf.
Kate:	Y ahora habla sobre Polly.
Yo:	No.
Kate:	Aún no la he visto. ¿Por qué?
Yo:	Es una imbécil total y ya me he hartado.
Kate:	Pero es tu amiga. ¿Qué pasa con lo de «entre amigas todo acaba pasando»?
Yo:	¿Qué dices? ¿Cuán vieja eres?
Kate:	(hablando con esa voz aguda tan ridícula de desquiciada que supera las tres octavas). Mucho. Y por eso lo sé todo y debo aconsejarte.

Yo:	De verdad que no quieres saberlo.
Kate:	(sin dejar de hablar con esa voz mientras parpadea a una velocidad absurda) Pero sí que quieroooooo.
Yo:	Me pidió que nos viéramos en Starbucks y, en vez de hacer cosas nuestras, me contó que su novio es horrible en la cama.
Kate:	(con las cejas casi en el pelo) Ay, eso es terrible. Pobrecita.
Yo:	No, nada de «pobrecita». Pobrecita yo. No me habla en una eternidad y, cuando lo hace, ¿eso es lo que me dice?
Kate:	Phoebe. ¿A quién más se lo iba a contar? ¿A su madre? Deberías sentirte honrada de que te confiase algo tan personal.
Yo:	Lo que debería hacer es hablar con su novio.
Kate:	Eso es obvio. Pero se sentirá avergonzada.
Yo:	¿Cómo puede ser que hablar le dé más vergüenza que tener el pene de alguien en la vagina?
Kate:	Estoy segura de que él no sabe que Polly no lo disfruta. Seguramente debe fingir que se le da bien porque no quiere herir sus sentimientos.
Yo:	Dios mío, qué asco.
Kate:	Muchos chicos, y muchos hombres, no saben dónde están las cosas y cómo funcionan.
Yo:	Las cosas.
Kate:	Las partes de la mujer, Phoebe. Concéntrate.
Yo:	¿Y cuán difícil es eso?

Kate:	Mucho, al parecer. Fíate de mí, que lo sé. He estado en el lugar de Polly.
Yo:	¡Puaj!
Kate:	Mucha gente cree que el sexo consiste en que la mujer haga los sonidos adecuados mientras el hombre arremete contra ella sin cuidado desde todos los ángulos posibles durante tres minutos, pero permíteme que te diga que ninguna mujer ha tenido un orgasmo así.
Yo:	(sujetando la gata de marca delante de mi cara) Deja de hablar.
Kate:	Te lo estoy contando para que le puedas decir a Polly que tiene que hacerle un *tour* a su novio. (Y cuando dijo eso, se señaló la zona de la vulva).
Yo:	Deja de hablar, por favor.
Kate:	Ninguna de tus amigas lesbianas te vendrá con este problema, porque las mujeres saben dónde está cada cosa.
Yo:	No tengo amigas lesbianas.
Kate:	¿Estás segura?
Yo:	…
Kate:	Ayuda a Polly. Está pasando por una crisis.
Yo:	Ayúdala tú.
Kate:	Nadie quiere hablar con una persona adulta sobre esto y, además, tú eres su mejor amiga.
Yo:	Lo era.

Kate:	Phoebe, venga… Eres una buena persona. Llámala ahora mismo y rescátala de esa vida sexual espantosa. Sobre todo porque está muy enamorada. Al menos debería hablar con ese chaval sobre el clítoris.
Yo:	(suelto a la gata de diseño para meterme los dedos en los oídos, porque ¿alguna vez has oído a una mujer de Glasgow pronunciar «clítoris»?) Dios, voy a fingir que nunca hemos tenido esta conversación.
Kate:	Ay, cielo, si yo no te lo digo, ¿quién lo hará? Y lo mismo se aplica a ti, por cierto. Tienes que buscarte un novio o una novia o lo que sea con quien te sientas cómoda hablando de estas cosas.
Yo:	Te juro que, si no dejas de hablar ahora mismo, me voy y no pienso volver.
Kate:	(poniendo la cara más tonta posible, con los ojos bizcos y boca de pez) …
Yo:	Gracias.

Después de eso no pude concentrarme en *Star Wars*.

Además, cuando Leia y Luke se estaban besando, me acordé de Emma y entonces, cada vez que veía a Carrie Fisher, pensaba en Emma, y de repente *Star Wars* se convirtió en la película de Emma y todo fue muy desconcertante.

Sé lo que Kate quería decir con todo eso de Polly y las vaginas, pero no tiene nada que ver conmigo.

Polly eligió a Tristan. Se pasó meses persiguiéndolo. Lo quería más que cualquier otra cosa, incluidas unas entradas a One Direction cuando teníamos seis años.

Es como Juan Palomo: ella se lo ha guisado solita y, por lo que a mí respecta, bien se lo puede comer (en la postura del misionero mientras reflexiona sobre qué es la vida).

LUNES, 19 DE MARZO   #TePresentoAlClítoris

He soñado que Miriam Patel hacía una presentación sobre el clítoris.

No es coña. Había un gráfico y todo.

La charla sobre sexo con Kate me ha traumatizado de por vida.

Sin embargo, puede que mi cerebro me esté mandando mensajes subliminales, porque creo que Miriam Patel no tendría ningún problema en hacerle a alguien un *tour* por su vulva y ahora me pregunto si debería mandarle a Tristan para que le dé una lección rápida.

Es gracioso, ¿no? Todo el mundo está desesperado por follar y resulta que es lo más anticlimático que existe.

Me alegro de no estar obsesionada con eso.

Además, la idea de estar desnuda con otra persona y de tener que enseñarle mi vulva también desnuda para señalar dónde está el clítoris me resulta espantosa.

MARTES, 20 DE MARZO   #DIAGRAMAS

Sigo sin obsesionarme, pero no puedo dejar de pensar en el clítoris (esto suena más raro de lo que es).

El *Diccionario médico ilustrado* describe el clítoris como un «órgano pequeño y eréctil». ¿A que suena horrible? Supongo que Tristan sabe lo que es, pero le tiene miedo, porque un órgano pequeño y eréctil no parece nada divertido. Pero es lo único que voy a decir en su defensa, porque si hubiera mirado un diagrama, habría visto que no está nada cerca del sitio en el que se debe introducir el pene.

A lo mejor sí que debería hablar con Polly.

P. D.: Mamá me ha enviado un correo. Al fin han podido llegar a su destino.

P. P. D.: Alex ha vendido la *fondue*. Resulta que lo de ofrecer a la gente baratijas al azar sí que funciona.

MIÉRCOLES, 21 DE MARZO   #MátameCamión

James Porno Gastronómico del Goat está de vacaciones de Pascua y, al parecer, le ha prometido a Kate que echará una mano en la tienda benéfica todos los días de la semana.

Dios mío, será como revivir lo de Polly y Tristan, pero ahora con personas adultas.

JUEVES, 22 DE MARZO   #ElSilencioEsOroExceptoCuandoNoLoEs

Sé por qué me resulta tan difícil averiguar cosas sobre Emma. Aparte de su Instagram aparentemente inactivo.

Emplea una táctica muy astuta y no me había fijado en ella hasta hoy, cuando la oí hablar con un cliente. Cuando el hombre salió de la tienda, Emma había descubierto lo siguiente sobre él:

- Se llama Ian.
- Solía trabajar para la ferroviaria nacional.
- Tiene tres hijos y todos viven en la zona: uno es profesor, otra conduce un taxi y otra es radióloga en el hospital St. George.
- Tiene cuatro nietos y un bisnieto de camino.
- Es fan del Tottenham y tiene un abono de temporada.
- Lleva dieciocho años divorciado, pero espera volver a encontrar el amor (¡puaj!).

Y esto es lo que Ian descubrió sobre Emma:

- Se llama Emma.

¿Cómo es posible?

¿Por qué es tan difícil?

No lo sé, pero *sí* que me parece muy ingenioso: Emma dirige la conversación. Es la que está al mando. La titiritera. Así, pues, nota para mí misma: si no quieres que la gente sepa nada sobre ti, tienes que ser la que plantee todas las preguntas.

En serio, a Emma se le da tan bien que no sabes ni que lo está haciendo.

Voy a probar este truco con ella el sábado.

P. D.: Ojalá la señora racista vuelva a la tienda, porque hemos recibido la donación más genial de la historia y por eso la hemos convertido enseguida en la donación de la semana. Es Cristo en la cruz. Y como es de una calidad excelente, estamos pidiendo veinticinco libras, precio que me parece justo.

Pero ¿a que no adivinas lo que ha pasado en la caja?

Alex: «¿Puedo tentarle con un Cristo en la cruz?».

Hoy ha sido el último día de clase antes de las vacaciones de Pascua y me dije: *Venga, voy a hablar con Polly sobre el clítoris, porque me voy a pasar tres semanas sin verla y luego el tema habrá perdido fuerza.* Además, quería demostrarle que la había escuchado y que aún me preocupo por ella y que quiero que sea feliz, aunque odie a su novio y Polly me haya borrado de su vida como si no fuera importante.

Así que, a la hora de la comida, me acerqué a donde estaba con Tristan y le dije: «¿Puedo hablar contigo cinco minutos?».

Tristan parecía bastante contrariado, pero le solté un: «Lo siento, chaval» y luego me llevé a Polly por el codo.

Polly:	¿Qué pasa? ¿Estás bien?
Yo:	Tienes que hablarle sobre el clítoris.
Polly:	¿Perdona?
Yo:	Tienes que hablarle a Tristan sobre el clítoris. Está claro que no acierta. Y no creo que el pene esté diseñado para interactuar mucho con él o en él, así que tienes que enseñarle otra cosa.
Polly:	¿Te has vuelto loca?
Yo:	¿Qué? No, en serio… Te ayudará si encuentra el clítoris.
Polly:	Vete a la mierda, Phoebe. Esto no tiene nada que ver con el clítoris. Además, hay otras formas de hacer que una mujer se corra.
Yo:	…

Polly: ¿Por qué tienes que ser tan condescendiente todo
            el tiempo? Actúas como si el resto de la humanidad
            fuera tonta. A lo mejor yo no quería un manual de
            instrucciones. Y a lo mejor ya sabía lo del clítoris. A
            lo mejor solo quería hablar con alguien.

Y luego se marchó y me dejó allí plantada.

En un mundo perfecto, le habría gritado: «No te cabrees *conmigo*. No es a mí a quien se le da mal follar».

Pero no soy tan cabrona.

P. D.: Está claro que sí que es por el clítoris.

SÁBADO, 24 DE MARZO   #MELANIEYBILL

Hoy me he pasado el día en la tienda benéfica.

Emma y yo hemos hecho muchas cosas y, en un momento dado, se ha puesto en plan: «Creo que deberíamos venir todos los días durante la Pascua y ordenar bien este sitio». Y le he dicho: «Me apunto. Es una idea estupenda».

Aunque, cómo no, es una idea horrible, porque:

a) implica pasar toda la semana con Kate y con James, justo lo que quería evitar a toda costa,

b) y si me paso cinco horas cada día en la tienda, eso son cinco horas en las que *no* repaso para los CGES.

Joder.

Y sí, coincido en que el almacén necesita un buen repaso, pero una parte de mí siente mucho miedo por lo que pueda acechar en esas bolsas de basura.

¿Quién sabe cuánto tiempo llevan aquí? Podrían ser veinte años, porque ahora mismo parece que solo examinamos las cosas nuevas que están en la parte superior. Podría haber cadáveres ahí abajo.

En el *Metro* de hace unas semanas salió un artículo sobre un gato muerto de verdad que había aparecido en un sofá donado.

Hoy Melanie y Bill han traído fotos de su viaje al Oriente Medio. Odian la Navidad, pero, en vez de quejarse sobre ella, siempre se van a algún sitio donde no existe.

Obviamente me encantan.

También es muy cuco que fueran a Boots a imprimir las fotos, porque ¿de verdad hay gente que sigue haciendo eso?

Bill: (se quita el sombrero y luego le agarra la mano a Pat para besarla) Patricia, querida, siempre es un placer verte.

Pat: Ay, Bill, para.

Bill: Te he traído una foto en la que salgo flotando en el mar Muerto. Sé que desde la primera vez que nos vimos sientes curiosidad por saber qué aspecto tengo en bañador.

Pat: Bill, en serio.

Melanie: Cuidado, Bill, o cambiaré tu cabeza por la de Batman.

Luego Bill hizo circular las fotos y Emma se puso en plan: «Bill, qué mono eres». Y lo cierto es que tenía una pinta muy graciosa con su pequeño bañador amarillo y un sombrero de paja.

Según Bill, todo lo que dicen sobre el mar Muerto es cierto.

No te hundes.

Dice que es como si el agua intentara escupirte hacia fuera. Por lo visto, en cuanto te hundes, enseguida vuelves a salir.

Y entonces Melanie dijo: «Pero que no te engañen: no es agua salada». Parece ser que se lamió el brazo y casi vomitó. Bill reconoció que sabía al líquido de las pilas.

Con toda la tontería de la Pascua y mi comprensión tardía de que mi padre fue un ser humano de verdad que era judío, me he planteado esa pregunta tan incómoda sobre la religión y Cristo, que también era judío (ah, por cierto, vendimos el Cristo en la cruz) y se me ha ocurrido una cosa: según la Biblia, Jesucristo fue al mar de Galilea para caminar sobre el agua. Pero la Tierra Santa (es decir, Israel) es minúscula y el mar de Galilea desemboca en el mar Muerto, que no es un mar de verdad, sino un lago, así que es más probable que se hayan equivocado un poco con la geografía que el hecho de que Cristo caminara sobre agua normal. Y si Bill, que no es un hombre pequeño, puede mantenerse a flote en el mar Muerto, estoy segura de que alguien como Jesucristo podría haber caminado sobre él.

Yo solo lo digo.

Creo que debería ir a Israel algún día. A lo mejor hasta encuentro un dios, visto que no me dieron uno al nacer.

Esta noche, al cerrar la tienda, Emma me dijo: «¿Vendrás el lunes?» y yo: «Pues claro». Y enseguida me soltó: «Te voy a dar mi número y luego me escribes para que yo tenga el tuyo. A lo mejor podemos pasar por Starbucks antes de venir a la tienda».

Y yo: «Vae».

¿Qué coño me pasa?

¿Es que de repente no puedo hablar con frases completas? ¿O decir palabras que existan?

Debería haberle escrito enseguida, porque ya han pasado dos horas y estoy reviviendo la ansiedad de la petición de amistad en Instagram.

22:05

Aún no le he escrito a Emma. Lo voy a hacer ahora.

22:10

¿Qué le digo?

22:13

Solo le pediré que nos veamos en Starbucks el lunes porque más o menos hemos quedado así.

22:15

Con «más o menos hemos quedado así», me refiero a que yo dije «vae», lo cual no significa nada y, en el mejor de los casos, es una onomatopeya llena de vocales.

Me estoy volviendo loca.

22:17

¿Por qué es tan difícil?

22:25

Le he dicho: *Hola, ¿quieres quedar el lunes a las 10 en Starbucks?*

Hecho.

Fiu.

DIOS.

Relájate.

22:28

Emma ha respondido: *Me muero de ganas. Buenas noches. Que descanses. Nos vemos el lunes. Bs*

¡Bs! ¿Qué significa eso?

¿Ahora nos mandamos besos?

¿Le tendría que haber mandado uno?

23:10

Melanie se equivocaba y sí que hay sal en el mar Muerto.

Según internet, tiene una salinidad del 34,2 % y es una de las masas de agua más saladas del mundo, aparte del lago Vanda en la Antártida (35 %), el lago Assal en Djibouti (34,8 %), el lago Garabogazköl en el mar Caspio (hasta un 35 %) y algunas charcas y lagos hipersalinos de los valles secos de McMurdo en la Antártida, como el lago Don Juan (44 %).

DOMINGO, 25 DE MARZO   #ELORGASMOVAGINAL

Mi investigación sobre orgasmos para Polly continúa y voy a hacer un esfuerzo adicional.

Cuando dijo que no tenía nada que ver con el clítoris, se refería al orgasmo vaginal.

Y al igual que el «órgano pequeño y eréctil», también conocido como el clítoris, este es otro término espantoso que seguramente impida que la gente se acerque a las vaginas… literalmente.

No encontré nada en el *Diccionario médico*, así que he buscado por internet y hay mucha información.

Parece que hay gente que no cree que exista el punto G, porque es solo una extensión del clítoris, pero muchos *sexpertos* (Tristan no, jaja) dicen que sí que existe y que la forma más sencilla de que una mujer alcance el orgasmo vaginal es tumbarse bocarriba y alzar la cadera. De esa forma, el pene (sin importar su tamaño, al parecer) puede alcanzar el punto exacto dentro de la vagina.

Ahora bien, podría enviarle este artículo a Polly, pero seguramente se pondrá en plan: «No seas tan condescendiente, Phoebe… No tiene nada que ver con el orgasmo vaginal» (aunque esta vez sí que es por eso).

De verdad que alguna gente debería responsabilizarse más de sus vidas.

Me parece muy bien que Polly solo quiera hablar conmigo sobre el tema, pero eso no resolverá su problema.

Además, si tienes una conversación con alguien (y una conversación es algo bidireccional), ¿por qué te ofendes cuando la otra persona te da su opinión? O sea, ¿es que esperaba que me quedara allí asintiendo y ya? En serio, la próxima vez habla con una pared o algo.

P. D.: Tengo miedo de mañana.

O sea, tengo ganas de lo de Starbucks, aunque, nota mental, tendré que recordar no pedir un *chai latte* de soja, sino un *latte* de vainilla. O Emma se pensará que la estoy espiando.

Pero luego tendré que enfrentarme al *show* de Kate y James. ¡Puaj!

P. P. D.: Esta noche he hablado con mamá sobre trabajar en la tienda benéfica todos los días y se ha puesto en plan: «Eso es muy grande, Phoebe. Estoy muy orgullosa de ti», pero entonces se ha lanzado a decir cosas del tipo: «No te olvides de sacar tiempo para repasar. Así que, si te ves sobrepasada, dile a Kate que no irás, ¿vale? Ella lo entenderá».

Creo que con estos comentarios ha marcado por lo menos dos casillas en sus objetivos parentales. Muy bien, mamá. Has hecho un trabajo excelente.

LUNES, 26 DE MARZO   #PICAPICA

Emma y yo llegamos a Starbucks a las diez, pedimos bebidas para llevar y luego conquistamos la Montaña de las Bolsas de Donaciones.

Sacamos todas las bolsas de basura y pasamos la aspiradora por la parte de abajo, donde aún se puede ver el color original de la moqueta.

Lo malo de limpiar es que al principio parece peor que antes de empezar y, durante un momento, nos quedamos en plan: *¿Qué hemos hecho?*

Buscamos cosas de calidad en las viejas donaciones y Kate nos dijo: «Si no tiene salvación, echadlo a la basura».

Nos hemos reído mucho. Aquí pongo una lista de chapuzas que hemos encontrado:

- Una bolsa de deporte llena de calzoncillos blancos (no eran nuevos).
- Medias transparentes. Usadas y rotas.
- Una chancleta amarilla con la foto del Pato Donald.
- Una paleta de sombra de ojos hecha con vegetales con moho de verdad.
- Una cartera con moho de verdad.
- *Los diez mejores senderos en la isla de Wight* con moho de verdad.

No hace falta decir que ninguno de estos objetos era idóneo para convertirse en la nueva donación de la semana. Aún tenemos que decidir uno.

James se ha pasado hoy el día en la tienda, reorganizando toda la sección de libros y audiovisual. Lo he observado durante un rato, todo bíceps y hoyuelos, y luego me he imaginado besándolo, pero en mis entrañas no ha pasado nada.

Emma y yo vamos a desayunar como es debido mañana en Starbucks, así que hemos quedado a las ocho y media.

Va a traer dos pares de guantes de jardinería a conjunto. Al parecer, tienen un forro elegante. No queremos volver a meter las manos por accidente en una bolsa llena de calzoncillos sin lavar.

MARTES, 27 DE MARZO   #ElInfiernoDeLasTarjetasDePascua

Esta mañana he desayunado con Emma en Starbucks. Ha sido alucinante. Las dos hemos tomado un cruasán. En la tienda, la situación de las tarjetas de Pascua se está desmadrando. Le he escrito un correo largo a mamá sobre el tema y le he dicho que tiene suerte de estar en un país donde nadie cree en la Pascua.

Hoy ha habido un momento en el que la gente hacía cola en la puerta para comprar tarjetas y una mujer se ha puesto agresiva de verdad cuando alguien le ha dicho: «Perdone, ¿me deja pasar para poder salir de la tienda?».

¿No es gracioso cómo siempre es la gente mayor, que tienen todo el día para hacer cosas, la que acaba esperando hasta el último momento y luego se queja de que tiene que hacer cola? O sea: las tarjetas llevan aquí semanas. ¿Por qué tienes que comprarlas tres días antes de Pascua? Y todo el mundo sabe cuándo es Pascua, porque aparece en *todos* los calendarios (no como el Aíd al Fitr, que solo aparece en los calendarios pijos, como el de Paperchase o el de John Lewis).

P. D.: Kate dice que la gata de marca escapista tendrá los gatitos esta semana.

Resulta que las gatas solo pasan nueve semanas embarazadas. ¿Quién lo diría?

21:04

Acabo de buscar información en Google sobre los embarazos de los animales y, de media, las perras solo pasan unas ocho semanas y media embarazadas.

Tristan creció dentro de su madre durante nueve meses. Y, aun así, he visto a perros montar en bicicleta. Yo solo lo digo...

Otra posdata: Polly no me ha escrito ni llamado ni nada.

Hoy ha subido una foto a Instagram en la que salen Tristan y ella besándose con el texto *Mucho amor.*

No he comentado porque, al parecer, si no tienes nada bonito que decir, no deberías decir nada.

MIÉRCOLES, 28 DE MARZO   #DonaciónDelSiglo

Emma y yo hemos hecho el descubrimiento del siglo.

Hemos sacado el póster de la película *El retorno del Jedi* de una bolsa de golf de la marca Nike, que estaba llena de hongos, y he dicho: «Cómo mola».

Lo hemos desenrollado sobre la mesa grande para echarle un buen vistazo, molestando a Pat durante su proceso de poner precio a las fruslerías, y entonces fue cuando vi que tenía un autógrafo de MARK HAMILL.

La gente vende estas cosas en internet por cientos y cientos de libras.

Le he dicho a Kate que crease una cuenta enseguida, porque no podemos permitir que un pensionista se gaste 1,25 libras en algo tan guay.

Alex ha dicho: «La Fuerza está con nosotros».

Luego nos hemos quedado alrededor de la mesa, yo al lado de James, que ha dicho: «Guau, Phoebe, menudo hallazgo. Esto es algo especial». Y luego Kate se ha acercado tanto que se nos ha echado encima, y no he tenido más remedio que migrar hacia la izquierda hasta acabar prácticamente en el regazo de Pat, que me ha soltado: «Phoebe, ve con cuidado».

Ah, y no te lo pierdas. Mientras hablábamos de *Star Wars*, le he dicho a Emma: «Tú debes de ser fan, ¿no? Vamos, por tu foto de Instagram». Pero solo ha respondido en plan: «¿Cuánto crees que podremos sacar por el póster?».

Le he dicho a Kate que deberíamos comparar productos parecidos en internet. Me imagino consiguiendo unas trescientas libras por él. Eso sería una barbaridad. De media, un libro en la tienda cuesta dos libras y una camiseta quizás unas tres libras y media. Tendríamos que vender ciento cincuenta libros para conseguir ese dinero. O, bueno, 85,7 camisetas.

Estoy alucinando con este hallazgo.

07:15

La gata de diseño escapista ha tenido sus gatitos debajo de mi armario.

Es que no me lo puedo creer.

Kate había preparado hasta una caja para los gatitos en el salón con mantas y todo, pero la gata habrá pensado: *Mmmmm, ¿en qué lugar de esta casa las molestaría más si tuviera los gatitos ahí? Ah, ya sé, en el cuarto de Phoebe, debajo del armario, donde nadie pueda acercarse.*

Kate se ha pasado como una hora ahí debajo.

Estaba en plan: «¿Quién es una buena chica? ¿Quién es una buena mamá? Mira qué bebés tan bonitos tienes».

Al parecer hay cuatro.

Ahora tengo a la gata de marca y a sus hijos ilegítimos viviendo debajo de mi armario.

Le he escrito a Emma para contárselo y se ha emocionado mucho y ha preguntado si puede venir a visitarles.

Le he dicho que tendrá que arrastrarse debajo del armario si quiere verlos, pero ha respondido que vale. Y cuando se lo he dicho a Kate, me ha dicho: «Dile que se quede a cenar. Luego puedo llevarla a su casa».

Así que Emma vendrá mañana directa desde la tienda benéfica y vamos a preparar pizza y ensalada.

21:00

Hoy en la tienda benéfica solo hemos hablado de los gatitos.

Y de repente todo el mundo quiere venir a casa y te juro que Kate ha estado a un milisegundo de invitar a James también.

Ha ganado puntos hoy porque Alex y él han tenido una sesión de unión en la que Alex le ha explicado cómo atender la caja y, cuando ha subido al autobús, James le ha dicho: «Gracias por lo de hoy, tío. Te lo agradezco». Y han chocado los cinco.

¿Debería ordenar mi habitación antes de que viniera Emma?

No quiero sacar la aspiradora, por si aspiro a un gatito por accidente.

¿Por qué tienen que estar debajo de mi armario?

VIERNES, 30 DE MARZO   #UnBuenViernes

Casi no he dormido porque los malditos gatos se han pasado la noche moviéndose y chupando. Y de repente he dejado de oírlos y me he puesto en plan: *Ay, no, no pueden morir antes de que Emma los vea*. Así que me he arrastrado por debajo del armario, con el móvil a modo de linterna, pero resulta que se habían quedado dormidos, hasta que los he despertado.

Hoy es día festivo, así que solo hemos abierto la tienda de once a cuatro y media y, cómo no, había gente comprando tarjetas de Pascua hasta las cuatro y media.

Las darán en mano, porque, si no, no lo entiendo.

De verdad que nunca me había dado cuenta de que las tarjetas de Pascua tuvieran tanto éxito.

Mamá me ha enviado un correo esta mañana para decir que está bien y que lo único que quiere por Pascua es un baño caliente y una copa de vino.

No quiero hacerme la graciosa, pero podría tener eso todos los días, así que siento cero unidades de compasión por ella.

He sacado una foto de los gatitos y se la he enviado, pero no se veía una mierda porque está demasiado oscuro y los gatos parecen más bolas de pelo que gatos.

Emma ha venido a casa con nosotras después del trabajo y hemos preparado pizza.

Kate no estaba tan loca como suele estar durante la cena (es decir, no ha hablado sobre sexo ni vulvas ni James para avergonzarme delante de otra gente), lo cual me hace pensar que sabe algo sobre Emma que yo no sé. Y odio saber que no sé algo.

Los gatos siguen debajo del armario, así que Emma ha tenido que arrastrarse para verlos. Estaban haciendo unos ruiditos muy raros y me ha dicho: «Es lo más mono que he visto en mi vida».

Y Kate: «Podrías adoptar uno. O cuatro».

Kate ha accedido a crear una cuenta en línea para vender el póster de *Star Wars*, pero al parecer su jefe le tiene que dar el visto bueno antes. También ha dicho: «Si nos molestamos en hacer esto, creo que en el futuro tendremos que esforzarnos en localizar más artículos novedosos y ropas de marca».

Emma y yo nos vamos a encargar de esto porque, seamos realistas: Pat lo habría tirado a la basura y seguramente no sepa ni quién es Mark Hamill, aunque ella es vieja y *Star Wars* es viejo, pero Pat no tiene ni una pizca de moloneidad. De hecho, no tiene ni una pizca de nada.

A las nueve, Kate se ha puesto en plan: «¿Te llevo a casa, Emma?». Pero Emma ha dicho: «¡Ni hablar! Iré andando, que son solo quince minutos». Y luego Kate va y suelta: «Phoebe, acompaña a Emma a su casa».

Nadie se preocupa por mí.

Emma no puede ir sola a casa, pero a Phoebe le irá bien ir y volver.

A solas.

En el sur de Londres.

Y eso que solo tiene quince años, no como Emma, que tiene dieciséis y no necesita ninguna acompañante, porque, aunque es muy encantadora, también es dura de pelar.

Pero la verdad es que no me ha importado. Emma me cae muy bien. A veces se ríe de una forma malvada que no le pega demasiado, pero cuando se ríe así es como si alguien encendiera una cerilla en el interior de sus ojos.

Mañana volvemos al curro.

Emma dice que deberíamos llamarnos «Las buscatesoros» y tener nuestra propia serie de televisión.

SÁBADO, 31 DE MARZO   #EMERGENCIAS

Las buscatesoros están que lo petan.

Hemos encontrado un billete de veinte libras en un bolso donado.

Estaba hecho un asco, con un asa rota y todo, e iba a tirarlo a la basura cuando Emma me ha dicho: «¿Has mirado dentro?».

Y ahora pienso revisar todos los bolsillos de los pantalones, porque nunca se sabe.

La donación de esta semana (aparte del póster de *Star Wars*, claro está) es una pelota canguro de color naranja. Cuando la hemos sacado de la bolsa, estaba casi deshinchada; Emma ha intentado inflarla soplando por el agujerito, pero con eso no ha conseguido nada. Kate se ha acordado de que alguien había donado una bomba de pie hacía eones. Tardamos una hora en encontrarla, pero cuando hinchamos la pelota, la sacamos a dar saltitos por la tienda. Emma dio tres grandes saltos antes de estamparse de cara contra la caja.

Nos estábamos muriendo de risa, pero Kate sacudió la cabeza y dijo: «Y así concluye este pequeño interludio». Nos quitó la pelota y la puso en el escaparate.

Se vendió tres minutos más tarde y, cuando el hombre se marchó con ella, Kate dijo: «Hay algunas cosas que solo tienen un único resultado posible».

Emma: ¿Diversión eterna para toda la familia?

Kate: Emergencias, cielo. Emergencias.

DOMINGO, 1 DE ABRIL   #CuandoCristoPusoElHuevoDeChocolate

Feliz Pascua.

Las gatas me han regalado un huevo gigante de Pascua y los gatitos me han dado una selección de huevos más pequeños.

Kate es muy rara.

Me siento mal porque no le he comprado nada, pero acabamos compartiendo el huevo gigante después del desayuno.

Luego sacamos a los gatitos de debajo del armario para ponerlos en la caja del salón.

Por ahora no hacen gran cosa, solo se mueven por ahí haciendo ruiditos agudos.

Tendremos que venderlos enseguida porque a la gente le encantan las cosas monas. ¿A lo mejor podríamos ponerlos en eBay?

He decidido que Pascua es mi fiesta favorita.

Kate y yo no hemos hecho absolutamente nada. Luego hemos llamado a mamá por WhatsApp. Le hemos enseñado a los gatitos y se ha puesto en plan: «Aaaaaah, podemos quedarnos con uno, Phoebe, si quieres. Son muy monos».

Cuando dice «podemos» no se refiere a nosotras dos, sino a mí, porque ¿quién acabará cuidando al gato? Ella, no. Y luego el gato y yo tendremos que vivir con Kate y de repente habrá tres gatos en esta casa y todo olerá a pis de gato y entonces ya da igual si Kate y yo nos suicidamos directamente, porque ¿qué otra opción tendríamos? Además, es que ni me gustan los gatos.

LUNES, 2 DE ABRIL   #GuíaDeCocinaYEconomíaDoméstica

Nota para mí misma: no busques trabajo de cara al público, porque siempre acabarás currando cuando no hay nadie.

Como hoy, lunes de Pascua.

Hemos sacado setenta y cinco libras y, según Kate, eso es horrible.

Solo estábamos Emma, Kate y yo, porque Pat insiste en «celebrar la Pascua» (aunque creo que a Cristo no le pasó nada el lunes), James está visitando a su familia en Kent hasta mañana, Bill y Melanie siguen en Marrakech y Alex ha ido a un evento para recaudar fondos en Pascua; por lo visto ha preparado una tarta reina Victoria, que en realidad se llama «sándwich Victoria clásico».

Emma y yo hemos encontrado un libro titulado *Guía para la mujer sobre cocina y economía doméstica*. Íbamos a convertirlo en la donación de la semana, pero es tan bueno que nos lo vamos a quedar.

Es el libro más gordo y pesado que he visto nunca y es desternillante. Hay todo un capítulo dedicado a cómo «manejar» a los criados y otro sobre cómo cocinar para «inválidos», que es básicamente la gente enferma. Hay diez páginas sobre cómo preparar distintos tipos de suflés. Menuda mierda ser mujer hace cien años.

¿Y qué demonios es un suflé?

En otro orden de cosas, ya se distinguen los colores de los gatitos. Hay uno carey, uno gris y los otros dos son atigrados.

Emma vendrá a verlos en cuanto abran los ojos para que posen y les podamos sacar fotos. Luego les crearemos una cuenta en Instagram y compartiremos las fotos con el *hashtag* #gatosdeinstagram.

Se avecinan tiempos interesantes.

MARTES, 3 DE ABRIL   #PÉSAJ

James ha vuelto de sus vacaciones de Pascua.

De camino a la tienda, Kate se ha puesto en plan: «Phoebe, sé que estás muy emocionada con el regreso de James, pero tienes que calmarte». Y luego va y se pone pintalabios.

En serio, la que necesita calmarse es *ella*.

Cuando James ha llegado, me ha saludado rollo: «Hola, Phoebe. ¿Has pasado una buena Pascua?».

Yo: No creo en la Pascua. Soy judía.

James: Muy bien. Entonces, ¿has pasado un buen Pésaj?

Yo: Sí, ha sido genial, gracias.

Y enseguida me he bajado la app de festividades judías, porque lo cierto es que no tengo ni idea de a qué se refería James.

PÉSAJ

Conmemoración del día en que Dios liberó a los judíos de la esclavitud en el antiguo Egipto y les concedió la libertad como nación bajo el liderazgo de Moisés.

Parece ser que no está permitido comer nada que se eleve. Como el pan. Lo que significa que este año no he cumplido con el Pésaj porque, aparte del huevo del chocolate, me pasé el domingo comiendo tostadas.

Esta tarde, mientras quitaba las tarjetas de Pascua de la tienda benéfica, se me ha ocurrido que no teníamos ninguna de Pésaj y, dado que hay aproximadamente unos doscientos sesenta y tres mil quinientos judíos en Reino Unido, es una mierda.

Aunque solo la mitad de la población judía comprara una tarjeta por, digamos, 2,99 libras, eso significaría que la gente de la tienda ganaría 393 932,50 libras.

Entonces ¿por qué no hay tarjetas?

Y ojo con lo que ha pasado. Al milisegundo de meter la última tarjeta de Pascua en su caja especial que tenemos que enviar para un reciclado especial, ha llegado una mujer mayor a la tienda en plan: «Perdona. ¿Os queda alguna tarjeta de Pascua?». Y yo: «¿Estás de coña?», pero ella ha seguido con: «Siempre las compro después de Pascua para el año que viene».

Estas cosas solo pasan porque la gente tiene demasiado tiempo libre.

Mientras estaba en la tienda lidiando con todos los bichos raros de Wimbledon, James estaba en la parte trasera (organizando los libros por orden alfabético, algo que yo ya había hecho hacía semanas) con Emma.

Cuando he regresado al almacén, se habían convertido en amigos del alma y eso me ha molestado.

James: Emma, ¿dónde estudias?
Emma: En el Wimbledon High.

James: ¿Y te gusta?

Emma: Sí, está bien.

James: ¿Practicas algún deporte?

Emma: Juego al hockey.

Y en ese momento tropecé con mis propios pies, porque: ¿cómo es que yo no sabía eso?

O sea, vale, nunca le he hecho esa pregunta en concreto, pero conozco a Emma desde hace meses, así que ¿por qué no sé que juega al hockey?

En serio, tengo que crearme el hábito de plantearle mejores preguntas.

Emma se habrá quedado en plan: «Oh, vaya, a James le interesa mucho mi vida. Y mira, ahí está Phoebe la indiferente arrastrando una caja de tarjetas de Pascua hasta la puerta trasera».

22:41

He aquí una lista de preguntas que quiero hacerle mañana a Emma:

- ¿Qué es lo que más te gusta del instituto?
- ¿Qué es lo que menos te gusta del instituto?
- ¿Ya has empezado a repasar para los CGES?
- ¿Quién es el chico en tu foto de perfil?

Fracaso total en lo de las preguntas: no le he hecho ni una a Emma.

Le ha enseñado a James la *Guía para la mujer sobre cocina y economía doméstica* y Kate, Emma y James se han echado unas risas.

¿Acaso no hay nada sagrado? Eso era mío y de Emma.

Y luego James se ha puesto en plan: «Hemos recorrido mucho camino en el último siglo en lo que respecta al papel de las mujeres». Y Emma: «Lo sé, pero aún hay mucho por hacer». Y James ha coincidido con ella y se ha puesto a decir tonterías sobre romper el techo de cristal.

Normalmente, cuando la gente se comporta como un idiota pretencioso, Kate dice cosas como: «Bueno, ya está bien. No seas un idiota pretencioso». Pero no ha hecho nada, solo escuchar a James mientras soltaba la chapa, y luego ha empezado a decir cosas del tipo: «Ah, cuánta razón tiene James. James es tan listo. Todo el mundo debería ser como James».

¡Puaj!

En serio, ¿cuándo vuelve James a la universidad?

¿Y por qué no puede trabajar de día en el Goat? Sé que abren para la hora de la comida.

En la cena, Kate ha dicho que le va a pedir que atienda más a menudo la caja, porque es muy guapo y no se debería desperdiciar el poder de esos deliciosos bíceps.

Lo está sexualizando a tope.

La discusión sobre la *Guía para la mujer sobre cocina y economía doméstica* no le ha enseñado nada.

JUEVES, 5 DE ABRIL

Guay, Alex ha vuelto, así que he pasado todo el día con él.

Las demás no se cansaban de adorar a James, que ha encontrado un poemario arrugado de la I Guerra Mundial y se ha puesto en plan: «Bla bla bla, bla bla bla, bla. ¿A que es profundo?». Y Kate, Emma y hasta Pat, que está vacía de emociones, han soltado cosas como: «Es el poema más profundo que he oído nunca. Su profundidad es tan profunda que resuena literalmente con profundidad».

¡Venga ya!

Me he sentado debajo de la caja al lado de Alex mientras comía patatas fritas e investigaba más sobre el póster de *Star Wars*, por si el manager de Kate se dignaba a decirnos algo a estas alturas de la vida y nos daba el visto bueno para colgarlo en eBay.

O sea, creo que hay gente que no quiere ganar dinero.

Alex me ha dicho: «No te puedes pasar todo el día sentada debajo de la caja». Pero le he respondido: «Mira y verás».

Justo antes de la comida, tres horas más tarde, Kate ha preguntado si alguien había visto a Phoebe. Y Alex ha dicho: «Sí. Y piensa que esa poesía es una mierda».

Yo: ¿A tus padres les dices que me paso el día diciendo palabras como «mierda»?

Él: ¿Por qué lo preguntas?

Yo: Porque eres mi único aliado en este lugar y no quiero que te digan que vayas a trabajar a otro sitio.

Él: No, les parece bien.

He preguntado si Alex, Emma y yo podíamos ir a Sprinkles durante la comida y Kate ha dicho que sí, pero Emma no quería venir porque, al parecer: «No podemos comer todos al mismo tiempo».

¿Por qué no ha dicho que quería pasar tiempo con James y ya está?

En Sprinkles, pedí el de mantequilla de cacahuete y la explosión de mermelada. Alex tomó otra vez chocolate extremo.

Yo: ¿Crees que a James le gusta Kate?

Alex: No me he parado a pensarlo.

Yo: ¿Crees que a James le gusta Emma?

Alex: No me he parado a pensarlo.

Yo: ¿Crees que a Emma le gusta James?

Alex: Tampoco me he parado a pensarlo.

Y entonces me he dado cuenta de que *yo* sí que he pensado demasiado sobre eso y casi no me acabo la comida.

P. D.: La gente no debería emocionarse tanto con la poesía.

P. P. D.:

En silencio escucho
bajo la caja,
Pero en lo más profundo
no se oye nada.

¿Ves? No es para tanto.

Nos han dado el visto bueno para vender el póster de *Star Wars*.

James ha sugerido que le pusiéramos un marco y luego ha ido a comprar uno barato en Wilko. El póster ha quedado espectacular.

Hemos sacado una foto y la hemos subido.

He sugerido que empezáramos con trescientas cincuenta libras, pero Kate ha protestado. «Es un póster, Phoebe, no un Monet». Aunque cuando James ha dicho que sería el precio adecuado, de repente todo el mundo ha aceptado: «Ah, vale, entonces sí. Trescientas cincuenta libras».

Ni dos minutos después de haberlo subido, diez personas lo estaban viendo y, una hora más tarde, alguien ofrecía trescientas setenta y cinco. ¿A que mola? Ya vamos a recibir ese dinero por el póster, pero queda otra semana para ir aumentando la cifra.

Vamos a ganar mucha pasta.

A lo mejor se conocerá como el póster cinematográfico que curó el cáncer.

Flipa.

Hoy Emma estaba en plan: «¿Estás bien, Phoebe?», y yo: «Sí, gracias». Pero ha seguido: «¿Cómo están los gatitos? ¿Ya podemos sacarles fotos?».

Lo cierto era que pensaba que se había olvidado de eso y me ha sorprendido tanto que sacara el tema que he dicho: «Pues creo que tendremos que esperar un poco más para que muestren su personalidad».

¿Qué he dicho?

Menuda basura.

Son gatos.

De verdad que a veces no sé por qué digo lo que digo. Es como si las cosas cayeran de mi boca sin pasar por el cerebro.

Emma pensará que soy tontísima.

Tengo que preguntarle si tiene novio. Pero ella no me lo ha preguntado a mí y esa es una de las primeras cosas que suele preguntar la gente.

A lo mejor es que no le gustan otras personas.

SÁBADO, 7 DE ABRIL   #LaTramaSeComplica

Hoy he oído esto por accidente/a propósito:

Bill: ¿Y cómo estás, querida?

Emma: Muy bien.

Bill: ¿Tu padre y tu madre también?

Emma: Sí, gracias.

Bill: ¿Sigues yendo a las reuniones?

Emma: Sí, claro.

Bill: Eres una mujer maravillosa.

Cuando he regresado al almacén, donde estaban ellos dos, me he sentido como una intrusa.

¿Qué reuniones? ¿Qué le pasa a Emma? ¿Y por qué la ha llamado «querida» y «maravillosa»?

¿Están intentando volverme loca?

23:19

A lo mejor Emma es alcohólica.

DOMINGO, 8 DE ABRIL   #PerderUnaPierna

Kate me ha recordado que las crías de la otra gata de marca nacerán a finales de esta semana, así que debería tener la puerta cerrada.

Esta es la camada que es de marca auténtica, por lo que tienen que nacer en la caja de cartón de marca (que Kate ha birlado de la basura de los vecinos).

He llamado a mamá por WhatsApp justo ahora y me ha contado que está tratando a un niño que ha perdido una pierna.

Me pregunto qué hacen con las extremidades del cuerpo cortadas y los cadáveres en esa zona. Supongo que no tienen un crematorio en el hospital de campaña. ¿Los quemarán en la parte de atrás?

No me imagino cómo será perder una pierna.

¿Y a santo de qué viene esa expresión?

¿Cómo puedes perder una pierna?

Pierdes la cartera.

Pero ¿una pierna?

LUNES, 9 DE ABRIL   #RebajasDeMitadDeTemporada

El póster de *Star Wars* ha alcanzado la increíble cantidad de cuatrocientas una libras.

¿A que mola? Y tenemos hasta el viernes para venderlo y hay como setenta y ocho personas viéndolo.

Fue una idea genial subirlo cuando la gente/los niños de la gente están de vacaciones, porque seguro que todo el mundo está sentado en casa, aburrido, mientras se pregunta en qué podría gastarse el dinero.

Emma y yo estamos repasando las bolsas de donaciones a una velocidad casi absurda. Resulta que somos un equipo brillante. Con todo lo que hay obstruyendo ahora el almacén, Kate ha decidido de repente que deberíamos ponernos de rebajas. Vamos a hacer un «Compra uno y llévate otro a mitad de precio» en toda la ropa.

Me he pasado todo el día poniendo carteles.

Pat cree que es una idea espantosa (cómo no).

Dice que las tiendas benéficas nunca deberían ceder a las presiones de los demás minoristas.

Pues yo no estoy de acuerdo. No porque la odie, sino porque es mejor conseguir tres libras que dos: si diez personas se gastan tres libras, ganamos treinta; pero si diez personas se gastan dos libras, solo sacamos veinte.

No es tan complicado, Pat.

Encima Emma y James me están volviendo loca.

James: Yo antes remaba en el instituto.

Emma: Ah, mola.

James: Era intenso. Había mucha presión. Hasta que un
            día, en bachiller, me levanté y decidí que no quería
            seguir haciéndolo.

Emma: Ah, te entiendo. El remo se convierte en tu vida. Y
            tienes los findes más ocupados que el resto de la
            semana.

¿Por qué de repente es experta en remo?

Tampoco entiendo por qué al resto le resulta tan sencillo hablar
con Emma y yo suelto cosas como: «Creo que tendremos que esperar
un poco más para que los gatitos muestren su personalidad, ¿vae?».

Me odio.

Es que me dan ganas de arrancarme la piel y ser como James:
guay, relajada y serena.

Y me da la sensación de que ya casi no me quedan días con
Emma, porque la semana que viene volvemos al insti y entonces
solo podré verla dos veces a la semana o puede que ni eso, porque
los CGES ya son una realidad.

20:30

Voy a escribirle a Emma para preguntarle si quiere venir a sacar
esas fotos.

Sé que los gatos aún no han abierto los ojos, pero quiero comprobar si le gustan más mis gatitos que los brazos de remero de James.

P. D.: Sé que es muy infantil.

P. P. D.: Sé que no son mis gatitos.

P. P. P. D.: Sé que no es una competición.

21:58

Emma ha respondido para decir que mañana no puede.

Esto es lo que ha dicho:

Emma: *Me encantaría, pero tengo un compromiso los martes por la tarde. ¿Otro día?*

A lo mejor. Pero ahora no quiero contestarle.

MARTES, 10 DE ABRIL   #ElCárdiganPerdido

Hoy ha ocurrido una cosa graciosísima y ahora Emma es mi persona favorita en todo el planeta.

Se ha pasado el día poniendo precio a la ropa, lo que implica sacar las prendas planchadas de la percha/montón y ponerles el precio en la etiqueta.

En su defensa, el almacén se halla en un caos absoluto, a pesar de todos nuestros esfuerzos para ordenarlo. El caso es que Emma estaba toda feliz poniendo precios cuando Pat se ha levantado de la silla para tomarse un descanso e ir a por un té, y ha dicho: «¿Alguien ha visto mi cárdigan?».

Resulta que Emma le había puesto precio por accidente, lo había colgado en una percha y Kate lo había sacado a la tienda para venderlo.

¡Ja!

Hemos comprobado todas las perchas, pero no lo hemos encontrado en ninguna parte, así que todo apunta a que el cárdigan de Pat se ha vendido en la oferta del «Compra uno y llévate otro a mitad de precio».

Se ha puesto como una furia, Emma estaba muy avergonzada y yo no quería dejar de reír.

Kate le ha dicho que eligiera otro de la tienda, pero eso no fue lo bastante bueno para Pat, porque quería justo *ese*.

No le he dicho nada a Emma en todo el día sobre su mensaje, pero cuando nos íbamos, me ha dado un empujoncito en el hombro para decirme: «¿Quieres que el domingo les saquemos las fotos a los gatos?».

Yo también la he empujado y he respondido que sí, que vale.

MIÉRCOLES, 11 DE ABRIL   #FLIPE

Esta es la razón por la que la gente se cree que el alunizaje es una farsa: el cliente medio en nuestra tienda es demasiado tonto para comprender la oferta de «Compra uno y llévate otro a mitad de precio».

El cartel dice lo siguiente:

En toda la ropa: Compra uno y llévate otro a mitad de precio

Y esto es lo que ha pasado:

Clienta 1:	Ese cartel dice que compre uno y me lleve otro a mitad de precio en toda la ropa.
Yo:	Sí.
Clienta 1:	No entiendo lo que significa eso.
Yo:	Que compras uno y te llevas otro a mitad de precio en toda la ropa.
Clienta 1:	¿Hasta en las chaquetas?
Yo:	En toda la ropa.
Cliente 2:	¿Qué quiere decir ese cartel?
Yo:	Es una oferta de compra uno y te llevas otro a mitad de precio en toda la ropa.
Cliente 2:	¿Hasta en los libros?
Yo:	En toda la roooopa.
Cliente 3:	Entonces, cuando compre uno, ¿me llevo otro a la mitad de precio?
Yo:	…

Y les flipaba. Eso por no mencionar a toda la gente que se acercó a la caja sin darse cuenta de la oferta.

Kate se ha pasado todo el día diciendo: «Y, para que lo sepas, hoy en toda la ropa tenemos la oferta de compra uno y te llevas otro a mitad de precio». Y los clientes en plan: «¿Ah, sí?». Y eso que hay carteles POR TODAS PARTES.

Así que, sí, con estas situaciones ocurriendo delante de mis ojos, ¿podré creer de verdad en que llevamos un hombre a la Luna? Pues claro que no.

Polly y Tristan han venido hoy a la tienda benéfica y ha sido raro.

Kate ha exagerado un huevo al verlos, en plan: «Dios mío, cielo, pero mírate... Te he echado de menos».

Pues vale.

Y ellos van y dicen: «Solo veníamos a saludar a Phoebe».

¿Por qué?

¿Para restregarme su relación en la cara?

La situación ha mejorado exponencialmente en el momento en el que me han *saludado* al fin, porque cuando han entrado en el almacén, le estaba pasando libros a James, que se había subido a una escalera, con su «delicioso» culo envuelto en tela vaquera justo delante de mi cara.

A Polly casi se le salen los ojos de las órbitas y seguro que estaba pensando: *¿Por qué yo no puedo tener un novio atractivo?*

Tristan parecía un niño al lado de James.

Les he presentado a Emma, y Polly ha dicho: «Hola, he oído muchas cosas sobre ti». Lo cual es mentira, porque juraría que solo la he mencionado una vez.

Polly y Tristan han dicho que iban a ver un festival en Wimbledon Common y les he soltado lo siguiente: «Qué bonito es no tener trabajo».

Y sé que ha sido:

a) una pulla

b) y una mentira, porque sé que soy igual de privilegiada que ellos y no es *necesario* que tenga trabajo.

Pero ¿por qué han venido a presumir de su nueva vida?

Además, ¿Polly se piensa que puede pasar por alto que nos hayamos peleado por el clítoris?

Sigo enfadada con ella por haberse enfadado conmigo cuando lo único que hice fue decir lo que había que decir.

O sea, vale, podría haberle dicho: «No te preocupes por eso, Polly. Tú sigue como hasta ahora y seguro que algún día tendrás un orgasmo y después de eso los veinticinco años de sexo sin orgasmo con Tristan habrán valido la pena».

Yo era su mejor amiga, así que me parece que ella no solo debería *esperar* que fuera sincera, sino que debería *exigírmelo*.

Pero ¿qué voy a saber yo?

Cuando se marchaban, me ha dicho: «Phoebe, escríbeme si libras un día de este finde para tomar un café o algo. O nos vemos el lunes».

Y yo: «Vale».

Ahora la pelota vuelve a estar en mi tejado.

Cuánto lo odio.

¿Qué quiere que le diga?

Y encima es que no tengo tiempo de verdad.

Así que ya la veré el lunes.

P. D.: Espero que a Polly le moleste que haya superado lo nuestro.

P. P. D.: Acabo de releer esta entrada y está claro que no lo he superado.

P. P. P. D.: Ojalá no me importara tanto.

P. P. P. P. D.: Acabo de buscar en Google *Cómo dejar que te importe todo*, pero los resultados son una mierda, porque van sobre dejar que te importe lo que opinen los demás sobre ti, pero eso me da igual, yo lo único que quiero es no sentir nada.

Me parece fatal que internet me decepcione con algo tan básico.

P. P. P. P. P. D.: Le acabo de escribir a Polly y ella ha respondido enseguida.

Yo: *Ha sido guay verte hoy.*
Polly: *Lo mismo digo. Te echo de menos. Un beso.*

VIERNES, 13 DE ABRIL   #VendidoAlMejorPostor

El viernes 13 es nuestro día de la suerte, porque el póster de *Star Wars* se ha vendido por quinientas treinta libras.

Menuda locura.

En serio, toda esa gente «mirando» ha salido de repente de debajo de las piedras y, durante los últimos minutos, el precio no dejaba de subir y subir y subir.

Sabíamos esta tarde que se vendería por al menos cuatrocientas setenta y hasta Pat se estaba tragando sus palabras de que no «deberíamos» expandirnos a vender cosas por internet.

Pero creo que habría ido mejor si la subasta hubiera terminado un domingo (según las estadísticas, las subastas que acaban los domingos por la noche son las más lucrativas), aunque supongo que quinientas treinta libras es una cantidad bastante decente.

Le he dicho a Kate que iría a mi cuarto a repasar y al final he acabado escribiéndole a Emma para contarle lo de las quinientas treinta libras.

No se lo podía creer.

Me pregunto si estará repasando.

Falta un mes para el primer examen y, la verdad, me siento un poco mareada.

SÁBADO, 14 DE ABRIL #OlaDeCalor

Hoy James ha dicho: «Deberíamos quedar para ver juntos *El retorno del Jedi*». Y en vez de responder con un: «¿Para qué voy a querer veros en mi día libre?», Kate ha dicho: «Es una idea muy chula. Deberíamos celebrarlo».

Así que hemos invitado a todo el mundo a que viniera mañana a nuestra casa y eso me fastidia, porque Emma y yo habíamos planeado sacar fotos a los gatitos.

James me está jodiendo la vida a base de bien, en serio.

Hacía tanto calor hoy en el almacén que daba asco.

Emma llevaba un vestido veraniego floral y unas Doc Martens marrones porque: «Necesito zapatos resistentes en este agujero infernal. Nunca sabes lo que vas a pisar».

Ojalá tuviera su estilo.

Y además: Bill y Melanie han regresado de Marruecos.

Melanie es quien suele llevar la contabilidad y estaba muy desatendida porque ha estado mucho tiempo de viaje, y hoy se ha puesto en plan: «Kate, tu James es una joya. Lo ha hecho a las mil maravillas. Hasta ha separado los libros de tapa dura. Creo que es hora de jubilarme».

Y luego todos se han reído, porque al parecer Melanie se jubiló de la tienda al cumplir los ochenta, pero tres semanas más tarde se aburría tanto en casa que exigió que la reincorporaran.

Voy a ser justo como ella cuando tenga su edad.

Después del trabajo, Kate y yo hemos ido al supermercado Morrisons a por comida y bebida para mañana. Hemos comprado tantas cosas que ha tenido que ir a por el coche porque no podíamos con todo.

Yo: ¿Quién se va a comer todo esto?

Kate: Tú.

Yo: ¿Y quién va a cocinar todo esto?

Kate: (mirándome con una sonrisa y poniéndome ojitos) …

Yo: Ay, madre.

Así que me va a tocar madrugar para preparar las ensaladas y todo eso.

La *Guía para la mujer sobre cocina y economía doméstica* no consentiría esta quedada tan repentina. Sugiere que empecemos a preparar la cena de Navidad en septiembre.

También vamos a aislar a las gatas de marca y a las crías para que no se estresen. Esto va a parecer un zoo.

DOMINGO, 15 DE ABRIL   #TardesYNochesDeVerano

Estoy tan cansada que casi me pongo histérica.

Olvídate de la *Guía para la mujer sobre cocina y economía doméstica*, Kate y yo hemos sido las reinas de la comida. Hemos preparado pan de ajo, dos quiches, rollitos de minisalchichas, ensaladilla de patata, ensalada verde, brownies, galletas de chocolate, una olla gigantesca de chili con carne y otra más pequeña sin carne (porque James ama tanto a los animales que nunca se comería uno). Así que he preguntado: «Si para él hay opción vegetariana, ¿yo puedo tener una kosher?», pero Kate solo me ha fulminado con la mirada.

Obviamente, gran parte de la comida no había que *hacerla*, sino solo sacarla de un paquete y calentarla o ponerla en un cuenco bonito; aun así, requería preparación.

La única persona que no podía venir era Alex, porque siempre pasa los domingos con su familia.

Bill y Melanie han traído una caja entera de champán de verdad, porque, según ellos: «Siempre hay que celebrar con estilo».

Me descojono con lo pijos que son.

Bill llevaba pantalones cortos, una chaqueta de deporte y un pañuelo rosa. Tenía un aspecto graciosísimo sentado en una de las sillas viejas de plástico de Kate. Y Melanie parecía una estrella de cine sacada de los años 20. Llevaba unas gafas de sol enormes de Gucci que casi le tapaban toda la cara.

Pat, cómo no, estaba horrenda con una falda floral vaporosa que le llegaba por la rodilla, unos zapatos cómodos de vieja y otro cárdigan beis.

Estaba pensando que, bueno, solo tiene sesenta y cinco años y Melanie tiene ochenta y seis, así que es lo bastante joven para ser su hija. Pero, por las pintas, podría ser la abuela de Melanie.

Emma llegó con James, y eso no me puso de buen humor enseguida, claro. Trajo una tarjeta y un vale de cinco libras de Marks & Spencer para Pat como forma de decir: *Siento haber vendido tu cárdigan en la oferta de Compra uno y llévate otro a mitad de precio*, y creo que Pat al fin se ha sentido mal por haberse comportado como una mala pécora y ha dicho: «No seas tonta, Emma. Y devuelve ese vale». Pero Melanie lo ha tomado y lo ha guardado en el bolsillo del cárdigan de Pat en plan: «No digas tonterías, Pat. Acepta el vale. Emma quiere tener un detalle contigo, así que quédatelo». Y luego Pat ha abrazado a Emma durante un minuto entero sin dejar de darle las gracias.

A mí no me habría perdonado con tanta facilidad.

Todo el mundo ha tomado una copa de champán para felicitarse por recaudar todo ese dinero por el póster de *Star Wars*.

He hablado un montonazo con Bill y Melanie sobre sus viajes. Les va de maravilla. Van a todas partes, pero se quedan en hoteles (no como mamá, que visita todos esos lugares exóticos y tiene que construirse su propio refugio y luego excavar un agujero a doscientos metros de distancia para el retrete).

Como hacía tanto calor, hemos pasado casi todo el día en el minúsculo jardín y al final no hemos visto *El retorno del Jedi*.

Kate ha encontrado un conjunto de bádminton que compró cuando yo era niña; Emma y James han pasado horas jugando hasta que les ha entrado tanto calor que James se ha quitado la camisa.

Se estaban riendo de verdad, chocando los cinco y todo, y cuando Kate y yo hemos llevado cosas a la cocina, le he preguntado: «¿Crees que a James le gusta Emma?», pero Kate solo ha dicho: «¿Qué te hace pensar eso?», como si no se hubiera dado cuenta de que han llegado juntos, se han sentado juntos en el césped para comer y Emma ha jugado a bádminton con James desnudo. Si a mí me gustara, y sé que a Kate le gusta, estaría rabiando.

Por suerte, James se fue a trabajar a las cinco y Pat también decidió irse, y luego Bill y Melanie dijeron que ellos también se marchaban, así que solo nos quedamos Kate, Emma y yo.

Emma estaba tomando el sol y fue siguiendo el trocito de sol por todo el jardín hasta que desapareció por la valla. Y Kate le dijo:

«Llama a los vecinos, cielo. Tendrán sol durante cinco minutos por lo menos».

Kate entró en la casa sobre las siete y luego volvió a salir para tirarnos una manta y me dijo que acompañara a Emma a casa antes de las nueve.

Me había olvidado por completo de que mañana volvemos al insti y la verdad es que me dan ganas de vomitar al pensar en todo ese repaso para los CGES que *no* he hecho.

Emma y yo nos sentamos sobre una toalla en la hierba y nos tapamos con la manta y ¿sabes esa sensación que llega cuando el cielo pasa a ser naranja y púrpura y es domingo por la tarde en Londres y todo parece detenerse?

Observamos la llegada de los aviones a Heathrow y la verdad es que no hablamos mucho, pero fue agradable, porque no hace falta estar hablando sin parar para pasar un buen rato con alguien. Me pregunto si Emma y James podrían estar así en silencio.

Y de repente se habían hecho las nueve y seguíamos en el jardín.

Yo: Será mejor que te acompañe a casa.

Emma: No hace falta que vengas conmigo.

Yo: He dicho que lo haría.

Emma: Vale.

Y luego me sonrió y me guiñó un ojo.

Tampoco hablamos mucho de camino a su casa y, cuando decíamos algo, era susurrando; eso me pareció raro, pero quizás es lo que hace la gente en la oscuridad.

Cuando llegamos a su casa, todas las luces estaban encendidas.

Yo:	(parpadeando) Oh, vaya.
Emma:	(con cara de exasperación) Mis padres se estresan mucho cuando salgo. Lo raro es que no hayan llamado.
Yo:	Pero estabas en casa de Kate. No es como si hubieras salido de fiesta y a beber.
Emma:	Hemos bebido.
Yo:	Media copa de champán.
Emma:	(a regañadientes) Nunca había bebido hasta ahora.
Yo:	¿En serio?
Emma:	(se encoge de hombros) ...
Yo:	Kate no nos habría dejado emborracharnos ni nada.
Emma:	Lo sé.
Yo:	¿En serio nunca has bebido alcohol? ¿Ni siquiera en Navidad?
Emma:	Mis padres no beben.
Yo:	¿Ni cuando sales con amigos?
Emma:	No salgo mucho.
Yo:	¿Ni siquiera en alguna fiesta?
Emma:	(se encoge de hombros) ...
Yo:	Guau.
Emma:	¿Guau qué?
Yo:	Es que la gente como tú suele tener una vida social ajetreada.
Emma:	¿La gente como yo?

Yo:	Gente que juega al hockey.
Emma:	(mirándome con cara de: ¿qué dices?) …
Yo:	La gente guapa como tú.

Y juro que me salió así sin pensarlo y eso no debería ser posible, pero fue lo que pasó y de repente me estaba muriendo por dentro.

Y entonces Emma (que no es una inepta social como yo y obviamente estaba intentando tomarse a la ligera mi comentario precipitado) dijo: «Tendrías que ponerte gafas». Luego nos reímos y me acerqué a su cara, fingiendo que intentaba mirarla, hasta que noté su aliento en mi rostro y sus carcajadas agitándome el pelo y me fijé en que olía a protector solar SPF 30 y no sé por qué ese olor me hizo sentir rara, pero noté un aleteo salvaje en el estómago.

Yo:	Adiós.
Emma:	Adiós.
Yo:	¿Nos vemos el jueves? Tenemos que buscar otra donación de la semana.
Emma:	(asintiendo) El jueves, sí. Me lo he pasado muy bien estas vacaciones.
Yo:	Yo también.
Emma:	Bien.
Yo:	Bien.
Emma:	Adiós.
Yo:	Adiós.

22:30

Mañana no quiero volver a la escuela.

No quiero hacer los CGES.

No quiero hacer nada.

Nunca me gustará madrugar ni tomar el autobús y nunca aceptaré que la gente se enrolle junto a la puerta del insti.

¡Puaj!

A juzgar por Instagram, Polly y Tristan no se habrán separado ni un segundo durante las vacaciones de Pascua y, aun así, ahí estaban, dándole al tema otra vez y fingiendo que follan tan bien que literalmente no pueden parar.

Polly se ha convertido en una víctima de sus propias mentiras.

De verdad que tengo que hablar con ella sobre el orgasmo vaginal, pero no quiero que eso sea lo primero que le diga.

Además, Polly y yo no estamos tan bien, aunque hayamos establecido una relación tipo «antes éramos amigas, pero ya no».

Me pregunto si esto es lo que pasa cuando la gente se divorcia.

Esa sensación de que una persona te resulte familiar y, al mismo tiempo, sea una completa desconocida.

Miriam Patel ha enseñado a todo el mundo su horario de repaso. Es una pesadilla. Ha dividido cada día en franjas por hora y cada una tiene un color adjudicado: las mates son rojas, inglés es verde oscuro, literatura es verde lima, etc., etc. Hasta se ha programado la hora de sueño (azul cielo). Espero por su bien que se sienta cansada entre las 23:55 y las 06:15, porque ese es el único tiempo que tiene para dormir.

El horario triunfó en clase, cómo no, y seguro que ahora todo el mundo se está preparando uno.

Me la suda.

Me muero de ganas de escribirle a Emma para preguntarle si sus padres se enfadaron el domingo por la noche, pero no quiero que piense que soy de esas personas que le cotillean la vida para saber todos los detalles. Aunque está claro que sí que lo soy y sí que lo hago.

Acabo de pasar una hora en su Instagram buscando a ese chico.

También he mirado en Snapchat, pero parece que no tiene (y no la culpo). La última vez que entré, Steve O'Reilly había subido una foto de su pene erecto. Y sé que se borran por sí solas, pero hay cosas que no puedes borrar de tu mente.

P. D.: Pensaba que Emma podría ser alcohólica y que sus reuniones secretas eran de Alcohólicos Anónimos, pero ha quedado claro que no es eso, porque, según ella, nunca había bebido... A menos que eso sea una gran mentira y hayamos alentado su adicción por accidente.

P. P. D.: No, definitivamente no es alcohólica, porque Bill sabe lo de las reuniones y no habría traído una caja entera de champán.

P. P. P. D.: ¿Por qué la vida es tan confusa?

P. P. P. P. D.: Debería hablar con Polly.

P. P. P. P. P. D.: Mamá ha llamado hoy por WhatsApp. Tenía cara de vivir en un campo de batalla. Ah, calla, que *sí* que está viviendo en un campo de batalla.

Me ha hecho un trillón de preguntas sobre los CGES.

Diría que se siente culpable por no estar aquí para cumplir con su deber de madre, tal y como dicen los folletos en plan: *Asegúrate de que tu adolescente ha tomado un desayuno abundante. A lo mejor no le apetece comer, porque los nervios a menudo se manifiestan en forma de mareo o de estómago delicado, pero es recomendable comer aunque sea un trozo de tostada sin nada.*

Kate se pondría en plan: «Cómete la tostada, exagerá, que eres una exagerá».

La quiero mucho, pero en secreto.

No entiendo por qué no soy su hija. Nos va mejor juntas que a mamá y a mí.

MARTES, 17 DE ABRIL   #MatronaPorAccidente

Cuando he llegado a casa del insti, la segunda gata de marca estaba pariendo en la cocina.

Medio gatito le colgaba de la vulva y había otro ya en el suelo, retorciéndose, y me entró el pánico.

Llamé a Kate al móvil, pero no se dignó a responder. Luego llamé a la tienda y contestó Pat.

Yo:	¿Dónde está Kate?
Pat:	Ah, eres tú.
Yo:	¿Dónde está Kate?
Pat:	Ha salido a buscar cambio.
Yo:	¿Cuándo volverá?

Pat:	No tengo ni idea.
Yo:	Dile que me llame enseguida, que es una emergencia.
Pat:	Se lo diré en cuanto vuelva.

A esas alturas, la gata estaba lamiendo la mitad de la cría que le colgaba por detrás y me quedé con cara de: ¡AY, DIOS!

Como no sabía qué más hacer, llamé a Emma, que respondió enseguida.

Yo:	La gata de marca está pariendo los gatitos en la cocina y creo que uno se le ha quedado atascado.
Emma:	(descojonándose, y lo entiendo, porque debe de ser la monda que alguien te llame por eso, pero a mí no me hacía gracia) ...
Yo:	¿Puedes venir a ayudar?
Emma:	¿Dónde está Kate?
Yo:	No lo sé... Pero, en serio, ¿qué hago? No puedo llamar a emergencias precisamente...
Emma:	(riéndose otra vez) Voy para allá.

Y el tiempo se detuvo y fueron las 16:49 durante una hora.

Me quedé observando a la gata y de repente el gatito atascado cayó al suelo como el otro y la gata se puso en plan: *Vale, voy a limpiar esto a lametazos en un periquete.*

Intenté acercarme a ver si la cría respiraba, pero entonces sonó el teléfono. Era Kate.

Yo:	La gata está pariendo en la cocina. Hay dos gatitos.
Kate:	¿Parece alterada?
Yo:	No lo sé.
Kate:	¿Estás segura de que solo hay dos?
Yo:	No lo sé.
Kate:	Mira debajo de los muebles.
Yo:	(miro debajo de todos los muebles) Nada. Creo. Y al fin sonó el timbre.
Yo:	Ha llegado Emma.
Kate:	Vale. Creo que por ahora será mejor que dejes a la gata tranquila, porque no les gusta que las molesten. Es su segunda camada, así que debería ir todo bien, pero mantenla vigilada y si ves que se altera, llámame e iré enseguida.
Yo:	Vale. Adiós.

Emma se puso en plan: «Madre mía, esos gatos son minúsculos», pero yo solo podía pensar en una cosa: *¿Por qué a mí? Yo no me he apuntado a esto.*

Al cabo de unos minutos, la gata de marca agarró a un gatito de marca por el pescuezo y lo llevó a la caja del salón y luego regresó a por el otro. Pero entonces flipé, porque le sobresalía un tercer gatito.

Menudo estrés.

Emma y yo lo observamos mientras salía, milímetro a milímetro; cuando estuvo del todo fuera, la gata le dio un par de lametazos rápidos para quitarle toda la membrana asquerosa, pero la cría no se movió, a diferencia de las otras dos, y dije: «¿Qué está pasando?». Y Emma respondió: «Creo que no respira».

Aunque tenía ganas de vomitar, me acerqué a echar un vistazo; Emma tenía razón, el gato estaba en el suelo en plan: muerto.

No hice nada, me quedé allí plantada, sin moverme. Emma se arrodilló, tocó la cría con un dedo y empezó a frotarla un poco, hasta que dijo: «Phoebe, en serio, no respira». «No sé qué hacer», respondí. Y entonces Emma se agachó más para poner la boca sobre la cara del animal ¡y le hizo el boca a boca! Y el gatito muerto resucitó; no dejaba de moverse y de poner mala cara.

Y yo me quedé en plan: HOSTIA.

Nadie se lo va a creer, pero el maldito gato sobrevivió y la gata se nos quedó mirando en plan: *Vale, gracias, supongo que tendré que cuidar de este también.*

Cuando Kate llegó a casa, Emma y yo estábamos tan hiperactivas que rebotábamos por las paredes y nos dijo: «Vale, creo que tenemos que dar un poco de paz a la mamá y los bebés». Así que nos llevó al Pizza Hut.

De vuelta en el coche, dijo: «Siento que te hayas perdido la reunión de hoy, Emma». Y te juro que fue como si de repente ese secreto cobrara forma y ocupara espacio en el coche. En la vida había oído un silencio tan silencioso. Pero en vez de preguntar: «Ah, ¿qué reunión?», no dije nada. Y Emma, en vez de decir: «Ah, sí, voy a esas reuniones sobre bla bla bla», respondió en plan: «No me puedo creer que haya resucitado a un gatito. Estaba cadáver total».

Y luego las tres nos reímos, porque su comentario gracioso superó durante un momento la incomodidad.

La gata de marca y los siete gatitos están bien ya.

Menudo día.

MIÉRCOLES, 18 DE ABRIL   #ElRenacuajo

Hoy, en Religión, la señorita Turner ha repasado con nosotros todo el follón de las notas de los CGES solo para «recordarlo». Recibes cero puntos cuando «no hay nada que valga la pena» en tus respuestas o si no hay ninguna respuesta.

Polly me ha mirado, se ha señalado y ha dicho en voz baja: «¡Yo en mates!».

Le he puesto los ojos en blanco, porque me resulta raro que alguien no sepa nada de un tema, pero, al mismo tiempo, me puedo imaginar a Polly mirando el examen y quedarse en plan: Tristan. Tristan. Tristan.

Para conseguir entre siete y nueve puntos, tienes que poder «demostrar un estudio razonado de distintos puntos de vista con referencias claras a la religión» (es decir: bla bla bla, pero con Jesucristo/Alá/Buda).

Creo que los profes están más estresados por esto que nosotros. Se ponen muy agresivos cuando ven que no prestamos atención.

P. D.: El gato de marca que Emma resucitó es sin duda el renacuajo de la camada.

Es muy pequeño comparado con los otros dos y juro que no parece del todo vivo. Es naranja, aunque tiene los pies blancos, como si llevara calcetines. Sus hermanos son blancos con manchas beis.

Le he sacado una foto y se la he enviado a Emma.

Ha respondido enseguida para sugerir que lo llamemos Elizabeth o Richard, porque mola bautizar a los animales con nombres de personas.

JUEVES, 19 DE ABRIL #RESULTADO

La promoción de «Compra uno y llévate otro a mitad de precio» se ha acabado al fin. Gracias a Dios.

Empezaba a volverme loca con tanta gente estúpida.

Alex ha traído una tarta de coco que ha preparado él y me he comido al menos cuatro trozos porque estaba deliciosa. Y al parecer hay que usar leche de coco en vez de leche de verdad como dice la receta, porque eso hace que la tarta esté:

a) superdulce,
b) supersabrosa
c) y superhúmeda (que es la palabra más fea que existe, sobre todo cuando la pronuncia alguien como Pat).

Alex es muy buena persona y hace que me den ganas de ser buena persona también, pero siempre acaba entrando algún cliente en plan: «¿Qué significa lo de Compra uno y llévate otro a mitad de precio?». Y a mí solo me dan ganas de decirle que le odio.

Hoy, animadas por el éxito sin precedentes del póster de *Star Wars*, Emma y yo nos hemos embarcado en la misión de encontrar el próximo objeto que nos haga ganar mucho dinero. Durante un segundo pensábamos que habíamos encontrado un bolso auténtico de Louis Vuitton, pero solo era una imitación barata, seguramente de Tooting Market. Aun así, lo hemos convertido en la donación de la semana y le hemos puesto un cartel que decía: *Falsificación original.*

Sé que está muy feo decirlo, pero necesitamos que más fans de la ciencia ficción estiren la pata, porque en eBay se consigue pasta con toda la mierda *vintage* de *Star Wars*, *Doctor Who* e incluso de *Battlestar Galactica*.

Kate ha dicho que, como no tengo don de gentes, puedo ocuparme de la cuenta de eBay de la tienda.

P. D.: No es que *no* tenga don de gentes.

Es que a la gente no le gusta oír que es idiota.

VIERNES, 20 DE ABRIL   #GatosEnInstagram

Emma ha venido esta noche y al fin les hemos hecho la sesión de fotos a los gatos de marca blanca.

¿Sabes lo que es intentar controlar una manada de gatos? Parece una tarea sencilla hasta que lo intentas.

Cuando habíamos dejado a uno posando, otro se había escapado, y cuando por fin los teníamos a todos sentados juntos y mirando más o menos a la cámara, uno se quedó dormido.

Tardamos una hora en conseguir una foto decente.

Como son solo en parte de marca, Kate ha dicho que quizá podamos ofrecerlos a la mitad del precio por el que se venden los gatos de marca de pura raza.

Emma y yo hemos le hemos creado a Kate una cuenta de Instagram y hemos subido las fotos. Hemos puesto lo siguiente:

Cuatro gatos, medio persa. 250 libras cada uno. Todas las vacunas incluidas. #gatosdeInstagram #persa #mediopersa #gatitos #gatos #Wimbledon #vacunasincluidas #gatitosmonos

El negocio de vender gatos es muy estresante.

Y encima hay dos gatos idénticos, así que les vamos a tener que poner unos collares minúsculos de colores distintos para diferenciarlos.

Emma y yo también lo hemos subido a nuestras cuentas, así que a lo mejor conseguimos resultados.

Llevo meses sin subir nada y Polly le ha dado a «me gusta» enseguida. Luego ha comentado: *Oooh, qué monos.*

Espero que se haya fijado en que Emma estaba etiquetada en la foto.

P. D.: ¿Por qué me importa lo que Polly piense cuando sé que no le importo?

P. P. D.: Mamá acaba de darle «me gusta» a la foto. ¿Me está vigilando desde una zona en guerra? ¿Por qué pensé que era buena idea dejar que mi madre me siguiera en Instagram?

P. P. P. D.: Me pregunto si Emma aún querrá venir a casa cuando los gatos ya no estén. Me pregunto si le gusta pasar tiempo conmigo cuando no lo pasa tan bien como cuando juega a bádminton con un James descamisado.

Bill y Melanie se apuntaron hace unas semanas a clase de salsa para ancianos y se les da de lujo.

Nos han hecho una demostración en el almacén y no es que fuera gracioso porque eran viejos, sino porque Bill estaba muy serio. Hasta ponía caras y todo mientras giraba la pelvis. Yo lloraba de risa. Y entonces soltó: «Vamos, Patricia, querida. Baila conmigo». Aunque Pat no quería: «Ay, Bill, sabes que tengo dos pies izquierdos». Pero él la levantó de la silla y la hizo bailar salsa para ancianos por todo el almacén; acabaron tirando libros y bolsas y cubos.

Todos nos reímos y aplaudimos y, por primera vez desde que la conozco, Pat sonrió de verdad.

Emma dijo: «Deberíamos ir todos a esa clase». Y entonces me guiñó el ojo y creo que puse una cara muy tonta.

¿Por qué soy así? Cada vez que me siento más natural cuando hablo con ella, pasa algo por el estilo. Soy como un tren descarrilado.

21:03

A lo mejor Emma me guiñó el ojo porque James no estaba y no podía guiñárselo a él.

A lo mejor es un tic nervioso.

A lo mejor le estoy dando demasiadas vueltas.

DOMINGO, 22 DE ABRIL   #OlaDeCalorTomaDos

La ola de calor es real y hoy me he pasado el día en casa.

Había muchos comentarios en Instagram sobre los gatos de marca blanca, pero nadie ha preguntado si podía venir a verlos ni ha hecho una oferta.

Acabo de mirar el examen modelo para el CGES de Sociología. Ojo al dato: *¿A qué se refieren los sociólogos cuando hablan de una familia del mismo sexo?*

Santa madre de Dios.

¿A qué podrían referirse con «familia del mismo sexo»?

Familia.

Del mismo.

Sexo.

¿Por qué el gobierno me hace perder el tiempo con esto?

Es domingo y mamá no ha llamado. ~~Tendrá cosas más importantes que hacer. La verdad es que no me importa si no vuelve a llamar nunca más.~~

Hoy Kate ha recibido una «llamada de cortesía» de Médecins Internationaux para informarnos que «la doctora Davis y su equipo llevan treinta y dos horas sin ponerse en contacto con nosotros», pero que no había «un motivo inmediato de preocupación».

Esto no había pasado nunca.

Kate dice que forma parte del protocolo contactar con el pariente más cercano.

Ojalá no lo hubieran hecho, porque ¿qué sentido tiene? Esa llamada:

a) no ha localizado a las personas desaparecidas
b) y preocupa a unas personas que no pueden hacer nada al respecto.

Hace unos años, cuando mamá y yo íbamos a visitar a la abuela y al abuelo en Hong Kong, el vuelo se retrasó dos horas por «un fallo técnico en el avión». Y durante todo ese tiempo no pude dejar de pensar: *¿Por qué nos han dicho que el avión al que vamos a subir está roto? Di algo, invéntatelo, pero no digas justo* eso.

Creo que la gente subestima las buenas mentiras.

Le he dicho a Kate: «Mamá está bien, ¿no?» y ella: «Pues claro que está bien». Pero luego la he pillado acariciando a dos gatos a la vez y eso no es buena señal.

Ojalá pudiera llamar a Polly, pero no pienso ir a mendigarle tiempo ni amistad.

P. D.: Acabo de buscar información sobre personas como mamá que desaparecen en guerras (médicos, periodistas, cooperantes, enfermeras, etc.) y lo cierto es que a la mayoría no los encuentran. Y, si lo hacen, suelen estar muertos.

Estoy tan enfadada con mamá que no puedo hacer nada.

MARTES, 24 DE ABRIL   #48HORAS

Querida señorita Anderson:

Este es un mensaje de cortesía para informarle que, a pesar de todos nuestros esfuerzos, no hemos podido establecer contacto con la doctora Amelia Davis ni con su equipo en cuarenta y ocho horas.

Tenga la seguridad de que estamos usando todos nuestros recursos disponibles para contactar con ella.

Me gustaría señalar que no existe ningún motivo para creer que la doctora Davis y su equipo hayan sufrido ningún daño o se hallen en peligro.

En lo referente a nuestra comunicación, recibirá un correo de cortesía cada veinticuatro horas.

Mientras tanto, en caso de producirse alguna novedad, contactaremos con usted de inmediato por teléfono a través del número que nos ha proporcionado. Actualice sus datos si los ha cambiado.

Atentamente,
Anneke Stromberg
MÉDECINS INTERNATIONAUX, Londres

Cuando Kate me ha leído el correo, no había ni rastro de su acento escocés. Y esa es la peor señal de todas.

Intenté llamar por WhatsApp a mamá un millón de veces, pero no le entra la llamada. Le va a dar un infarto en cuanto vea la cantidad de llamadas perdidas.

Una vez leí que los satélites espía son tan precisos que pueden encontrar una cerilla en el suelo en cualquier parte del planeta y determinar si la habían encendido en algún momento o no.

a) ¿A que es alucinante?

b) Pues no me digas que no puedes hacer *zoom* en un hospital de campaña en Siria dirigido por una organización humanitaria internacional.

20:30

Mañana podría salir de Gatwick a las 12:20 con Ukraine International Airways (vía Kyiv) por 329,61 libras. Y llegaría a Ankara a las 22:10.

Kate me ha pillado mirando vuelos y me ha dicho: «Escúchame, Phoebe. Tu madre está bien».

Pero la verdad es que Kate no sabe si está bien. Nadie lo sabe.

No sé por qué me preocupo. No es como si mamá no se lo mereciera. Y como mamá se lo merecía, yo me lo merecía también. Todos nos lo merecíamos.

21:05

Sé que está muerta.

21:20

Me pregunto qué tipo de funeral querría mamá.

Nunca lo hemos hablado, y ahora me parece muy raro, visto que, en el fondo, siempre he sabido que llegaríamos a esto.

A lo mejor Kate lo sabe, pero no quiero preguntárselo. Sigue en plan: «Debemos ser positivas».

Pero ¿es necesario? ¿Cómo puede nuestra actitud influenciar la situación en la que se encuentra mamá?

No creo que mamá sea muy religiosa, así que el entierro no sería en una iglesia ni nada parecido. Creo que querría que la incineraran. Así podríamos repartir sus cenizas por todo el planeta y llevar un puñado a todos los lugares que le gustaban.

Aunque, de hecho, conociendo a mamá, seguramente querría usar sus restos para alimentar a la gente que pasa hambre. Sé que suena asqueroso, pero así cree ella que es.

No quiero que me manden a Hong Kong para vivir con los abuelos. Más le vale no estar muerta.

22:00

Me pregunto cómo habrá sido el funeral de papá.

Me pregunto si mamá ha ido a Israel.

Me pregunto si aún lo echa de menos.

Me pregunto si existe un más allá y, si lo hay, ¿qué le diría papá si ella apareciera por allí ahora mismo?

¿Puedes seguir enamorada de alguien cuando los dos estáis muertos?

Esta mañana hemos recibido otro correo de cortesía y me he sentido tan mal que no he podido ir al instituto.

He buscado por internet los poemas más populares para un funeral.

El primero que ha encontrado Google se titula «No te detengas ante mi tumba a llorar».

Pero ¿no es absurdo? La gente no va a estar precisamente en plan: ¡¡FIESTA!!

El poema completo dice: *No llores en mi funeral, porque yo no estoy contigo, sino que soy el sol y el viento y esto y aquello y esto otro también y bla bla bla, así que en verdad estoy contigo todo el rato.*

Este es el tipo de mierda inventada que algunas personas dicen para que otras personas se sientan mejor. De hecho, mamá lleva años diciéndomelo. Siempre está en plan: «Cuando pienses en mí, yo ya estaré pensando en ti».

El estúpido poema me ha puesto triste de verdad durante un momento. No porque sea profundo ni significativo, sino porque me he dado cuenta de que, si mamá estuviera muerta, nuestra relación sería justo como lo es ahora, pero sin las llamadas por WhatsApp.

No entiendo por qué decidió tenerme.

Polly me ha escrito a la hora de la comida para preguntarme si estaba bien, pero no le he respondido.

Cuando Kate ha llegado a casa del trabajo, yo seguía en la cama, mirando la pared. Ha abierto las cortinas, ha apartado el edredón y se ha puesto en plan: «Venga, señorita. El aire fresco y el ejercicio son buenos para el cuerpo y el alma. Así que mueve el culo».

Me ha dicho que ella me elegiría la ropa y me la pondría si no estaba lista en cinco minutos. Luego me ha arrastrado a la colina de Wimbledon Common sin decir nada más.

Al cabo de veinte minutos de marcha forzada como un soldado de verdad por parte de Kate y de refunfuños como una auténtica idiota por la mía, Kate ha dicho al fin: «Phoebe. Háblame».

Yo: Si mamá está muerta, ¿viviré contigo?

Kate: No está muerta. Pero sí, por supuesto que vivirías conmigo. Eso lo dejamos arreglado hace años, así que llegas un poco tarde a la fiesta.

Yo: ¿Cuándo lo hicisteis?

Kate: Cuando eras un bebé y Amelia decidió que no podía quedarse quieta ni un minuto y que tenía que irse a intentar curar a los enfermos y ayudar a los ciegos, etc., etc.

Yo: ¿Cómo supisteis que seríais amigas del alma para toda la vida?

Kate: No lo sabíamos. Seguimos sin saberlo. Pero diría que tenemos muchas posibilidades. Veinte años y subiendo.

Yo: Pero ¿cómo sabías que querrías cuidar de mí?

Kate:	(riéndose y empujándome hacia una zanja) Phoebe. Te saqué con mis propias manos de la vagina de tu madre. Fui la primera persona que te sostuvo. No podría quererte más ni aunque fueras mi propia hija. De hecho, te quiero más *precisamente* porque no lo eres, porque la verdad es que le destrozaste el chichi a tu madre.
Yo:	Dios mío, deja de hablar.
Kate:	(muy escocesa) Ah, intenta no pensar en eso, cielo. Su chichi está como nuevo. Se lo cosieron enseguida.
Yo:	(sufriendo arcadas) …
Kate:	El caso es que sí que vivirías conmigo si le pasara algo, pero Amelia está bien.
Yo:	Vale.
Kate:	Bien. Y que no se te olvide.

Cuando regresamos, Kate preparó sándwiches de queso y nos sentamos con las gatas y los gatitos en el suelo. Era como un pícnic en un zoo donde está permitido acariciar a los animales.

P. D.: No me puedo creer que le rompiera la vagina a mamá. Me pregunto si se acordará de eso cada vez que me ve. No me extraña que viaje tanto.

P. P. D.: Tengo tres llamadas perdidas de Polly y ha dejado un mensaje en el buzón de voz, pero solo decía: «¿Estás viva o qué? Llámame».
No la he llamado.
Solo le he escrito para decirle que mañana volveré al insti.

P. P. P. D.: Kate lleva hablando por teléfono desde que volvimos, llamando a amigos que siguen trabajando en Médecins Internationaux para ver si saben algo más de lo que nos dicen, pero al parecer nadie sabe nada. ¿Cómo puede ser? La gente no desaparece así como así.

P. P. P. P. D.: Me siento enferma.

JUEVES, 26 DE ABRIL   #APuntoDeMorir

En general, no te piden que salgas de clase a menos que haya muerto alguien, ¿verdad?

Bueno, pues hoy, cuando la señorita Curtis me ha hecho salir de Francés, se me ha caído el alma a los pies.

De repente todo pasaba a cámara lenta y no podía oír nada con normalidad; era como si estuviera bajo el agua.

Tropecé con mis propios pies y con las correas de la mochila y la señorita Curtis me acabó agarrando por el brazo para sacarme del aula.

En el pasillo, se me cayó la mochila y todos los libros salieron volando y me fallaron las rodillas y lo único en lo que podía pensar era: *¿Por qué me sorprende? Si ya sé que mamá está muerta.*

La señorita Curtis me estaba hablando y podía ver cómo movía los labios, pero no oí lo que decía hasta que me agarró la cara y me ordenó que respirase.

Señorita Curtis: Phoebe.

Yo: ...

Señorita Curtis: Phoebe, ¿me oyes?

Yo:	...
Señorita Curtis:	La señorita Anderson ha venido a recogerte.
Yo:	Ay, señor.
Señorita Curtis:	Es por tu madre. Van a preparar una llamada.
Yo:	Está muerta.
Señorita Curtis:	No, está bien. Ve a hablar con ella. La señorita Anderson te espera en mi oficina. ¿Puedes ponerte en pie?
Yo:	(me levanto y recojo las cosas del suelo entre trompicones) Estoy bien, estoy bien, ya voy. Gracias.

Y luego salí corriendo a todo trapo por las escaleras, pasé junto al edificio viejo, crucé el patio y entré en el edificio principal donde me esperaba Kate. Lucía una sonrisa de oreja a oreja, pero le dije: «¿Van a llamar a la tienda?». Y cuando Kate asintió, eché a correr de nuevo y solté: «¡¡¡¡¡Pues vamos!!!!!».

Había aparcado en doble fila y Alex estaba en el coche y me quedé pasmada.

Kate:	(abrochándose el cinturón) Sí, Pat ha llamado para decir que está enferma y sé que podría haber dejado a Alex al mando de la tienda, pero la última vez recibimos demasiadas cartas para felicitarnos sobre su maravillosa atención al cliente.
Alex:	(riéndose en el asiento trasero) Eso no ha pasado nunca.
Yo:	¡Arranca!

Y, como el mundo me odia, todos los semáforos estaban en rojo, los ancianos tardaban como una hora en cruzar arrastrando los pies por los pasos de cebra y Wimbledon estaba colapsado.

Yo: ¿Cuándo han dicho que llamarían?

Kate: (mira el reloj) Bueno, han llamado hace una hora para decir que iban a preparar una llamada vía satélite en menos de una hora.

Yo: Mierda.

Kate: (saca las llaves de la tienda del bolsillo y me las pone en la mano) Ve.

Salí del coche y corrí desde Sainsbury hasta la tienda benéfica.

Emma esperaba fuera y me preguntó: «¿Dónde está todo el mundo? ¿Qué pasa?». Pero no podía hablar porque notaba que los pulmones estaban a punto de estallarme.

Abrí la puerta y entré a toda prisa en el almacén.

Emma: ¿Estás bien?

Yo: (negando con la cabeza e intentando no ahogarme) …

Emma: ¿Dónde está Kate?

Yo: (tosiendo flemas) …

Emma: …

Yo: Mi madre había desaparecido.

Emma: No.

Yo: Pero está bien.

Emma:	Gracias a Dios.
Yo:	Me han hecho salir de clase. ¿Alguna vez te ha pasado? Es muy estresante. Pensaba que había muerto.
Emma:	(con una sonrisa muy rara) Me alegro de que esté bien.
Yo:	(miro el teléfono) Espero que no hayan llamado aún.
Emma:	Voy a poner la tetera en el fuego.

Kate y Alex llegaron unos minutos más tarde.

Kate:	Hola, equipo. Ha sido emocionante, ¿verdad? Venga, vamos a abrir.
Alex:	¿Ha llamado?
Yo:	(niego con la cabeza) …
Kate:	Vale. Alex, a la caja. Emma, hay ropa que planchar. Y Phoebe, siéntate, porque pareces a punto de desmayarte.
Yo:	Estoy bien.
Emma:	(deja una taza delante de mí) Te he puesto un poco más de azúcar en el té.
Yo:	Estoy bien.
Kate:	Siéntate, Phoebe, que estás pálida.

Juro que me pasé como una hora mirando el teléfono mientras el resto seguía con sus cosas.

Emma preparó más té y me dio cinco galletas.

Cuando el teléfono sonó al fin, se me salió el corazón por la boca y todo el mundo se quedó quieto y lo miró.

Kate (respondiendo): «Al habla Kate Anderson. Sí. Gracias, espero».

Me guiñó un ojo y me lo pasó.

Durante unos segundos no hubo nada, pero entonces oí un clic.

Mamá:	¿Hola?

O sea, juro que se me paró el corazón de nuevo durante un segundo antes de que volviera a martillear con tanta fuerza que casi vomité.

Yo:	¿Mamá?
Mamá:	¡Phoebe! ¿Cómo estás, cariño?
Yo:	Bien. Genial. ¿Y tú? ¿Dónde estás?
Mamá:	Estoy bien... todo va bien. Seguimos aquí.
Yo:	¿Dónde estabas?
Mamá:	Es una historia larga y aburrida. Te la contaré cuando vuelva. ¿Estás bien?
Yo:	Todo el mundo estaba muy preocupado.
Mamá:	Lo siento mucho, cariño. Las cosas iban mal y cortaron las comunicaciones unos días, pero estábamos tan ocupados que ni siquiera pude mandar señales de humo.
Yo:	Ja, ja, qué graciosa.

Mamá:	Siento que te hayas preocupado tanto. ¿Cómo está Kate?
Yo:	Bien… Aquí conmigo. Te manda un beso.
Mamá:	¿Cómo van las cosas con Polly?
Yo:	Bien. Polly es genial. Todo ha vuelto a la normalidad. (Mentira cochina, claro).
Mamá:	Me alegro. Envíale recuerdos. Con suerte volveremos a tener internet hacia finales de esta semana, así que te llamaré en cuanto pueda.
Yo:	Genial.
Mamá:	Tengo que irme, cariño. Hay más gente que quiere llamar a sus familias.
Yo:	No, espera… No te vayas.
Mamá:	Lo siento, cielo, pero tengo que hacerlo. Te quiero, Phoebe.
Yo:	Vale, hasta luego.

Y la línea se cortó.

Bajé la mirada y vi que la mano que sujetaba el teléfono temblaba y pensé: *¿Por qué mi madre no puede estar en casa como las madres normales? ¿Y por qué no puede hablar conmigo ni cinco minutos? Cada día la conozco menos. Supongo que por eso me costó tanto imaginar un funeral para ella.*

Noté que alguien me daba un apretón en el brazo y luego Kate se arrodilló delante de mí y me preguntó: «Phoebe, ¿estás bien?».

La miré y de repente me surgió un sollozo enorme desde el fondo de las entrañas y no pude evitar llorar. Nunca había hecho algo así. No pude contenerlo, fue como si vomitara sin control.

Kate me abrazó y me dijo que no pasaba nada por estar triste y luego Emma se acercó también y de pronto se convirtió en un abrazo en grupo y acabé enterrando la cara por accidente en el pelo de Emma y mi nariz le rozó el cuello y entonces la plancha de vapor (que no tenía agua porque Emma había estado demasiado ocupada escuchando mi conversación telefónica) hizo ese terrible raaaaaaaa y todos nos asustamos, nos apartamos y Kate maldijo en voz alta y nos hizo reír.

Luego fue a por Starbucks para todos.

Le pregunté si el mío podía llevar un chorrito de vodka y me dijo: «¿Solo uno? Aunque mejor, no».

Me pasé el resto de la tarde ordenando tarjetas de felicitación, y cuando una clienta me preguntó si trabajaba allí, le dije que no.

No comprendo cómo me siento sobre mamá. No lo comprendo igual que no comprendo el japonés. Puedo verlo escrito, pero no puedo descifrarlo.

23:15

Estoy contenta por haberle mentido a mamá sobre lo de Polly por dos motivos:

1. Al fin dejará de pensar en ello.
2. Puede marcar la casilla de «asegurarme de que mi hija adolescente mantiene relaciones positivas con sus coetáneos».

Y, hablando de Polly, tengo diez llamadas perdidas suyas y a las diez de la noche alguien ha llamado al teléfono fijo y sé que era ella porque Kate ha dicho: «Me alegro de hablar contigo. Voy a ver si está despierta».

Fingí que estaba durmiendo, así que Kate le ha dicho: «Lo siento, os tendréis que poner al día mañana».

Seguro que esta tarde todo el mundo se estaba preguntando: «Hostia, ¿qué le ha pasado a Phoebe?».

23:11

Aún puedo notar el cuello de Emma en la punta de la nariz.

VIERNES, 27 DE ABRIL   #LÁGRIMAS

Hoy quería quedarme en casa solo para preocupar a Polly y, sí, sé lo inmaduro que suena eso.

Cuando me ha visto, me ha agarrado de los dos brazos en plan: «¿Qué te pasa? ¿Estás bien?».

Y le he dicho: «Sí, todo bien. Pensábamos que mamá estaba muerta, pero resulta que no lo está».

Qué cara ha puesto…

22:00

Después de mi pequeña crisis de ayer, he buscado cómo funciona todo el tema de llorar y, según internet, hay tres tipos distintos de lágrimas:

1. Las lágrimas constantes que mantienen los globos oculares húmedos.
2. Las lágrimas que aparecen cuando se te mete algo en el ojo y el cerebro ordena que te lo quites.

3. Las lágrimas que ocurren por una respuesta emocional ante algo.

Por lo visto, el componente químico es distinto en cada una de ellas y las lágrimas emocionales contienen un analgésico natural.

Es como si tu cerebro intentara hacer desaparecer el dolor del cuerpo a través de esas lágrimas.

Lo que explica el festival lacrimoso de ayer. Mi cerebro se quedaría en plan: *Vale, ya está bien de tanto dolor por tu madre. Toma unas lágrimas para anestesiarlo y así podrás seguir con tu vida.*

Y la verdad es que hoy me siento mucho mejor.

P. D.: Miriam Patel iba hoy por el insti como si fuera Miss Estudiosa.

Ahora lleva gafas, pero no de las de verdad, sino de esas que puedes conseguir sin receta en una tienda de ropa. Y no deja de repetir que «el futuro empieza ahora».

Sin ánimo de hacerme la graciosa, la verdad es que los CGES no son precisamente los exámenes de acceso a Oxford.

El año pasado, Rachel Griffin dijo que había memorizado el examen oral de Francés, aunque no tenía ni idea de lo que significaba todo, y consiguió un excelente. O sea, está claro que tiene dotes de interpretación, porque dijo: «Cielo, solo tienes que actuar bien». Concluyó que nuestros profes son tan mediocres que tampoco entienden lo que decimos y que podemos balbucear cualquier mierda siempre y cuando incluyamos palabras clave como *dans, sous, devant* y *derrière*, porque entonces se quedarán en plan: «Ah, sí, sabe decirlo todo».

Las mates son la misma gilipollez pero con números diferentes cada vez.

Aunque, claro, Miriam Patel tiene que montar un drama por todo.

¿A santo de qué se ha puesto gafas?

O sea, siempre se cree que debe vestirse para el papel que está representando. Joder, que es el instituto, no una fiesta de alto *standing*.

SÁBADO, 28 DE ABRIL   #LukeSkywalker

Es un día muy bueno y soleado, así que casi no han venido clientes a la tienda en toda la jornada.

Emma y yo hemos ido a por helado esta tarde. Nos sentamos al sol en el suelo cálido de hormigón, junto a la puerta trasera.

Emma:	Me alegro de que tu madre esté bien.
Yo:	Yo también.
Emma:	Da miedo cuando crees que no volverás a ver a una persona.
Yo:	Lo cierto es que no la veo nunca.
Emma:	Phoebe.
Yo:	…
Emma:	…
Yo:	Lo siento… No debería haberlo dicho.

Luego Emma ha alzado las piernas para apoyar la cabeza en las rodillas y me ha mirado.

Y solo me ha mirado, pensativa, con esos ojos azul pálido, mientras lamía el helado.

Yo:	¿Qué?
Emma:	(en voz baja) Quiero contarte una cosa.
Yo:	(temblando y con miedo a que me hubiese dado una insolación) Vale.
Emma:	Pero antes me tienes que prometer una cosa.
Yo:	Lo que sea.
Emma:	Prométeme que no cambiarás.
Yo:	¿Por qué iba a cambiar?
Emma:	Porque es lo que hace la gente. Y lo odio.
Yo:	…
Emma:	(lame el helado y me mira sonriente, aunque sin sonreír del todo) Tenía un hermano.
Yo:	(pensando: pero ¿qué…?) …
Emma:	Se llamaba Bradley.
Yo:	(pensando: ¡hostia!) …
Emma:	Murió. El 17 de julio del año pasado.
Yo:	…
Emma:	Tenía leucemia y murió. Con diecisiete años. Era muy inteligente.
Yo:	Emma. ¿Por qué no me lo habías dicho?
Emma:	Porque, desde que murió, todo el mundo me ha tratado de una forma diferente. Y tenía miedo de que, si lo sabías, también me trataras así. Y siento mucho que los demás lo supieran y tú no. Les pedí que no te lo contaran porque…
Yo:	…

Emma:	Me gusta que nunca me conocieras cuando él estaba con vida y que no me conocieras cuando estaba enfermo, porque contigo puedo ser normal, ya sabes, solo yo, solo Emma. No Emma la del hermano muerto o Emma la de los padres que perdieron la cabeza después.
Yo:	Esto...
Emma:	Siento haber tardado tanto en decírtelo.
Yo:	No... no hace falta que te disculpes.
Emma:	...
Yo:	Soy yo la que lo siente.
Emma:	Gracias.
Yo:	No, en serio. Lo siento de verdad.
Emma:	(sonriendo) Lo sé.
Yo:	No te habría tratado de un modo distinto.
Emma:	(sonriendo más) Eres tan borde que casi me lo creo.
Yo:	No soy borde, tengo un don de gentes espectacular.

La frase quedó como colgando en el calor de la tarde durante un segundo y entonces las dos nos echamos a reír, porque, o sea, menuda trola. Literalmente odio a todo el mundo.

Luego me ha acercado su helado a la cara y ha dicho: «¿Fresa?». Y le he dado un lametón.

Nunca he hecho eso con Polly, porque lamer la saliva de otra persona en general es asqueroso.

Yo:	¿Bradley es Luke Skywalker?

Emma:	…
Yo:	En tu foto de Instagram. ¿Sois Bradley y tú?
Emma:	Sí. Es de hace mucho tiempo, cuando aún no estaba enfermo.
Yo:	Pensaba que era tu novio.
Emma:	Puaj. Si fuera mi novio, ¿por qué nos íbamos a disfrazar de hermano y hermana?
Yo:	Eso fue lo que pensé.
Emma:	…
Yo:	…
Emma:	…
Yo:	¿Tienes novio?
Emma:	(mirándome como si hubiera perdido la chaveta) No. ¿Y tú?
Yo:	No.
Emma:	Y, para que lo sepas, tampoco tengo novia.
Yo:	Ah.
Emma:	Porque, con todo lo que ha pasado, te puedes suponer que lo de salir con alguien está en lo más bajo de mi pirámide de prioridades.
Yo:	Ya, lo mismo digo.

Asentimos conformes y luego me acercó otra vez el helado a la cara y lo lamí.

Creo que a partir de ahora no podré comer nada con sabor a fresa sin pensar en Emma ni recordar el olor a asfalto caliente, los sonidos de un sábado y el azul de sus ojos cambiando con el ángulo del sol vespertino.

Esta mañana he soltado: «Sé lo de Bradley».

Kate ha dejado en el suelo un puñado de gatitos y ha dicho: «Me preguntaba por qué anoche estabas tan rara».

Yo:	No estaba rara.
Kate:	Que sí. Estabas distraída y peculiar. Pero, bueno, espero que no te enfades conmigo por no habértelo dicho.
Yo:	No, no pasa nada. Lo entiendo.
Kate:	Bien.
Yo:	Según Emma, todo el mundo la trata de una forma distinta desde que él murió.
Kate:	Sí, supongo que será difícil no hacerlo.
Yo:	¿Tú la tratas diferente?
Kate:	La conocí en octubre, cuando vino a presentarse como voluntaria. Y creo que Bradley murió en verano.
Yo:	El diecisiete de julio.
Kate:	(asintiendo) La traté como una joven que acababa de perder a su hermano.
Yo:	Es muy triste.
Kate:	Sí, es horrible.
Yo:	Me alegro de ser hija única. Y me alegro de no haber perdido nunca a nadie.
Kate:	Perdiste a tu padre.

Yo:	Eso es distinto porque nunca lo conocí, lo que significa que no lo echo de menos de una forma emocional. Solo intelectual.
Kate:	(me mira durante un momento antes de echarse a reír) Ay, Phoebe, qué niña tan rara eres. Ven aquí.

Y luego me abrazó y me besó en la cabeza.

Kate:	(sin dejar de abrazarme) Te quiero. Eres maravillosa.
Yo:	Yo también te quiero.

Emma viene esta tarde, así que voy a ordenar un poco.

21:47

Kate acaba de dejar a Emma en su casa porque llueve a cántaros.

Como Kate había identificado ya el sexo de los gatitos, por fin pude revelarle a Emma que el que resucitó es un chico, así que a partir de ahora lo llamaremos Richard.

Está claro que solo es un nombre provisional, ya que nosotras no podemos bautizarlo porque, en un mundo ideal, lo venderemos, aunque lo dudo: tiene los ojos demasiado juntos y parece que no puede andar en línea recta.

A los gatos de marca blanca les va mucho mejor, pero supongo que es porque son mayores. Y no ha habido incesto de por medio.

Emma los quiere a todos, por supuesto, pero sobre todo quiere a Richard y él la quiere a ella. La reconoce como la mujer que le dio la vida, porque cada vez que entra empieza a chillar.

Hoy hacía mal día, así que nos hemos quedado en casa para sacar más fotos de los gatitos de marca blanca y luego las hemos subido a Instagram porque aún no hemos recibido ni una sola oferta.

A las cinco ha caído una tormentaza y luego ha llovido y llovido y llovido. Emma y yo hemos subido a mi cuarto y nos hemos quedado sentadas en la cama mirando por la ventana.

Y entonces Emma se ha echado a reír y me he quedado con cara de: «Pero ¿qué...?».

Emma:	¿Recuerdas ese día en la heladería cuando Alex dijo que eras justo como la chica de tu clase que odias?
Yo:	Dios, sí, como Miriam Patel.
Emma:	(riéndose) Qué cara pusiste.
Yo:	Vete a la mierda.
Emma:	(se ríe más y me da un golpe en el brazo) En serio, Phoebe, menuda cara...
Yo:	(le devuelvo el golpe) ...
Emma:	(me da otro) ...

Y luego le clavé un dedo en las costillas.

Resulta que está absurdamente por encima de la media de *cosquillosidad* y no pensaba dejarlo pasar, así que le hice cosquillas hasta que me suplicó que parara y empezó a hipar. Ha sido desternillante.

Luego me miró con esos increíbles ojos azules y todo lo que había sido salvaje y caótico se detuvo y solo existió esa mirada.

O sea, nos mirábamos de verdad y yo solo podía pensar: *Si supiera lo que estás pensando, podría decir algo, pero como no lo sé, no puedo.*

Y entonces noté que su mano rozaba la mía y me sobresalté.

No porque fuera desagradable, claro, porque no lo fue, sino porque no me lo esperaba ni la había visto acercarse por el rabillo del ojo. Pero Emma debió haber pensado que me aparté con espanto, porque dijo: «Lo siento... No quería asustarte».

Y yo: «Ya, lo sé. No pasa nada».

Pero sí que pasa.

Sí que pasa.

¿Quería tocarme la mano? ¿Qué significa eso?

23:02

Sigue lloviendo.

00:15

Sigo despierta, pero Kate también. Acabo de oírla chocar con algo en la cocina. A lo mejor el insomnio es contagioso.

A lo mejor es la lluvia.

LUNES, 30 DE ABRIL   #ESCÁNDALO

¡Kate y James se han acostado juntos!

Cuando dije que anoche oí a Kate «cochar con algo» en la cocina, resulta que sí que chocó contra algo. Contra James.

Menos mal que me quedé en mi cuarto. Imagínate encontrarte con algo así.

¡Puaj!

Todo ha trascendido esta mañana cuando he ido a la planta baja.

Una de las gatas de marca estaba sentada junto a la puerta principal observando cómo uno de los gatitos de marca blanca desgarraba algo.

Le espeté un: «¡Eh, aparta!», pero a esas alturas la pelusilla blanca ya estaba por todas partes.

Aparté al gatito y descubrí que se estaba comiendo el relleno de un sujetador, uno de esos con forma de medialuna que te da un poco más de escote.

Seguí el rastro de pelusilla por el pasillo hasta el salón, donde otro gatito de marca blanca se había dormido sobre un sujetador de verdad. Y, dado que no era mío, pensé: *Está claro que es de Kate.*

Y luego: *Mmmmm, esto es un poco raro. Pero no debería dejar sus sujetadores tirados por ahí.*

Un segundo después, la historia se complicó, porque el sujetador no era la única prenda de ropa que había tirada a lo loco por el suelo.

Encontré un par de vaqueros, otro par de vaqueros, la camiseta que Kate llevaba ayer y otra camiseta que me resultaba familiar.

Y me quedé con cara de: HOSTIA.

Así que entré en la cocina y me situé en un punto desde el que veía el pasillo y, unos diez minutos más tarde, oí que se abría y se cerraba la puerta del dormitorio de Kate, y a continuación unos pasos discretos que bajaban las escaleras.

Yo: Buenos días, James.

James: (dando un salto) Oh. Eh. Ah. Uh. Phoebe.

Yo: ¿Has pasado una buena noche? ¿Quieres desayunar?
          Yo voy a tomarme una tostada.

James: Eh. Sí. Gracias. No.

Yo: ¿Por qué no hablas con frases completas?

James: (pasándose los dedos por el pelo) Lo siento. Yo... Esto...

Yo: (sacudo la cabeza, porque ¿qué leches le pasa a la gente
          cuando está enamorada o salida?) ...

James: (se frota incómodo sus bíceps varoniles) Kate y yo...
          Nosotros... Esto... eh... errrrr...

Yo: ¿Qué le ha pasado a tu capacidad de hablar?

James: (sacude con la cabeza) Yo... Verás...

[Entra Kate]

Yo: ¿Té? ¿Tostada?

Kate: Tienes que ir al instituto.

Yo: ¿Y perderme ese resplandor poscoito?

Kate:	Phoebe...
James:	(sonrojándose) ...
Yo:	Esto es genial.
Kate:	Bueno... pues... ha pasado.
Yo:	(asiento de un modo muy comprensivo) ...
Kate:	Así que... puedes irte al instituto.
Yo:	(miro a James y después a Kate) Vale. (Me giro hacia James): Hasta luego.
James:	Eh. Oh. Uh. Ah.

Salí de casa con toda la tranquilidad del mundo, tarareando, y luego le escribí a Emma.

Phoebe:	*He encontrado a James en mi casa esta mañana. Kate y él se han acostado.*

Y me ha respondido enseguida.

Emma:	*¡¡Al fin!!*
Y yo:	*¿En serio? ¿Te lo veías venir?*
Y Emma:	*CLARO, Phoebe, era superobvio.*

¿Lo era? Porque yo pensaba que había un trágico triángulo amoroso en el que a Kate le gustaba James, pero a él le gustaba Emma, pero a ella le gustaba Luke Skywalker (que en realidad es su hermano de verdad y está muerto). ¿Eso lo convierte en un cuadrado amoroso incestuoso? ¿Por qué estoy bromeando sobre esto?

Debo de estar tan rota como Data de *Star Trek*, porque no puedo percibir lo obvio.

Creo que al final solo pudieron arreglar a Data quitándole el chip de las emociones. El equivalente para mí sería una neurocirugía futurista. Pero seamos sinceras: a estas alturas de la vida, yo me operaría.

P. D.: Me pregunto qué va a pasar ahora. Con James, digo.

¿Ha sido un lío de una noche o son pareja oficial? ¿Va a mudarse con nosotras? ¿Tendré que pasar con James todos los ratos que paso con Kate? Seremos la familia más rara del mundo.

A lo mejor debería escribir un libro sobre esto, aunque nadie se lo creería.

Me pregunto qué dirá mamá cuando descubra que Kate se está tirando a alguien que podría ser su hijo.

No quiero discriminar a nadie por su edad, claro, pero mucha gente lo hace.

Espero que Kate no se olvide de mí.

Si se casan y tienen bebés, tendré que renunciar a mi habitación en su casa.

Mamá tendrá que dejarme vivir sola, pero para ese entonces ya tendré dieciséis años.

Esta noche, Kate ha intentado actuar con normalidad, pero tenía las pupilas ultradilatadas y parecía un zombi.

P. P. D.: En serio, habría jurado que a James le gustaba Emma.

P. P. P. D.: Creo que Emma le gusta a todo el mundo.

P. P. P. P. D.: Espero que Emma no se enfade por el incidente incómodo con la mano.

Hoy, Craig Sullivan me ha dicho que empezaba a estresarse por los CGES y por eso me he pasado el resto del día pensando si eso significa que ha llegado la hora de que yo también me estrese, ya que Craig Sullivan nunca repasa nada porque tiene memoria fotográfica.

A la hora de la comida, Matilda Hollingsworth estaba en plan: «Es que básicamente no he tenido tiempo de lavarme el pelo en una semana y básicamente he tenido que comprar champú en seco de camino al insti».

Sin ánimo de ser graciosa, pero si «básicamente» tienes tiempo de entrar en una tienda de camino al insti para comprar champú en seco, es que «básicamente» tienes tiempo de lavarte el pelo como el resto del mundo.

Matilda tiene que dejar de hacerse la víctima. Básicamente.

Creo que en el instituto existe una fina línea entre la preocupación justificada y la histeria irracional.

He decidido que no me voy a molestar con las mates, porque sé que me lo sé y no pienso permitir que los números me superen.

Aunque, todo sea dicho, lo único que me pone de los nervios es la literatura inglesa.

No estoy de acuerdo con hacer el examen del CGES de Inglés conforme lo hacemos. O sea, la lengua está bien, porque hace falta más gente que sepa que «asín» lo único que significa es que no sabes hablar bien. Pero ¿por qué necesito saber cómo interpretar un poema?

¿Para qué sirve mi opinión en los CGES? Pero es que encima no te permiten decir tu opinión, solo lo que los profes quieren que digas o lo que la guía de revisión de los CGES te sugiere que digas.

Todo el mundo afirma que es muy bueno ser bien leído, pero mencionar algo que has leído para los CGES ni te *hace* más inteligente ni te hace *parecer* inteligente, porque el resto de la humanidad también lo ha leído y tiene la misma opinión sobre ese libro, ya que es la única que tu cerebro ha aprendido/tiene permitido recordar.

Y por eso la gente es tonta.

Y una cosa más: nadie ha admitido nunca que odia *Romeo y Julieta*, porque no puedes decir nada en contra de Shakespeare, y seguro que suspenderías los CGES si lo hicieras, aunque ofrecieras los mejores argumentos del mundo mundial.

Vale, sí, Shakespeare fue popular y escribió muchas obras de teatro, pero *Romeo y Julieta* es una caca, ¿no crees?

Va de unos adolescentes que tienen una rabieta.

Que sí, que debe ser un fastidio que tus padres no te permitan salir con alguien, pero ¿tienes que suicidarte literalmente cinco minutos después?

En mi opinión, *Romeo y Julieta* es una historia de mierda bien escrita, lo cual refuta la teoría de que no se puede pulir un mojón.

Pero ¿acaso me dejan decir eso?

No.

21:05

Acabo de escribirle a Emma.

Phoebe: *Nos hemos relajado con la donación de la semana.*

Es que no hemos expuesto nada desde el póster de *Star Wars*.

21:10

Ha respondido.

Emma: *El jueves. Y es una cita.*

Es coña, obviamente.

MIÉRCOLES, 2 DE MAYO   #ATAQUEDEPÁNICO

Hoy Miriam Patel ha sufrido una crisis nerviosa en mates.

Al principio hacía gracia, porque Miss Sabelotodo estaba meciéndose literalmente en la silla con las gafas torcidas mientras canturreaba: «No lo entiendo, no lo entiendo, no lo entiendo».

Pero entonces no podía respirar, aunque sí que tragaba bocanadas de aire, y la señora Adams la hizo respirar en una bolsa de papel, aunque eso no sirvió de nada, y luego dejó de ser gracioso porque acabaron llamando a una ambulancia y se llevaron a Miriam Patel al hospital.

Según la señora Adams, Miriam sufrió un ataque de pánico.

Si esto es lo que el instituto le hace a la gente, entonces el sistema está fatal.

Normalmente pienso que Miriam Patel es la chica más dramática de todo el universo, pero hoy parecía asustada de verdad.

Se lo he contado a Kate y ha dicho: «El estrés se puede manifestar de muchas formas».

Y, cómo no, es Miriam Patel la que lo lleva al extremo y acaba hospitalizada.

A lo mejor estoy estresada en secreto y por eso no puedo dormir.

También llevo unos días con dolor de barriga. No es como el dolor de la regla, sino más arriba, por debajo de las costillas.

JUEVES, 3 DE MAYO   #MENCIONITIS

Kate está enamorada.

¡Puaj!

Pensaba que toda esa ridiculez que llega con el amor estaba reservada a los adolescentes (adolescentes como Polly... no como yo, claro), pero parece ser que no.

Kate:	James no trabaja esta noche, así que vendrá a cenar.
Yo:	Vale.
Kate:	A James le gustan los salteados de verduras, así que voy a preparar uno.
Yo:	Vale.
Kate:	Creo que voy a comprar cerveza para mí y para James.
Yo:	Vale.
Kate:	Me pregunto si a James le gustan los Cornettos.
Yo:	¿Puedes decir una frase sin incluir a James?
Kate:	(parpadeando con rapidez) No, creo que ahora mismo no, cielo.
Yo:	¿Puedes intentarlo al menos?
Kate:	Creo que no quiero.
Yo:	...

Luego Kate soltó un chillido agudo, me agarró y se pasó treinta segundos besándome la cara en plan: «Pero sigues siendo mi favorita. Te quiero, te quiero, te quieroooooo».

Está como una cabra.

Y, como está enamorada, parece hasta más loca.

Si esta moda continúa, seré la última superviviente.

No, quedaremos Pat y yo, porque las únicas emociones que ella conoce son el enojo y el odio.

P. D.: Dios, soy Pat.

22:10

Hoy Emma estaba rara.

Al principio todo iba bien. Hemos agarrado la *Guía para la mujer sobre cocina y economía doméstica* y me he puesto en plan: «Mmmmmm, delicioso. Pollo y verduras en gelatina. Es básicamente comida de gato». Y nos hemos reído y luego hemos decidido la donación de la semana. Nos hemos decantado por unos bongós RockJam profesionales. Aunque la verdad es que los hemos elegido porque queremos que Alex les pregunte a las señoras mayores si puede interesarlas en unos bongós RockJam profesionales. Queremos ver su reacción.

Luego no he podido hablar mucho con Emma porque Kate y ella se han puesto a cambiar cosas de sitio en la tienda. Y como Pat no estaba, he tenido que seleccionar, planchar y poner el precio a todo en la parte trasera.

Al marcharnos, le he preguntado si quería hacer algo el lunes, ya que es festivo, pero me ha dicho: «Lo siento, no puedo. Tengo que repasar este finde».

De camino a casa, le he preguntado a Kate si pensaba que Emma estaba rara, pero solo ha preguntado: «¿A qué te refieres?».

Yo:	Le he preguntado si quería hacer algo el lunes y me ha dicho que tiene que repasar.
Kate:	A lo mejor tiene que repasar.
Yo:	Hasta ahora no había repasado nunca.
Kate:	A lo mejor tú deberías repasar.

Es posible. Pero ahora mismo no me puedo concentrar. Noto el cerebro como si fuera un colador.

Quizá necesite dormir. Sé que tengo pinta de cansada y seguro que debería estarlo, pero no me siento así.

A veces es como si adrenalina pura me recorriera las venas. Noto un cosquilleo constante en las arterias.

Me paso la noche despierta y mi cerebro está todo el rato: *Qué te parece esto, y esto otro, y no creo que Emma haya querido agarrarte de la mano, porque ¿para qué iba a hacerlo? Y hoy básicamente te ha dicho que te apartases de ella. ¿Y te has fijado en el dolor persistente que tienes en el estómago?*

Sobre eso, tengo demasiado miedo para mirar el libro de medicina por si me estoy muriendo de verdad. Y no pienso buscarlo en Google, porque internet siempre dice cosas como: *cáncer, infarto, ataque al corazón, ¡¡¡¡¡¡¡MUERTE!!!!!!!!*

03:14

Dios mío, he dormido unas tres horas y ahora estoy despierta y me vuelve a doler el estómago. Es un dolor sordo que empeora cada vez que respiro.

A lo mejor no debería respirar.

Esto es horrible.

A lo mejor debería releer *Romeo y Julieta*. Eso me suele dar sueño.

O podría ver vídeos de gente idiota en YouTube o las noticias, porque cuantas más personas estúpidas veo, menos miedo le tengo a la muerte.

VIERNES, 4 DE MAYO #FelizDíaDeStarWars

Hoy me he embarcado en una misión que ninguna chica de quince años debería hacer en la vida si no:

a) tuviera un padre muerto,

b) tuviera una madre ausente

c) ni viviera con una escocesa loca que está más loca que nunca y solo conoce a otros locos.

Acabaha de llegar del insti cuando Kate me ha llamado desde la tienda benéfica.

Kate: Tienes que hacerme un favor, pero no se puede enterar nadie.

Yo: No voy a comprar drogas.

Kate: No seas ridícula. ¿Puedes venir a la tienda?

Yo: Llegaré en diez minutos.

Cuando he llegado, Kate me ha arrastrado detrás de la caja.

Kate:	(en un susurro) Tienes que ir al Goat.
Yo:	(pensando: esta es una misión relacionada con James) No.
Kate:	(me fulmina con la mirada) …
Yo:	Lo siento, continúa.
Kate:	Es Pat.
Yo:	(miro la tienda y veo que no está) …
Kate:	Tienes que ir al Goat a recogerla y llevarla a su casa. Yo no puedo cerrar la tienda. Y nadie debe saberlo. Nunca.
Yo:	¿Por qué está allí?
Kate:	Mira, Phoebe, ¿puedes hacerme este favor? Luego lo hablamos.
Yo:	Vale, vale, de acuerdo. ¿Dónde vive?

Kate me dio la dirección apuntada en un trozo del papel de la caja y veinte libras para que pudiera tomar un taxi de ida y vuelta.

Kate:	Pero no la dejes sin más. Asegúrate de que entre en su casa.

En retrospectiva, debería haberme percatado en ese momento de lo que pasaba, pero no. Seguramente porque solo pienso lo mejor de la gente.

En el Goat, James me saludó en plan: «Qué tal, Phoebs».

(Y pensé: *Que te tires a Kate no significa que ahora puedas llamarme «Phoebs»*).

James:	Muchas gracias por venir. La llevaría yo a su casa, pero mi jefe quiere que se vaya ahora mismo y no acabo hasta las diez. Por eso he llamado a Kate.
Yo:	No lo entiendo.
James:	(señala uno de los reservados donde veo a Pat dormida con la cabeza sobre la mesa) Ha bebido demasiado.
Yo:	Madre mía.
Pat:	Zzzzzzzzzzzzzzzzzzzz.
James:	Venga, Pat, cielo, que te vamos a llevar a casa.

La levantó y juntos la arrastramos hasta el taxi que nos esperaba en la puerta.

Durante todo ese rato Pat agarraba su carrito de la compra de vieja y, como no lo soltaba, tuvimos que meterlo en el asiento trasero encima de ella. Yo acabé sentada delante con el conductor, que estaba en plan: «¿Es tu abuela?». Y le dije: «No la he visto en mi vida».

¿Por qué digo esa clase de cosas?

El taxista no me habló de nuevo hasta que llegamos a casa de Pat.

Vive en un bajo en un edificio muy feo junto a la estación de Haydon Road.

Intenté sacarla del taxi yo sola, pero resulta que hasta una persona pequeña pesa una tonelada cuando está borracha. Y una rueda del carrito se quedó atascada debajo de un asiento y, al final, el taxista tuvo que ayudarme y entre los dos conseguimos entrar a Pat en su casa y dejarla en el sofá.

En el piso reinaba el caos absoluto. Sentí vergüenza incluso cuando no tenía nada que ver conmigo.

Olía a humedad y a judías frías y supe que el taxista nos estaba juzgando.

En un momento dado me miró en plan: *¿Cómo puedes dejar que viva en este vertedero?*

No dije nada sobre el piso ni sobre Pat, pero le di las gracias como mil veces al taxista, y eso seguramente me hizo parecer culpable.

De vuelta en el taxi, le escribí a Kate:

Phoebe: *Misión cumplida. Menuda mona llevaba encima.*

Y Kate solo dijo: *¡¡Gracias!!*

En casa, me di una ducha larga, pero juraría que aún huelo al piso de Pat.

Estoy intentando repasar, pero no puedo.

Me hice un horario de revisión, pero, como tardé cuarenta minutos más de lo esperado en prepararlo, ya voy con retraso.

A la porra con Miriam.

Y sé que Pat es horrible y terca y puede que racista y la odio, pero nadie debería vivir en esas condiciones.

19:40

Según internet, cada año ocurren seis mil accidentes mortales en casa y, visto cómo vive Pat, entiendo por qué:

a) Fregadero lleno de platos: riesgo de *E. coli*.

b) Suelo cubierto con la basura de los últimos diez años: riesgo de tropiezo/caída y, por consiguiente, cuello roto.

c) Ratas congregándose tras el anochecer para comer sobras y propagar enfermedades: riesgo de peste negra.

21:15

He ido abajo para hablar con Kate sobre el estado del piso de Pat.

Se ha sorprendido mucho.

Me ha dicho que el marido de Pat murió de cáncer hace unos años y que Pat aún no lo ha superado. Por lo visto le cuesta sobre todo cuando llegan cumpleaños o aniversarios o Navidad, y Kate sospecha que hoy era uno de esos días (Navidad, no, obviamente). Dice que no suele beber de forma habitual. Quizá por eso estaba tan borracha. A lo mejor se ha tomado una cerveza y ya se ha quedado frita.

El problema es que nadie diría que vive de esa forma solo con verla. Su ropa es horrenda, sí, pero no está sucia. Lleva el pelo limpio y no huele mal. Excepto hoy, claro, que apestaba a alcohol.

Kate ha dicho: «No se lo digas a nadie. Pat es una persona muy reservada y la mortificaría saber que lo sabe todo el mundo».

Demasiado tarde.

Ya le había escrito a Emma. No porque quisiera cotillear, sino porque a mí también me ha sorprendido. Hemos quedado en Starbucks mañana para contárselo.

P. D.: Me sigue picando todo después de haber pasado unos dos minutos en ese piso.

Mañana vamos a la casa de Pat a limpiar.

Kate va a alquilar una furgoneta e iremos James, ella, yo... y Emma, que al parecer ahora tiene todo el fin de semana libre...

Cuando he llegado a Starbucks esta mañana, Emma ya me estaba esperando. Me ha sonreído desde el otro lado de la cafetería y ha sido como si todo fuera bien. O sea: todo.

Le conté mi viaje a casa de Pat y se ha puesto en plan: «Tenemos que ver si acumula basura o si es que físicamente le resulta difícil limpiar o si le pasa cualquier otra cosa».

Y yo: «¿Cómo vamos a saberlo sin mirar dentro de su cabeza?». Pero Emma me preguntó: «Tú lo has visto. ¿Qué te dice tu instinto?».

Yo no creo en instintos, sino en hechos, pero no se lo he dicho. Le conté que creo que la situación se le ha ido de las manos y que el problema ahora es que, aunque Pat decidiera limpiar un poco, la diferencia sería nula, porque el piso es un auténtico vertedero.

Y Emma respondió: «Vamos a ir a limpiarle la casa».

Pero le he dicho que no podemos, que haría falta un contenedor y maquinaria pesada, a lo que ella dijo: «No puedes contarme una historia como esa y esperar que no haga nada. Phoebe, en serio, ¿en qué clase de mundo vivimos si la gente como nosotras no puede ayudar a una persona mayor cuando está pasando por un mal momento?».

Juro que Emma es Jesucristo en la vida real.

¿O más bien una caballera en brillante armadura?

Gatito: muerto. Emma: le hace el boca a boca.

Anciana: se ahoga en basura. Emma: entra armada con bolsas de basura y lejía.

Más tarde, en la tienda, Emma ha hablado con Kate, quien ha hablado con Pat, quien enseguida se ha marchado a toda prisa pero ha llamado dos horas más tarde y Kate le ha dicho: «Me alegro. Nos vemos mañana».

Emma: ¿Eso es que sí?
Kate: (alzando los pulgares) ¡Sí!

Kate nos ha repetido que no podemos contárselo a nadie, pero las únicas personas que no lo saben a estas alturas son Alex, Bill y Melanie, y ninguno estaba hoy en la tienda, porque Alex pasará el día festivo con sus abuelos y Bill y Melanie están en Escocia. Cuando vuelvan, ya estará todo limpio y requetelimpio.

No sé cómo me siento por lo de mañana. Anoche tuve una pesadilla en la que unas ratas me comían la cara.

DOMINGO, 6 DE MAYO   #TrabajoDuro.com

Hoy he:

a) tirado trastos de la casa de Pat,
b) discutido con Emma
c) y pasado una hora en el baño intentando nombrar todos los músculos que me dolían de tanto trabajo manual.

Esta mañana, hemos recogido la furgoneta a las ocho y media y hemos llegado a casa de Pat a las nueve.

El piso estaba en peor estado del que recordaba y saltaba a la vista que Pat se sentía avergonzada. Hasta yo me sentí mal cuando dijo: «¿Alguien quiere una taza de té?». Y nos quedamos en plan: *Gracias, pero no... hemos visto la cocina.*

Kate estaba muy impactada y le ha preguntado: «Pat, ¿por qué no me habías dicho nada? Podríamos haberlo arreglado hace mucho tiempo».

Kate y James se han ofrecido para limpiar la cocina, Pat ha dicho que quería encargarse de su dormitorio y Emma y yo nos hemos quedado con el salón, que es donde hemos discutido.

He dicho: «Ya es bastante malo tener que morir solos, pero ¿hace falta hacerlo en un montón de tu propia basura?».

Pero Emma se ha puesto a la defensiva rollo: «No morimos solos, Phoebe». Y le he dicho: «Sí que lo hacemos».

Emma:	...
Yo:	Lo que quiero decir es que, al morir, eres la única persona en tu cuerpo que se está muriendo.
Emma:	Pero no estás sola. Alguien puede estar contigo cuando el cuerpo muere.
Yo:	(pensando: ¿por qué soy tan gilipollas?) Lo siento.
Emma:	...
Yo:	Soy idiota, ¿vale?
Emma:	No, no pasa nada. Es tu opinión y me prometiste que no te contendrías por mí, así que no pasa nada.

Durante un rato seguí recogiendo montones de periódicos, revistas y menús de comida para meterlos en una bolsa de reciclaje, pero sentía que debía decir algo más, porque Emma parecía molesta y triste, así que dije: «Kate estaba con mi padre cuando murió».

La miré para ver su reacción, pero, aparte de alzar las cejas durante un milisegundo, no hubo nada más. Tampoco me miró, solo prosiguió con la recogida de un millón de botellas de Shloer. Hasta que dijo: «Eso no lo sabía».

Yo: Trabajaban en un hospital que acabó bombardeado. Mamá, papá y Kate. Yo me enteré hace poco. ¿Lo sabías?

Emma: ¿Por qué iba a saberlo?

Yo: No sé.

Paró de recoger botellas y la habitación quedó en silencio porque no había más crujidos ni tintineos, hasta que me miró. Unas partículas de polvo bailaban en un rayo de sol.

Emma: ¿Cómo se llamaba?

Yo: Ilan. Era de Israel.

Emma: ¿Y no es bonito saber que no estaba solo?

Yo: Supongo.

Emma: (muy agresiva) No. Nada de «supongo», Phoebe.

Yo: …

Emma: Admítelo. Admite que es un pensamiento bonito.

Yo: ¿Me estás echando la bronca?

Emma: Sí, porque a veces no te das cuenta de lo que dices.

Yo:	¿Y qué *estoy* diciendo?
Emma:	(sacudiendo la cabeza) ...
Yo:	No, dímelo.
Emma:	No quiero hablar de esto contigo.
Yo:	¿De qué?
Emma:	(exasperada y tirando botellas de cristal vacías en la bolsa como si le fuera la vida en ello) De nada, Phoebe.
Yo:	Mira, vete a la mierda, porque...
Emma:	(sale de la habitación) A la mierda, me voy.
Yo:	No lo decía literalmente.
Emma:	(volviendo un segundo) Creo que no te puedes ir literalmente a la mierda. No significa nada.

Entró en la cocina, donde la oí hablando con Kate y con James, pero no entendí lo que decían y luego oí que se abría y se cerraba la puerta principal y la vi por la ventana del salón mientras atravesaba el sendero hacia la calle y me quedé con cara de: *¿Qué leches?* Porque no creía que la hubiera ofendido hasta el punto de que se marchara.

Sentí pinchazos de pánico por todo el cuerpo, así que saqué el móvil y la llamé. Respondió a los dos tonos.

Emma:	¿Diga?
Yo:	Siento si te he ofendido.
Emma:	No me has ofendido.
Yo:	Entonces siento haberte hecho enfadar.

Emma:	No estoy enfadada.
Yo:	Acabas de irte.
Emma:	...
Yo:	...
Emma:	En general soy más madura.
Yo:	¿Te vas de verdad?
Emma:	...
Yo:	Porque te has olvidado la mochila.
Emma:	(riéndose un poco) No. Voy a tomar el aire. Y a comprar algo de comida. Adiós.

Y luego me ha colgado.

Me senté en el sofá de Pat y observé cómo el polvo se posaba hasta que en el rayo de sol no quedó nada, solo sol.

Emma regresó veinte minutos más tarde y me dio un paquete de patatas fritas y un Dr. Pepper.

No sé cómo sabe que eso es lo que más me gusta picotear, pero me hizo sentir burbujitas por dentro. Aunque eso pudo haber sido el refresco.

El resto del día no pude dejar de pensar en que yo no sé lo que le gusta a Emma. Se compró una bebida energética de la marca Lucozade y un paquete de Minstrels de chocolate. Ahora, claro está, he tomado nota mental de su pedido.

James y yo llevamos una carga de basura al vertedero durante la comida y tardamos una hora, porque al parecer todas y cada una de las personas de Wimbledon también habían decidido limpiar su piso/casa/jardín/trastero.

Le pregunté a James si pensaba que moríamos solos, pero solo se rio y dijo: «Cómo eres Phoebe. Menudas cosas dices».

A las cuatro nos estábamos muriendo de hambre, así que pedimos a Domino's y nos comimos la pizza fuera, sentados en el muro bajo del jardín. Emma se hizo una foto con Pat y creo que debería ganar la competición de foto del año con el título: *El sur de Londres: donde el pasado y el presente dan forma al futuro.*

Me senté al otro lado de Emma y ella me sonrió.

Le dio un bocado enorme a su pizza y observé mientras los hilos del queso se alargaban más y más, hasta que Emma puso una cara muy tonta y la ayudé a estirar el hilo de queso pegajoso con el dedo. Al final se rompió y las dos nos reímos:

Yo:	Pensaba que pasarías el finde estudiando.
Emma:	La vida real supera al estudio en la pirámide de prioridades.
Yo:	Los CGES son la vida real.
Emma:	¿De verdad?
Yo:	Ja, ja.
Emma:	¿Qué crees que recordarás cuando tengas ochenta años? ¿Repasar para los CGES o ayudar a Pat y comer pizza y estar con amigos?
Yo:	Tienes razón.
Emma:	(masticando) ...
Yo:	Pero ¿te preocupan los CGES?
Emma:	(con la boca llena) Se me dan de culo, la verdad.

Y nos reímos mucho.

Emma:	Soy una negada para las mates. No, mentira… No se me dan del todo mal, pero no recuerdo las fórmulas y por eso estoy condenada al fracaso.
Yo:	Sé que te lo digo en el último momento, pero puedo ayudarte si quieres, porque a mí se me dan muy bien y puedo enseñarte a ver que cada fórmula se explica por sí misma.
Emma:	Creída.
Yo:	No, no lo digo en ese plan, pero…
Emma:	Dios mío, Phoebe, que era broma. Gracias. A lo mejor te tomo la palabra.
Yo:	Vale.

Cuando nos marchamos, Pat nos dijo: «Muchas gracias. No sé cómo os podré devolver el favor». Pero Kate respondió: «Venga, no digas tonterías. Estamos aquí para ayudarnos. Eso sí, intenta cuidarte un poco más».

Pat:	A veces no me molesto porque estoy yo sola, ¿sabes?
Kate:	Bueno, nosotros te necesitamos, Pat. Recuérdalo.

P. D.: Kate y James ahora son inseparables. Creo que hasta se han duchado juntos.

P. P. D.: El piso de Pat estaba espectacular cuando nos marchamos. Solo olía a lejía y espero que deje abiertas las ventanas esta noche para que no se intoxique con los vapores.

LUNES, 7 DE MAYO   #LunesDeDolorMuscular

Me duele tanto el cuerpo por haber estado limpiando la casa que casi no puedo alzar los brazos.

Como hoy es festivo, he repasado Inglés, pero para la hora de la comida ya tenía suficiente y he ido a la tienda benéfica. Estaba Pat, así que no ha muerto. ¡Menos mal! Le ha traído a Kate una orquídea de Marks & Spencer para darle las gracias y ahora me pregunto si habrá usado el vale de Emma para comprarla.

El dolor de estómago me está volviendo loca.

¿A lo mejor soy intolerante a la lactosa? En la pizza de ayer había mucho queso.

Esta tarde he hablado con mamá y ha sido todo sobre los CGES.

Se ha puesto en plan: «Asegúrate de dormir bien antes y prepárate la ropa la noche anterior y toma el autobús pronto, solo por si acaso».

Lo que tú digas, mamá.

Si tanto se preocupara, estaría aquí conmigo. Le he mentido sobre la cantidad de estudio que estoy haciendo porque no puedo tener esa conversación con ella, pero solo ha dicho: «Y acuérdate de respirar, Phoebe». Pero ahora mismo no sé ni cómo se respira.

21:03

Me he pasado media hora repasando Geografía y el precio de un plátano normal *versus* el de un plátano de comercio justo. El productor de plátanos normales (es decir, el agricultor), recibe el 7 % del precio; un productor de comercio justo (es decir, el agricultor), recibe el 14 %, que es el doble. Pero el doble de 0,01 peniques por plátano sigue siendo una mierda. Y si consiguen 0,01 peniques por un plátano, ¿cuánto ganará la persona que los recoge de verdad?

Voy a leer algo menos deprimente antes de acostarme. Algo de ciencias.

MARTES, 8 DE MAYO   #DoctorGoogle

Anoche tuve unos sueños demenciales sobre hojas y piedras radiactivas y plátanos de comercio justo mientras intentaba decir los números en francés.

Mi cerebro se está esforzando tanto por retener información que fracasa a la hora de procesarla o darle forma, y por eso acabo con una nube saturada de conocimiento en la que nada tiene significado.

En otro orden de cosas, Miriam Patel ha vuelto al insti hoy. Tenía un aspecto horrible y no ha dicho ni «mu» en todo el día. Eso significa que le debe pasar algo grave.

Polly me ha dicho: «Creo que deberíamos hablar con ella».

Pero le he recordado que, aunque Miriam Patel puede estar un poco sensible tras su hospitalización, sigue siendo una hipócrita y, por tanto, no deberíamos sentir lástima por ella. ¿Y sabes lo que me ha respondido? «Madura, Phoebe».

¿Qué he hecho ahora?

Soy la única persona que no se pasa el día diciendo gilipolleces, 100 % comprobado.

No elijo a mis amigas por su interés social, no me subo al primer carro que pasa y por supuesto que no me conformaría con mantener unas relaciones sexuales espantosas con el perdedor de mi novio solo porque tengo miedo de herir sus sentimientos.

Soy la persona menos infantil que conozco.

Mi cerebro no es tan complicado como para ponerse en plan: *Oh, voy a decir esto, pero en realidad quiero decir esto otro.*

Por mí se pueden ir todos a la mierda.

Ah, por cierto, al final miré en internet lo del dolor de barriga.

Y esto es lo que dice: *Un dolor de barriga no debería perdurar mucho tiempo.*

Genial. El mío lleva así semanas.

Sugerencias sobre cuándo buscar atención médica:

- Si el dolor empeora (sí).
- Si el dolor no desaparece (sí).
- Si tienes un flujo vaginal más abundante de lo normal (eh, no… mi flujo vaginal está bien).
- Si sangras por el trasero (no).

Esto es lo que he descartado:

- Apendicitis (porque me duele más arriba).

Esto es lo que podría ser:

- Úlcera estomacal.
- Síndrome del intestino irritable.

- Colecistitis aguda.
- Diverticulitis.

Me dan náuseas solo de pensarlo. Creo que puede ser una úlcera, porque padezco cinco de los ocho síntomas:

- Dolor sordo en el estómago.
- Pocas ganas de comer porque duele.
- Náuseas.
- Me lleno con facilidad.
- Ardor de estómago.

Doctor Google recomienda que visite a mi médico de cabecera enseguida, pero ¿quién tiene tiempo?

Tendré que vigilar mis síntomas e ir a Urgencias si acabo vomitando sangre.

Maravilloso.

P. D.: También podría estar embarazada. YA, CLARO.

MIÉRCOLES, 9 DE MAYO #PuntoCrítico

Hoy Miriam Patel ha sufrido otra crisis nerviosa.

Está fatal.

Ha empezado a llorar a la hora de la comida y Jacob la ha tenido que poner de pie para arrastrarla a Geografía. Le castañeaban los dientes como esos juguetes que son una mandíbula que muerde.

La señora Holmes se ha puesto en plan: «Miriam, creo que lo mejor para todos es que te vayas a casa y descanses».

Pero ella solo ha dicho: «No llame a mi madre, por favor. Estoy bien... en serio».

Yo no he dejado de mirar a Polly todo el rato y es evidente que ella también pensaba que Miriam está enloqueciendo.

O sea, no siento pena por ella, pero ha sido desconcertante verla frágil y sin decir gilipolleces.

Es como si todo el universo se hubiese salido de madre.

20:19

Le he escrito a Emma en el autobús de vuelta a casa para preguntarle si a ella también le duele todo después de pasar el día en casa de Pat, pero no me ha respondido.

20:45

Lo peor del CGES de Física será recordar todas las fórmulas. Todo lo demás es básico.

Una pregunta dice: «La primera imagen muestra que la producción de las centrales eléctricas de combustibles fósiles en Reino Unido varió en un periodo de veinticuatro horas. Explica esta variación».

No hace falta ser un genio para descubrir que a medianoche se necesita menos electricidad que a las siete de la mañana, porque... ¡Buenos días, Gran Bretaña! Sesenta y seis millones de personas están poniendo la tetera al fuego.

Me alegro de no haber programado una hora para descifrar algo tan obvio.

P. D.: Ojalá este dolor de estómago tan horrible desapareciera.

Hoy Emma no ha venido a la tienda benéfica.

Al parecer está enferma.

Me he pasado toda la tarde planchando ropa y luego he bostezado y Pat ha dicho: «Ah. Te aburres sin tu amiga, ¿eh?».

Y le he dicho: «Me da igual que no esté. Disfruto de mi propia compañía». Y Pat ha respondido: «Te entiendo. A mí me pasa lo mismo».

Genial.

Literalmente, soy Pat.

Después de cenar, he pasado una hora con el Photoshop para modificar una foto de Richard. Le he puesto una burbuja de diálogo que dice: *Te echo de menos. Recupérate pronto.*

Ha quedado chulísima, pero no por lo que yo quería, sino porque Richard sale bizco.

Se la voy a enviar a Emma.

Emma me escribió de noche, pero estaba dormida.

O sea, me paso tres semanas sin dormir y la única noche que lo hago, ¿me escribe y no me entero?

Esto es lo que ha escrito: *Gracias por la foto, Richard. Eres el gatito más guapo del mundo. Iré a visitarte cuando ya no esté contagiosa.*

Estoy muy contenta de que haya respondido, pero ¿qué he hecho? Ahora le habla al gato tonto de marca y no a mí.

Me pregunto qué le pasa. Pero no quiero escribirle otra vez para no molestarla.

P. D.: Miriam Patel ha pasado todo un día sin llorar.

P. P. D.: Esta tarde he repasado.

Y he aprendido un dato fascinante y totalmente irrelevante: el isótopo de torio más estable tiene una media vida de 14,5 mil millones de años. Para ponerlo en perspectiva, el universo (¡el universo!) tiene unos 13,8 mil millones de años.

SÁBADO, 12 DE MAYO #PhoebeSinAmigos

Emma sigue enferma.

En la tienda benéfica, Bill y Melanie han traído comida para todos. Ha sido un gesto muy bonito, pero yo no tenía hambre y encima me sigue doliendo la barriga.

Bill:	Phoebe, angelito, ¿qué te pasa hoy?
Yo:	Estoy cansada.
Bill:	Trabajas demasiado. Te pasas el día en el colegio... y vienes aquí la mayoría de las tardes y los fines de semana. Tienes que dedicar tiempo a cuidarte.
Yo:	La verdad es que tengo que repasar para los CGES.
Bill:	Tienes que ver a tus amigos.

Yo:	No tengo de eso.
Bill:	(riéndose con tanta fuerza que hace temblar las paredes) Me cuesta creerlo.
Yo:	Es cierto.
Bill:	Nosotros somos tus amigos, pero no creo que quieras pasar tu preciado tiempo libre con unos viejales…
Melanie:	¿Quién es viejo?

Y luego los dos se rieron y Bill le dio un beso.

Imagínatelo. Estar casada con la misma persona durante sesenta años y que aún te parezca tan graciosa que quieras darle un beso.

Soy un fracaso como ser humano. Ni siquiera conseguí que mi mejor amiga me deseara feliz Año Nuevo.

DOMINGO, 13 DE MAYO   #DolorEstomacalSecreto

Sé que llevamos siglos hablando de los CGES y quizá por eso parecía que nunca iban a ocurrir, pero son mañana.

Siento como si me hubiera metido de forma involuntaria en una rueda de hámster que no dejará de girar. Y al final me tirará al suelo, mareada, desorientada y seguramente vomitando, pero me daré cuenta demasiado tarde de lo que ha pasado y de lo que era necesario hacer.

Lo más terrorífico para mí es el ritmo anticipado de este infierno de exámenes. La presión de que tienes que estar en plena forma todos los días.

Y sigo sin poder repasar.

He encontrado una página web muy graciosa en la que la gente vuelve absurdos algunos poemas a propósito.

Así que, en vez de:

Conocí a un viajero de una tierra antigua
que dijo: «Dos enormes piernas pétreas, sin su tronco,
se yerguen en el desierto...».

Lo cambian por:

Conocí a un viajero de una tierra antigua
que no dijo nada...
Jua.

19:53

Le he dicho a Kate que no tenía hambre y que no quería cenar, pero eso nunca funciona y me ha traído la cena.

Kate:	(con una bandeja con sopa de tomate en las manos) Phoebe. Háblame.
Yo:	...
Kate:	(se sienta en mi cama, llena una cucharada de sopa, la sopla para enfriarla y me la pone delante de la cara) Come.
Yo:	(abro la boca, como la sopa) ...
Kate:	Mejor.
Yo:	...

Kate:	¿Qué te pasa?
Yo:	Me duele la barriga.
Kate:	Vale. ¿Dónde duele?
Yo:	(lo señalo) …
Kate:	(me da más sopa) Vale.
Yo:	…
Kate:	¿Crees que estás enferma o podría ser preocupación por algo?
Yo:	¿Qué me iba a preocupar?
Kate:	Lo de mañana.
Yo:	(me encojo de hombros) …
Kate:	Entiendes que esos exámenes no son lo más importante del mundo, ¿verdad?
Yo:	Pero lo son.
Kate:	No, no lo son. El resultado no cambiará tu inteligencia ni tu potencial como persona, Phoebe. Y que nadie te convenza de lo contrario. Hay cosas más importantes en la vida que los CGES.
Yo:	Eso es lo que piensa Emma.
Kate:	Y Emma es una mujer muy sabia.
Yo:	(dejo que me dé más sopa) …
Kate:	Sabes que eres mi persona favorita del universo, ¿verdad?
Yo:	Pensaba que era mamá.
Kate:	¿Cómo? ¿La aburrida de Amelia? No seas tonta.
Yo:	¿Y qué me dices de James?

Kate:	Ni por asomo.
Yo:	(tomo el cuenco de la bandeja para comer por mí misma) ...
Kate:	¿Y qué pasa con Polly?
Yo:	(me encojo de hombros) No lo sé. No sé si ya ha tenido un orgasmo inducido por su novio.
Kate:	(riéndose) Bueno, creo que deberías comprobarlo y, si la respuesta es negativa, tendrá que venir a cenar para que le expliquemos unas cuantas cosas.
Yo:	Me he informado sobre el orgasmo vaginal.
Kate:	¿Ah, sí? Bien por ti.
Yo:	¿Crees que debería contárselo?
Kate:	El truco está en alzar la cadera.
Yo:	Lo sé. Pero no hablemos de ello, por favor.
Kate:	Has empezado tú.
Yo:	Y ya me estoy arrepintiendo.
Kate:	Come.
Yo:	Vale.

Cuando terminé la sopa, bajamos y James me preparó un sándwich de queso.

Kate dijo que debía descansar el cerebro un momento, así que acabamos viendo el programa de David Attenborough, y a los gatos, los de marca original y los de marca blanca, se les fue la olla.

Se sentaron todos delante de la tele y cada vez que una leona se lanzaba a matar, los gatos caían unos sobre otros y maullaban como locos.

¿No es raro pensar que los leones y los gatos tengan los mismos antepasados?

Aunque, para ser justa, los seres humanos antiguos podían encender un fuego frotando piedras y palos. Sé de gente que no puede encender ni una cerilla.

P. D.: Veintisiete exámenes en seis semanas.

LUNES, 14 DE MAYO   #PrimerAsalto

Tenía el examen de Informática por la mañana y el de Religión por la tarde, y ya sé que el mayor reto durante los CGES será no escribir en la página en blanco que dice: *No escribas en esta página*. Y estar en la misma habitación con tanta gente mientras intentas ignorar los susurros, las respiraciones y los movimientos inquietos.

Entre exámenes, Miriam Patel estaba en plan: «Tengo que repasar rápidamente algunas fechas para esta tarde».

Y yo: «Es que no puede ser más ridícula». Porque pocas cosas hay más obvias en esta vida que el año en el que nació Jesucristo, pero entonces Polly me contó lo que le pasaba a Miriam, porque se lo había dicho Tristan, que se había enterado por Jacob, y la verdad es que es tan trágico que quizá no debería haberme burlado de ella.

Resulta que Miriam no está estresada por los CGES, sino por sus padres.

Según Polly, el padre de Miriam está obsesionado con que vaya a Cambridge y, como trabaja todo el tiempo y su madre está en casa todo el tiempo, él dice que el trabajo de la madre es asegurarse de que Miriam saque buenas notas y, cuando no lo hace, su madre se pone hecha una furia porque el padre le gritará por haber fracasado como progenitora.

Cuando Miriam sacó un resultado mediocre en el simulacro del examen de mates, oyó a sus padres discutiendo en la cocina sobre el tema y su padre le dijo a su madre: «Solo tienes un trabajo, Grace, un puto trabajo». Y rompió un vaso.

Menuda mierda, ¿no?

No me extraña que Miriam sufra ataques de pánico.

O sea, sigue sin caerme bien, pero imagínate que tus padres se traten de una forma tan horrible solo porque no obtuviste una buena nota en una ocasión.

Yo tengo suerte, la verdad, porque cada vez que lo hago regular, puedo decir: «Es porque literalmente soy huérfana». Y, en vez de enfadarse, mamá solo se siente culpable.

Polly dice que deberíamos ayudar a Miriam Patel con las mates.

Lo que quiere decir es que yo debería ayudar a Miriam Patel con las mates, porque Polly no puede ni multiplicar cinco por cinco.

Iba a negarme, pero sí que siento un poco de lástima por Miriam, porque nadie se merece tener padres así de imbéciles. Además, si tenemos una sesión de repaso juntas, no tengo que hacerla sola y puedo decir que: #HeEstudiadoTodaLaTarde.

P. D.: Mañana tengo el examen de Francés y debo ponerme al día con las frutas y las verduras.

¿Sabes que la palabra *piña* es, en casi todos los idiomas, *ananás* menos en inglés? Hasta en hebreo, aunque, claro, se escribe así: אננס, con lo que nunca lo adivinarías.

También he intentado repasar las palabras para *debajo, encima, delante* y *detrás, a la derecha* y *a la izquierda*, porque cualquiera diría que, cuando viajas a Francia, nadie tiene acceso a Google Maps y debes confiar solo en que un nativo que no habla inglés te dé indicaciones.

Menudo peñazo.

Emma no estudia francés, sino español, lo cual tiene mucho más sentido, porque al parecer es un idioma que hablan quinientos setenta millones de personas en todo el mundo.

Y solo doscientos veinte millones hablan francés.

¿En qué estaba pensando cuando me apunté a francés?

MARTES, 15 DE MAYO   #PlanteÁndomeLaMuerte

Esta mañana he tenido examen de Francés 1 y Francés 3 y por la tarde el de Biología 1.

Matilda Hollingsworth se ha echado a llorar durante Biología 1 porque tenía que ir de verdad al baño, pero no quería porque pensaba que iba con retraso.

Pero el señor Kane le ha respondido con amabilidad. Se ha acercado a su mesa en plan: «Mira, Matilda, ve al baño y te prometo que podrás concentrarte mejor».

Después he ido a la tienda benéfica y ha sido un error tremendo, porque ahora estoy casi segura de que tengo cáncer de estómago.

Pat me ha pillado estirándome y frotándome la barriga y me ha dicho: «¿Te duele ahí?». Y yo: «No me pasa nada».

Y luego me ha contado que su marido murió de cáncer de estómago.

¿Por qué es así?

Alguien: Me duele mucho la barriga.

Tú: Mi marido murió de cáncer de estómago.

¿EN SERIO?

Así que, cuando he vuelto a casa, en vez de repasar para los grandes exámenes de esta semana, el de Francés y el de Química, he buscado en Google *tasas de supervivencia a cáncer de estómago* y, si se descubre pronto, la tasa de personas que sobreviven más de cinco años es del 65 %. Eso significa que treinta y cinco personas de cien mueren. Obviamente, también significa que sobreviven sesenta y cinco, pero bueno.

Si el cáncer se ha extendido a otras zonas, la tasa de supervivencia es del 30 %. Eso significa que setenta personas de cien mueren y solo treinta sobreviven.

A lo mejor debería ir al médico.

Si es cáncer, espero que no se haya extendido.

Kate no parecía muy preocupada cuando se lo conté la otra noche y sí que me sentí un poco mejor después de tomar la sopa de tomate y el sándwich de queso. ¿A lo mejor no soy intolerante a la lactosa?

Ojalá desapareciera, porque no quiero morirme de cáncer de estómago.

No quiero morirme de ningún cáncer.

De hecho, no sé cómo quiero morirme.

Me pregunto si Emma vendría a mi entierro.

Creo que el negro no le pega.

A lo mejor debería insistir en que todo el mundo llevara colores alegres «para celebrar mi vida».

¡Puaj!

P. D.: No tengo examen por la mañana y Religión 2 es por la tarde, pero me niego a repasar eso, porque a nadie le va a importar un pepino lo bien que se me dé esa asignatura.

P. P. D.: Aunque a lo mejor debería intentar hacerlo bien, porque he leído que, si quieres convertirte al judaísmo, tienes que impresionar de verdad al rabino.

P. P. P. D.: Polly me acaba de escribir para decirme que mañana hemos quedado con Miriam Patel en Starbucks para estudiar mates. Solo voy porque echo de menos a la Polly, que era independiente y sensata y la que decía «vamos a hacer lo que yo diga».

MIÉRCOLES, 16 DE MAYO #LECCIONES

Cuando me he sentado en la mesa con Miriam Patel, he sentido que el universo sufría un espasmo.

Miriam no era la de siempre (¡al principio!), porque no se estaba comportando como una zorra (¡al principio!).

Hicimos unos cuantos problemas y lo que le pasa es que sí sabe la repuesta, pero se piensa que no y se confunde. No es lo mismo que le pasa a Polly, que no entiende nada y, aunque le digas la respuesta, se queda con cara de: «¿Eh? Lo siento, mi cerebro no sabe hacer estas cosas, pero no pasa nada, porque no tienes que ser perfecta en todo. Si lo fuéramos, no habría genios y el mundo no sería maravilloso».

Jo, me encanta eso de Polly. Se le da muy bien encontrar lo maravilloso. Es su superpoder. Ve cosas que otra gente no ve. A lo mejor por eso sale con Tristan.

En fin, que al final de nuestra lección extracurricular innecesaria de mates, dije: «No me hagas perder el tiempo, Miriam. Sabes hacerlo, no seas tonta». Y respondió: «Para ti es fácil decirlo. Tu madre no está aquí y seguramente se la suden tus resultados».

Noté que Polly se encogía y Miriam tenía cara de que no había querido decirlo en voz alta, pero luego se puso en plan: *Bueno, ya lo he dicho y es verdad.*

Le dije: «Lárgate».

Cuando se fue, Polly replicó: «No lo ha dicho en serio». Pero yo no pensaba aceptarlo: «Claro que iba en serio. Siempre hace cosas así, pero no tan a la cara».

Polly:	Aun así, gracias por haberte ofrecido a ayudarla.
Yo:	Odio a Miriam Patel. Me parece increíble haberme creído su triste historia.
Polly:	Es una historia triste. Al parecer, su padre se cabrea mucho.
Yo:	Y al parecer a mi madre no le importa un comino nada.
Polly:	Está celosa de que tu madre confíe lo suficiente en ti para que te conviertas en una adulta responsable sin que te tenga que vigilar a cada momento.
Yo:	¿Crees que eso es lo que hace?
Polly:	¿Quién, Miriam?
Yo:	No, mi madre.
Polly:	Phoebe, ¿perdona? ¿Te crees que se iría de juerga por todo el mundo si fueras un desastre?
Yo:	Nunca lo había pensado así.
Polly:	Mi madre nunca haría lo mismo que la tuya porque es demasiado insegura. Si le cuelgo sin decirle que la quiero, me vuelve a llamar enseguida.

Yo:	Yo nunca se lo digo.
Polly:	Estoy segura de que lo sabe sin necesidad de decirlo cada cinco minutos. Y por eso se dedica a lo que se dedica.
Yo:	Creo que nunca lo había pensado de esa forma.
Polly:	No, porque, aunque eres la persona más inteligente que conozco, eres más tonta que un burro en lo que respecta a la vida real.
Yo:	Vete a la mierda. ¿Por qué eres tan horrible conmigo?
Polly:	Vete tú a la mierda. Tengo razón.
Yo:	¿Cómo van las cosas con Ruedines?
Polly:	¿Cuándo podemos dejar de llamarlo así?
Yo:	Seguramente nunca.
Polly:	¿Cómo te va a ti?
Yo:	Bien.
Polly:	Así que no te va bien.
Yo:	Llevo como cuatro semanas con dolor de estómago y Kate está encoñada con su nuevo novio.
Polly:	¿Kate tiene novio?
Yo:	Sí, James.
Polly:	¿Quién es James?
Yo:	Lo conoces. El chico que estaba en la tienda benéfica el día que viniste de visita. Llevan un par de...
Polly:	Un momento... ¿Está saliendo con ese buenorro?

Yo:	Sí. James.
Polly:	Pero si tiene veinte años.
Yo:	Veintitrés en realidad.
Polly:	¿Y ella tiene cuántos?
Yo:	Treinta y ocho.
Polly:	Cómo mola.
Yo:	…
Polly:	Bien por ella.
Yo:	Seguro que sí.
Polly:	Al menos tú tienes a un tío cañón paseándose por la casa a todas horas… ¿y a lo mejor solo con una toalla? Madre mía (mordiéndose el labio), qué suerte tiene Kate.
Yo:	(pensando en James con solo una toalla, pero incapaz de compartir su entusiasmo) ¿Y qué tal con Tristan? Ya sabes. Con el sexo. Y todo eso.
Polly:	…
Yo:	¿En serio? ¿Por qué sigues con él? ¿Qué sentido tiene follar si es malo?
Polly:	Porque lo quiero. No seas tonta.
Yo:	¿No puedes masturbarte y decirle que mire?
Polly:	(con los ojos que casi se le salen de las órbitas) …
Yo:	En serio, Polly, ¿qué te pasa? Tú no eres así. Eres feminista y piensas que es genial que Kate se esté tirando a un chico al que le dobla la edad. ¿Qué pasa con Ruedines?

Polly:	(se recuesta en el sofá y se tapa la cara) No lo sé, ¿vale? No lo sé. No debería ser tan raro, pero lo es. Y detesto que lo sea y es culpa mía, porque dejé que se volviera raro.
Yo:	Tienes que hablarle del clítoris.
Polly:	(se sienta y de repente se me acerca mucho) Dios santo, Phoebe, deja de hablar del dichoso clítoris.
Yo:	Vale. Pues si quieres tener un orgasmo vaginal y estás debajo, tienes que alzar la pelvis.
Polly:	(imaginándoselo) Odio mi vida.
Yo:	No puede ser tan difícil.
Polly:	No te haces una idea.
Yo:	Y por eso por gente como tú las mujeres siguen sufriendo en el mundo.
Polly:	(mirándome como si me hubiera vuelto loca) …
Yo:	Porque no insistís en reclamar lo que debería ser vuestro.
Polly:	…
Yo:	Así que, cada vez que folláis, él sí que tiene un orgasmo, ¿no?
Polly:	Estoy segura de que ya te lo he dicho, pero a veces me gustaría que sonaras menos como un manual.
Yo:	Es que es todo de manual.
Polly:	(da un trago a su bebida) Y dicen que el romanticismo ha muerto.

Yo:	No, escúchame. Que Ruedines tenga un orgasmo es lo que dicta la biología. Pero no le dais al tema para hacer un bebé.
Polly:	Ni por asomo.
Yo:	Entonces el sexo es por diversión.
Polly:	Y porque lo quiero.
Yo:	Pero deberías disfrutarlo.
Polly:	Yo no he dicho que no lo disfrutase.
Yo:	Lo siento, pero tienes que insistir en reclamar lo que te pertenece.
Polly:	Dios, soy un fracaso como mujer.
Yo:	Yo no he dicho eso. Pero ¿a que Tristan y tú no prepararíais una cena para que solo comiera él?
Polly:	(se recuesta en el sofá de Starbucks y se tapa la cabeza con dramatismo) Soy la causa de la opresión. La misoginia. La brecha salarial.
Yo:	…
Polly:	Porque no insisto en reclamar lo que me pertenece.
Yo:	(asintiendo) Básicamente.

Esta charla con Polly me hizo sentir como si los meses de ratos incómodos no existieran.

Y, por primera vez en eones, la vi como es ella, no como ese bicho raro que solo se dedica a seguir a Tristan por todas partes.

¿A lo mejor es que ha vuelto a ser la de siempre ahora que ya está más asentada en su relación?

Debe de ser frustrante esforzarse tanto cuando se acuestan juntos y que al final no reciba su parte.

De verdad que no lo entiendo. Solo tiene que decir las palabras: «Lo siento, pero lo que estás haciendo con tu pene no es efectivo. Usa la boca, por favor». O algo así.

Para ser sincera, no sé cómo la gente tiene energía para todo. La vida ya es lo bastante dura sin tener una vida sexual (de mierda).

Espero que Polly al menos se acuerde de alzar la pelvis la próxima vez.

P. D.: Religión 2 fue bien. Creo que el rabino estaría contento. Y ahora no tengo que volver a pensar en ello nunca más. ¡Fiu! Me alegro de haber marcado esa casilla.

JUEVES, 17 DE MAYO   #ALERTADECRISISNERVIOSANACIONAL

Kate me ha dejado un artículo del *Guardian* en la mesa de la cocina con el titular: «Estrés y ansiedad. Cómo el nuevo CGES afecta a la salud mental».

No lo he leído, la verdad, pero no me hace falta porque ya lo estoy viviendo.

Matilda ha dejado de tomar líquidos porque no quiere ir al baño, y eso es poco sano y le provocará una insuficiencia renal. Y justo cuando íbamos a entrar en el examen de Química 1, Jonathon Luo estaba tan nervioso que vomitó en una papelera en el patio y como Miriam Patel no puede ver a nadie vomitar sin vomitar ella misma, también echó la pota, pero en el baño.

Y como todo el mundo estaba vomitando, el aula olía a vómito y me pasé todo el examen con náuseas.

Por la tarde teníamos Informática 2 y, a esas alturas, lo único que quería era terminar. Sé que esa actitud da pena, pero me la suda.

Ah, y P. D.: Al final del artículo del *Guardian* aparece hasta el número de la ONG Samaritans, por si alguien se siente con ganas de suicidarse.

Qué mal, ¿no?

P. P. D.: Hoy no he ido a la tienda benéfica porque mañana tengo el último CGES de Francés y, *zut alors*, tenía que repasar en el último minuto.

P. P. P. D.: Emma me ha escrito para decirme que irá a la tienda mañana porque no tiene exámenes y se siente mucho mejor y se muere por salir de casa, así que yo también iré.

VIERNES, 18 DE MAYO   #PILLADA

Como diría Emma: el día de hoy no será recordado por el examen de Francés 4, sino por haber atrapado a una ladrona.

Esta tarde estaba en la tienda colocando fruslerías, porque Pat no podía recorrer los diez pasos que hay desde el almacén, cuando, por el rabillo del ojo, he visto a una ancianita meter la mano en la sección de la ropa de talla diez, sacar un puñado de blusas de sus perchas y guardárselas en el carrito de la compra.

Luego se ha dado la vuelta y, como quien no quiere la cosa, ha salido de la tienda.

Y he soltado: «¡Ah, no, eso no!».

Porque no se roba a la beneficencia.

O sea, no se debería robar en general, pero mucho menos a la beneficencia.

Al robar estás saboteando el esfuerzo de toda la gente que dedica su tiempo libre a rebuscar entre la ropa de gente muerta y otras mierdas para sacar algún dinerillo y que haya pasta suficiente para la gente que quiere encontrar una forma de evitar que otras personas mueran de la misma forma que el hermano de Emma.

No miento cuando digo que fue como una epifanía y salí corriendo tras ella como una mujer poseída.

En la calle fue en plan: izquierda, derecha, izquierda, derecha, hasta que la vi acercándose al supermercado Morrisons.

Llovía y estaba empapada antes de pasar junto al Starbucks y, como la acera estaba a rebosar de paraguas, bajé a la calzada y fui sorteando los autobuses.

Cuando alcancé a la señora, le agarré el carrito, pero de repente di un patinazo con los asquerosos zapatos del uniforme escolar.

Caí de culo y derrapé sobre ese mismo culo hasta la entrada del cine, agarrada al carrito de la compra de la ancianita.

La señora se acercó con cara de «Te voy a matar», pero yo fui más rápida.

Metí la mano en el carrito, saqué las blusas y se las puse ante las narices.

Yo:	La he visto sacar todo esto de la tienda benéfica sin pagar por ello.
Ella:	Ah, no era mi intención…
Yo:	¡No! Sí que lo era. La he visto. La tenemos grabada (mentira). Ha robado a los niños con cáncer. Usted, señora, no puede caer más bajo. Y me llevo estas de vuelta.

Y me marché.

Pero no con demasiada dignidad. Iba cojeando un poco y pensaba que me había roto la cadera.

De vuelta en la tienda, Alex, Kate, Emma y Pat me recibieron en plan: ¡MADRE MÍA!

Como estaba empapada, Kate me obligó a ponerme ropa seca y acabé llevando unos vaqueros Levi's y un chaleco marrón y naranja con el cuello de pico.

Pat dijo: «Te pareces a mí cuando era joven».

Pues vale, Pat... Tú nunca has sido joven.

Kate va y suelta: «Os lo digo desde ya: no nos enfrentamos a los ladrones. Hoy la cosa ha acabado bien, pero lo más importante es vuestra salud y vuestra seguridad».

Pero, justo después del discurso, me abrazó y me besó la cara de esa forma que tanto detesto y, durante un minuto, fui una heroína de verdad.

Creo que Emma estaba impresionada, pero, como es Emma, dijo: «Qué triste. Lo de tener que robar. O querer robar».

Observé a Alex mientras consideraba esto durante un momento y, cuando alcanzó una conclusión, dijo: «Pero Phoebe ha sido muy valiente». Y chocamos los cinco. Y Kate trajo café de Starbucks para todos.

Ahora bien, no me puedo sentar, porque la nalga me duele una barbaridad, pero durante la cena me he dado cuenta de que me había olvidado del dolor de estómago.

Resulta que, si hay varios estímulos dolorosos al mismo tiempo, la mente solo percibe el dolor de la herida más grave.

21:00

Actualización: tengo la nalga negra y azul.

Me alegro mucho de no tener exámenes mañana ni el domingo, porque no creo que pueda estar sentada. Me tendrían que traer una mesa especial para examinarme de pie.

A lo mejor puedo hacerlo tumbada bocabajo, porque, reconozcámoslo: va a ser la única forma en la que podré apoyarme en el futuro más inmediato.

21:15

Kate me ha puesto una crema de árnica y se ha reído todo el rato. Podría haberlo hecho yo misma, pero ha dicho que era su deber como (ex)enfermera titulada y mi tutora asegurarse de que no me hubiera roto nada.

Me ha dado el visto bueno aunque, en cuestión de moratones, dice que el mío es bastante impresionante.

A lo mejor le saco una foto.

SÁBADO, 19 DE MAYO   #SigoSinSentarme

Hoy no me ha dolido el estómago en todo el día, lo que significa que el dolor del moratón sigue suprimiendo cualquier otro receptor de dolor en mi cerebro. Hasta he tenido que llevar la falda del uniforme escolar a la tienda benéfica porque los vaqueros me apretaban en esa zona.

Cuando Emma me ha mirado en plan: «¿Por qué llevas eso puesto un sábado?», le he dicho: «El moratón es enorme y esto es lo único que he podido ponerme, así que no hablemos de ello».

Emma:	¿Tanto duele?
Yo:	No te haces una idea.
Emma:	¿Puedes sentarte?
Yo:	No.
Emma:	¿Puedo verlo?
Yo:	¡No!

Eso es, literalmente, lo que se ha pasado el día diciendo: «¿Puedo verlo? ¿Puedo verlo? Puedo verlo?».

Y luego Kate ha dicho: «Deberías ver el moratón de Phoebe».

Y Emma: «¿Por qué lo ha visto ya todo el mundo?».

Y yo: «No lo ha visto nadie, solo Kate. Pero ella es enfermera».

Y luego Kate ha dicho: «Ve a enseñarle el moratón a Emma, Phoebs. Es muy bueno».

He mirado a Emma, que estaba sonriendo, y mi cerebro me ha recordado que no pasaba nada, que las bragas que llevaba eran bastante estándar. Así que he accedido.

Obviamente no iba a bajarme la falda delante de todo el mundo, así que he ido al cambiador y Emma ha cerrado la cortina desde fuera para mirar a través de un huequecito.

Menuda cara ha puesto. La mandíbula casi le ha llegado al suelo y luego se ha quedado con la boca abierta.

Yo:	Lo sé.
Emma:	Ay.
Yo:	Tengo que dormir bocabajo.
Emma:	¿Puedo tocarlo?

Yo:	No. ¿Por qué ibas a querer tocarlo?
Emma:	Por nada.

Y luego su cara ha desaparecido. A lo mejor le gusta regodearse con el dolor de otra gente, quién sabe.

Hoy ha sonreído mucho.

Quizá porque me enfrenté a la ladrona.

O quizá porque la donación de la semana es un libro que se titula *Pintando con gatos: cómo puedes ayudar a que tus felinos se expresen mejor*.

Kate lo ha agarrado en plan: «Oh...», pero Emma y yo le hemos soltado enseguida: «¡No!».

Cuando nos marchábamos, Emma me ha pedido que le mandase actualizaciones sobre Richard y el moratón con regularidad.

Ahora mismo estoy tumbada bocabajo y Kate me ha puesto una bolsa de guisantes congelados en el culo.

De héroe a cero.

DOMINGO, 20 DE MAYO   #DeseosDeCumpleaños

Mamá me ha llamado por WhatsApp para darme otra charla sobre los CGES.

Luego le he enseñado el moratón y se ha reído.

También ha dicho que debo decidir lo que quiero hacer por mi cumple.

Me parece increíble que ya vuelva a ser mi cumpleaños. El anterior fue hace nada.

Diría que voy a cumplir mi promesa de llegar a los dieciséis con elegancia, visto que no estoy enamorada ni loca.

Mañana tengo el examen de Sociología, pero en realidad tengo que estudiar para el de Literatura Inglesa, que es el martes.

Ojito a esto. La definición de *Sociología es:* «El estudio del desarrollo, la estructura y el funcionamiento de la sociedad humana». Pero de lo único que hablamos es de la destrucción, el caos y la disfuncionalidad de la sociedad humana.

LUNES, 21 DE MAYO   #OdioLosExámenes

En el examen de hoy estaba sentada justo detrás de Ben Carmichael, que no dejaba de mover el pie arriba y abajo. Al escribir, ese movimiento entraba dentro de mi campo visual y me ha vuelto loca. He acabado girando el cuerpo en un ángulo tan raro para no tener que verle que me he hecho daño en la espalda y tengo tortícolis. Sin mencionar la agonía de estar sentada con el moratón.

Solo quería que el tiempo acelerara para salir de allí.

Esta tarde se suponía que debía repasar para Inglés, pero he acabado escribiéndome con Emma.

Yo:	*Hola.*
Emma:	*Hola. ¿Cómo estás?*
Yo:	*Bien.*
Emma:	*¿Cómo va el moratón?*
Yo:	*Sigue enorme.*
Emma:	*¿Y qué haces?*
Yo:	*Escribiéndote.*
Emma:	*Ja, ja.*
Yo:	*Estoy repasando, pero me duele el cerebro. También estaba pensando en lo que quiero hacer con mi vida.*

Emma:	*¿En plan trabajo?*
Yo:	*Sí.*
Emma:	*¿Y?*
Yo:	*No lo sé.*
Emma:	*Yo quiero hacer lo mismo que tu madre.*
Yo:	*¿Tener una hija y encasquetársela a tu mejor amiga?*
Emma:	*Qué cruel.*
Yo:	*Así son los hechos.*
Emma:	*Me gustaría ayudar a la gente. Quizá ser médica. Pero no sé si soy lo bastante inteligente.*
Yo:	*Yo creo que sí que lo eres.*
Emma:	*Gracias. Pero veremos. A lo mejor acabo siendo orientadora o algo así.*
Yo:	*Odio a la gente y no quiero ayudar a nadie.*
Emma:	*Ja.*
Yo:	*Aunque eso no te incluye a ti, por cierto. A ti no te odio.*
Emma:	*Gracias. Me alegro de que me aguantes.*
Yo:	*EN FIN. Sabes que me pareces genial.*
Emma:	*¿Sí? ¿Y cómo iba a saberlo?*
Yo:	*¿Por qué crees que iba a pasar tiempo contigo y a escribirte y a sacar fotos de gatitos contigo y a acompañarte a casa y a enseñarte mi moratón?*
Emma:	*Eso, por qué…*

Y luego se desconectó.

Ni adiós ni nada.

¿No es raro?

¿Le estoy dando demasiadas vueltas?

A lo mejor, sí.

No debería haberle escrito. Lo sabía antes de escribirle, pero no he podido evitarlo.

Es como comerte un paquete entero de chuches. Sabes que te sentirás mal después, pero sigues engulléndolas como en una especie de frenesí compulsivo.

22:05

Si siguiera el horario de estudio de Miriam Patel, aún me quedarían cincuenta y cinco minutos para repasar, así que voy a estudiar Inglés.

22:15

Ojo a estas preguntas:

1. ¿Cómo provoca Sansón a los sirvientes de los Montesco?
2. ¿Qué impresión tiene el público de la nodriza?
3. ¿Qué piensa la señora Capuleto de Paris?

La pregunta número 4 debería ser: ¿Y por qué todo esto es importante?

Me voy a la cama. Menuda estupidez.

Estoy tan cansada que no puedo con mi alma.

Inglés me ha matado.

Creo que por fin entiendo qué siente Polly cuando mira unos números y no les ve sentido, porque he tenido que leer las preguntas como unas tres veces para comprenderlas.

Después del examen he ido con Polly al parque a comer. Nos hemos sentado en el césped y le estaba contando que no tengo ni idea de qué hacer con mi vida, le estaba abriendo mi corazón por completo, cuando me he dado cuenta de que se había quedado dormida.

Seguro que con Tristan no se duerme.

Hasta se ha puesto a roncar, pero la he despertado cuando ha llegado la hora del examen de Geografía 1 y ni siquiera se ha disculpado. Solo ha dicho: «Creo que me hacía falta».

¡¿EN SERIO?!

Esta noche me he propuesto lo siguiente: vale, en vez de hacer una lista interminable de las cosas que odio, ¿por qué no escribo una de las cosas que me gustan para plantear posibles empleos a largo plazo? Y este es el resultado:

- Soledad.
- Que la gente no se pase el día hablándome de cosas absurdas.
- Números.
- Personas inteligentes o la posible ausencia de personas estúpidas.
- Que me permitan tener ideas originales.

Veamos a qué me conduce esto.

Todo el mundo en el insti está en plan: *Socorro, si la pifio en los CGES, mi vida se va a acabar y no podré ir nunca a la universidad* (aunque ¿es necesario que todo el mundo vaya a la universidad?).

Bill ha dicho que cualquiera que estudie fontanería tiene más garantizada una vida con un sueldo estable que cualquiera que vaya a la universidad y estudie una tontería tipo: Arte japonés en rotulador tras la Segunda Guerra Mundial.

Por desgracia, no puedo ser fontanera porque tendría que pasarme el día hablando con gente y eso es lo primero de mi lista que quiero evitar.

La búsqueda continúa.

MIÉRCOLES, 23 DE MAYO   #NASA

Tengo resultados.

Voy a ser astronauta.

Esto se me ha ocurrido durante el examen de Física 1, que ha revivido mi cerebro lento y perezoso. Creo que lo he bordado.

Si quiero ser astronauta, no puedo pifiarla en Física.

Nada más llegar a casa, he ido a mirar la página web de la NASA y resulta que siempre buscan reclutar a gente que quiera ir en misiones espaciales de larga duración. Como misiones a Marte.

Bueno, a ver, nadie va a ir por ahora, pero las misiones actuales son simulaciones perfectas de cómo sería este viaje y te pasas dieciocho meses aislada con la tripulación. Y eso es una maravilla, porque experimentas toda la emoción del viaje interestelar sin la amenaza de que tu cuerpo estalle en el vacío del espacio por accidente.

Y puedes comer comida espacial todo el rato, con lo que la úlcera/el cáncer del estómago no se quejaría tanto.

Por cierto, el dolor ha vuelto.

P. D.: Mañana toca Matemáticas 1. ¡Venga!

JUEVES, 24 DE MAYO #ESPACIO

Dios, esta mañana estábamos en los baños y Polly ha caído en lo más bajo al recurrir al truco más antiguo que existe: meterse un papel con fórmulas matemáticas en las bragas. Eso debe de ser lo más complejo a nivel intelectual que haya tocado su vagina hasta ahora. Pero, claro, al final no ha ido al baño durante el examen para echarle un vistazo, porque ¿quién hace algo así?

Cuando estábamos esperando para entrar, ha dicho: «Miriam parece a punto de desmayarse». Y algo inesperado (¿un sentimiento?) me ha sobrevenido mientras le ponía los ojos en blanco, así que me he acercado a Miriam para decirle: «Sabes que puedes hacerlo, ¿verdad? Y, además, no te estás examinando por tus padres». Y ha respondido: «Qué perspicaz eres al suponer que en mi vida existe algo más importante que las notas y mis padres». Creo que lo ha dicho con sarcasmo, lo cual me parece muy pasivo-agresivo, así que no le he respondido y he vuelto con Polly, que se estaba ajustando con muy poco disimulo el papel que llevaba en las bragas/la vagina.

En fin, que hoy me ha ido bien otra vez. Diría que solo me hacía falta la perspectiva de la tranquila soledad en el espacio para que mis sinapsis se pusieran manos a la obra.

P. D.: Al parecer, el cuerpo humano no estalla enseguida en el vacío, porque es algo que los escritores de ciencia ficción se inventaron para crear dramatismo. Según internet, puedes sobrevivir un minuto o dos expuesta al vacío del espacio.

Lo más fascinante es que los líquidos que se hallan cerca de la superficie del cuerpo se evaporan al instante, como la humedad de los ojos y hasta la saliva.

¿Te imaginas lo que sería sentir la saliva evaporándose?

P. P. D.: Se puede comprar comida espacial en el Museo de Ciencias. A lo mejor voy.

P. P. P. D.: *Pintando con gatos* ha desaparecido y parece ser que nadie recuerda haberlo vendido. Seguro que Kate lo está leyendo ahora mismo.

VIERNES, 25 DE MAYO   #LITERATURAINGLESAINFERNAL

Hoy ha ocurrido ese horror que es el examen de Literatura Inglesa 2.

Anoche tuve una pesadilla en la que no podía encontrar el aula correcta, así que, cuando me he sentado en el pupitre esta mañana, con el examen delante de mí, ya me he sentido triunfal.

Aparte de eso, no quiero volver a hablar sobre Romeo o Julieta en mi vida. Para mí están muertos (je, qué graciosa soy).

Oficialmente han llegado las vacaciones.

Qué semanita tan estresante.

21:05

Le he sacado una foto al moratón y se la he enviado a Emma.

Ha respondido: *No me provoques.*

Luego ha dicho que la semana que viene planea estudiar por las mañanas y trabajar en la tienda benéfica por las tardes.

Creo que haré lo mismo porque no quiero volverme loca de tanto repaso.

SÁBADO, 26 DE MAYO   #AscoDePolen

Noto la mente empantanada.

A lo mejor es alergia al polen.

Según internet, los síntomas son:

- Secreción y congestión nasal.
- Ojos rojos llorosos y picor (conjuntivitis alérgica).
- Estornudos.
- Tos.
- Picazón en la nariz, en el paladar o la garganta.
- Piel hinchada y de color azul debajo de los ojos (ojeras por alergia).
- Goteo posnasal (jua).
- Cansancio.

La verdad es que no tengo ninguno de estos síntomas, aparte del cansancio, pero hoy el polen estaba por las nubes y hasta he acabado con el pelo lleno de polen. Y eso podría haber causado el aturdimiento.

Emma y yo hemos ido a comprar café a Starbucks para toda la tienda.

Hoy ha hecho un día muy caluroso, seco y soleado (de ahí el nivel alto de polen), por lo que parecía que en Starbucks regalaban frappuccinos o algo y nos hemos pasado un siglo en la cola. Estaba apoyada como quien no quiere la cosa en el mostrador de tartas y magdalenas, delante de Emma, cuando de repente he notado su mano en el pelo.

Emma:	Tienes polen por todas partes.
Yo:	...
Emma:	¿Has dormido al aire libre o algo?
Yo:	No tengo ni idea. O sea, no.
Emma:	(se ríe mientras me quita trocitos amarillos del pelo) ...
Yo:	¿Te estás riendo de mí?
Emma:	¿Por qué me iba a reír de ti?
Yo:	Porque soy un desastre con tanto moratón y tanto polen y me he tenido que poner ropa de mierda de la tienda.

Emma se me quedó mirando.

Así sin más.

Y me di cuenta de que llevaba tiempo sin fijarme en sus ojos y la culpa la tiene el estrés por los exámenes y entonces me fijé en que tienen un aspecto diferente ahora que casi es verano.

Emma sonrió y me agarró un mechón de pelo para enroscárselo en el dedo. Tiró de él con suavidad, pero yo no sabía qué hacer, si apartarme o acercarme, así que cedí hasta que mi cara quedó tan cerca de la suya que noté la calidez de su piel.

Y luego dijo: «A mí no me pareces un desastre».

Le miré la boca, porque no podía seguir mirándola a los ojos, pero eso no me vino nada bien y acabé diciendo algo tipo: «Mmgf».

La observé mientras sonreía y se lamía los labios y al final dije: «Ya no recuerdo de qué estábamos hablando».

Me soltó el pelo y respondió: «Sí».

Sí.

Sí, ¿qué?

¿Sí?

Cuando volvimos a la tienda, Kate anunció que nos iban a dar (a la tienda) una condecoración especial por haber recaudado tanto dinero por el póster de *Star Wars*.

El jefe general de la organización benéfica contra el cáncer vendrá para darnos un diploma o un premio o lo que sea.

La verdad es que solo he escuchado a medias, porque lo único que oía en mi cabeza era el «sí» de Emma.

23:14

No entiendo por qué las cosas con Emma son tan distintas. O sea, Polly me quita basura del pelo todo el rato. No es nada especial. Ni siquiera me paro a pensar en ello.

Ostras, si le contase lo que ha pasado con Emma y cómo me deja sin habla y sintiéndome como una tonta, diría: «A Phoebe le gusta Emma».

Ja, ja.

23:55

¡NO!

DOMINGO, 27 DE MAYO   #QuéLechesEstáPasando

Estoy colada por Emma y no tengo tiempo para estar colada por Emma.

¿Y por qué he tardado tanto tiempo en darme cuenta? Sobre todo cuando es *tan obvio* que estoy experimentando todos los indicios clásicos de esta locura:

- Cotilleo incesante por redes sociales.
- Celos.
- Noches en vela.
- Nivel elevado de adrenalina.
- Falta de apetito.
- Dolor cerebral.

No soy Pat: soy Polly. Y creo que hasta puedo ser peor.

No me puede estar pasando esto.

O sea, no.

Es como si tuviera el cerebro equivocado.

Esta mañana he hecho el pino rollo yoga contra el armario porque, según dicen, es bueno para los órganos que de vez en cuando se reacomoden según la gravedad, y esperaba que la presión en la cabeza me despertara las pocas sinapsis cuerdas que me quedan.

Me he quedado bocabajo hasta que he sentido que me iba a desmayar y sí que me ha ayudado, porque dos minutos más tarde estaba en plan: *Eres mejor que esto, Phoebe.*

Este es el plan:

- Impedir que Emma me guste.

Además, no tiene sentido que me guste, porque, aunque ha insinuado que le pueden atraer las chicas, no creo que yo le gustase a ella porque:

a) Soy una rara social,
b) soy ridícula,
c) no soy graciosa
d) y soy la idiota que no deja de decir una y otra vez que morimos solos a gente con hermanos muertos.

Es curioso que no se me haya ocurrido nunca que podrían atraerme las chicas, aunque hoy me he dado cuenta (mientras estaba bocabajo) que, como fan de toda la vida de *Doctor Who,* nunca me había gustado en ese plan hasta que ha sido una mujer.

Nunca he estado colada por una chica de verdad.

Aunque, cierto, tampoco había estado colada por un chico de verdad, así que ese dato no tiene importancia.

¿Qué me está pasando?

Voy a dar un paseo. No puedo con mi vida.

16:40

Pasear no ha servido de nada.

No tengo tiempo para ir colándome por gente; estoy ocupada con los exámenes. Mi cerebro trabaja a pleno rendimiento y no hay sitio para esta mierda ñoña.

Estoy demasiado desconcertada para estudiar, así que voy abajo a ver programas basura en la tele.

18:56

Cuando Kate y James han vuelto de su cita, seguía tumbada bocabajo en el sofá.

Todos los gatitos habían escalado encima de mí y se habían quedado dormidos; Richard me apretaba justo donde tengo el moratón, pero ni me molesté en apartarlo.

Kate y James han tardado quince minutos en darse cuenta de que estaba allí, debajo de tanto gatito.

Kate me ha mirado y ha dicho: «Phoebe, ¿estás bien?».

Y lo único en lo que podía pensar era: estoy en el infierno. Pero solo dije: «Sí».

Kate: ¿Has comido algo?

Yo: No, hoy no.

Kate: ¿Has hablado con tu madre?

Yo: No, hoy no.

Kate: (me mira como si fuera extraterrestre o alguien a punto de arder de forma espontánea) ¿Por qué no intentas llamarla y luego ayudas a James a preparar la cena?

Yo: No tengo hambre.

Kate: Pues es una lástima, cielo, porque vas a comer.

Típico de Kate.

21:05

He acabado dándole a mamá un resumen de cada examen que he hecho esta semana.

A mitad de la conversación, me he acordado de mi plan de trabajar para la NASA y mamá ha dicho: «Creo que es una idea brillante y muy ambiciosa, cariño».

Ojalá pudiera apuntarme ya, porque una misión a Marte es justo lo que necesito.

23:09

Mi cerebro quiere pensar en besar a Emma, pero creo que, una que alcance ese punto, estaré condenada. He intentado no terminar ese pensamiento, aunque veo sus contornos acechando en las sombras.

23:11

¿Sabes eso de no intentar pensar en algo específico? Pues no funciona.

23:23

De repente me he dado cuenta de que no he besado nunca a nadie que me gustase, y esa vez en la que Toby Daniels intentó succionarme la cara en primero de secundaria me asustó de por vida porque:

a) su lengua era enorme
b) y sabía a patatas de queso y cebolla.

23:44

A lo mejor debería estudiar todos los días de esta semana para no ver a Emma.

¿Qué voy a hacer?

LUNES, 28 DE MAYO   #NoEstoyEnamoradaDeEmma

Hoy había un artículo en el periódico *Metro* que a lo mejor me salva la vida.

Cinco consejos para superar a ese crush molesto de tu oficina.

Cuando he subido al autobús, estaba en el asiento en el que me iba a sentar, así que creo que esta es la intervención divina que estaba esperando.

He aquí lo que hay que hacer:

1. Evitar quedarse a solas con esa persona (en un ascensor o en la sala de reuniones, por ejemplo).
2. Evitar ir a comer a la vez.
3. Rechazar ir a tomar una copa después del trabajo.
4. Recordarte que tienes una vida más allá del trabajo y que vale la pena vivirla.
5. ¿Esta persona es tu tipo o solo te gusta coquetear junto a la fuente de agua?

Vale, es fácil cumplir las primeras tres.

La cuarta es un problema porque no tengo una vida más allá del trabajo que valga la pena vivir. Y la quinta no me queda clara, porque no sé si tengo un tipo ni diría que disfrute de los coqueteos, ya que no sé ni cómo hacerlo.

Como la lista de *Metro* es un poco general, he decidido escribir una sobre cómo desenamorarme de Emma.

1. Evitar quedarse a solas con ella (en el almacén, en la casa de Kate).
2. Evitar ir a Starbucks/Sprinkles.
3. Rechazar actividades después del trabajo (como pasar tiempo con los gatitos).
4. Recordarte que tienes otros amigos (como Polly, más o menos).
5. ¿Podría soportar la vergüenza de decirle a Emma que me gusta y ver cómo se aparta con espanto?

Creo que la opción cinco es la clave para recuperar la cordura. Diría que prefiero morir sabiendo que Emma me respeta antes que sabiendo que he quedado en ridículo y Emma no dejará de reírse de mí.

Además: Emma está enferma y no ha venido a la tienda.

Resulta impresionante que haya conseguido programar su enfermedad para las vacaciones, porque sería horrible hacer exámenes mientras no dejas de producir mocos sin cesar.

MARTES, 29 DE MAYO   #SopaDePollo

He sacado una foto de una receta en la sección de «Cocinar para inválidos» de *Guía para la mujer sobre cocina y economía doméstica* y se la he enviado a Emma.

Es para preparar sopa de pollo y, como para elaborarla hace falta saber cómo se hace el caldo, también se lo he mandado.

Ha respondido enseguida: *No estoy tan enferma. Mataría por un Lucozade o un café de Starbucks, pero mi madre insiste en que tome té de hinojo. ¡Socorro!*

Mañana iré a su casa a llevarle Lucozade (y Minstrels de chocolate).

También le llevaré un café de Starbucks.

No porque me guste (estoy comprometida al 100 % a seguir la lista), sino porque me ha pedido ayuda como amiga.

MIÉRCOLES, 30 DE MAYO   #LAMADREDEEMMA

La madre de Emma es muy antipática.

Eso no me lo he esperaba.

Me he acercado a su casa a las once y he llamado al timbre.

Pensaba que solo estaría Emma, porque es entre semana y todo el mundo trabaja, pero su madre ha abierto la puerta y me ha mirado con cara de: *¿Y tú qué quieres?*

Yo:	Hola. Vengo a visitar a Emma.
Ella:	¿Y tú eres…?
Yo:	Phoebe.
Ella:	…
Yo:	Una amiga, obviamente.
Ella:	…
Yo:	De la tienda benéfica.
Ella:	Me temo que Emma no se encuentra lo bastante bien para recibir a nadie.
Yo:	Me ha dicho que no está tan enferma.
Ella:	Eso lo juzgaré yo, Phoebe. Si no te importa…
Yo:	(pensando: pero qué agresiva, ¿no?) …

Ella:	Estoy segura de que Emma volverá a la tienda la semana que viene.

En ese momento, vi algo moverse en lo alto de las escaleras, así que cambié un poco de sitio para ver mejor. Era Emma y me saludaba con la mano mientras decía «Lo siento» y señalaba a su madre.

Yo:	(hablando un poco más alto para que Emma pudiera oírme también) Le he traído un café de Starbucks, Lucozade y Minstrels.
Ella:	Muy amable, pero eso no es bueno para Emma.
Emma:	(desde lo alto de la escalera y sin proferir ningún sonido) ¡¡¡¡Noooooooooooooo!!!!
Yo:	(procurando mirar a su madre con la misma cantidad de comprensión que de odio) De acuerdo. Se lo daré la próxima vez que la vea.
Ella:	Creo que eso será lo mejor.
Yo:	Adiós.
Ella:	(muy maja y locuaz de repente porque ya me iba) Adiós, Phoebe. Ha sido un placer conocerte.

Odio a la gente tan hipócrita.

Que se vaya a la mierda.

He regresado a la tienda y, al ver a Kate, le he dicho: «Podría haber ido mejor. La madre de Emma es un poco mala gente».

Kate:	Creo que la palabra que buscas es «sobreprotectora».

Yo:	¿La has conocido?
Kate:	Solo una vez. Pero sé que se preocupa mucho por Emma.
Yo:	Bueno, no he ido con intención de envenenar a su hija. Solo quería hacerla feliz.

Luego me he sentado junto a la plancha durante media hora y me he bebido dos *chai latte* de soja fríos y ni siquiera me he molestado en decidir la donación de la semana. Solo podía pensar en Emma y en si sabría a *chai latte* de soja. A canela y leche deliciosa.

Me preocupa mucho que no deje de gustarme.

Sé que solo llevo intentándolo un par de días, pero tengo que esforzarme más.

Me pregunto si te puede gustar alguien sin querer salir con esa persona.

Gustar... ¿qué significa exactamente?

P. D.:

Gustar [verbo]

Verbo transitivo cuyo significado principal es agradar, sentir atracción, desear, etc.

O sea que es lo mismo que decir «Me gusta la tarta»: me agrada la tarta, siento atracción por la tarta, deseo la tarta.

PERO eso no significa que deba tomar tarta.

Vale, puedo lidiar con eso.

O quizá puedo tratar mis sentimientos (¡¡¡¡¡puaj!!!!!) como si fueran una enfermedad crónica o como la diabetes: acepto que existen, percibo que son molestos, los entiendo y me ocupo de ellos.

Emma me ha enviado un mensaje en plena noche.

Emma: *Quiero disculparme porque mi madre no te haya dejado entrar. A veces exagera. Un estornudo de nada y pone en cuarentena la casa durante una semana. Con un poco de suerte, te veré el sábado.*

Yo: *No te preocupes. Todos los padres son raros. En fin, es mejor que tener una madre que se olvida de tu existencia.*

Emma: *Seguro que eso no es cierto.*

Yo: *Lo es.*

Emma: *Mi madre ya no se fía y no me deja dormir en casa de ninguna amiga.*

Yo: *¿Por qué?*

Emma: *Tiene miedo de que me pase algo.*

Yo: *¿Por qué?*

Emma: *Por si también muero.*

Yo: *Lo siento.*

Emma: *Tranquila.*

Yo: *Deberíamos huir juntas.*

Emma: *Ya estoy preparando una bolsa con mis cosas.*

Yo: *Mis abuelos viven en Hong Kong. Son un poco raros, pero podemos quedarnos con ellos gratis.*

Emma: *Estoy saliendo por la ventana.*

Yo:	*Cuando llegues ya tendré los vuelos reservados.*
Emma:	*Ay, ojalá.*
Yo:	*Ya ves.*
Emma:	*Duerme bien.*
Yo:	*Tú también. Quiero verte el sábado.*
Emma:	*Me muero de ganas.*
Yo:	*Y yo.*
Emma:	*Un beso.*
Yo:	...

Y, por supuesto, después me he quedado despierta durante horas y esta mañana, en vez de repasar, he mirado por la ventana sin ver nada y esta tarde, en la tienda benéfica, se me caía todo de las manos, porque, por lo visto, que te guste alguien te fastidia las neuronas que se encargan de los sistemas básicos de motricidad.

He roto un tarro de cristal de popurrí y toda la tienda apestaba a lavanda artificial, y Pat ha dicho: «Ay, Kate, tengo migraña. No creo que hoy pueda atender en la tienda» (como si alguna vez lo hiciera... ¿puedo odiarla más?).

He puesto los ojos en blanco y Kate me ha preguntado: «¿Qué te pasa hoy?». Y yo: «¿Por qué lo dices? ¿Es que nunca has roto nada?».

Alex, que estaba en la caja, solo se ha reído.

Kate ha dicho: «Muy bien, respondona. ¿Por qué no vais a comer juntos Alex y tú?».

Así que nos hemos sentado al sol en la puerta trasera para comernos los bocadillos y luego hemos ido a Sprinkles a por helado. Yo he elegido mango, fresa y melocotón y Alex ha pedido tres bolas de chocolate. Por Broadway, lo he mirado y tenía la cara llena de chocolate, y he dicho: «Tendría que haberme pedido chocolate». Y Alex: «Siempre debes saber lo que quieres para no arrepentirte».

¿Qué es lo que quiero?

P. D.: Por ahora me estoy ciñendo a la lista y va bien. Pero lo cierto es que no la he visto.

VIERNES, 1 DE JUNIO   #VidaEnMarte

Hoy he llegado a la conclusión de que la única solución posible para mi problema es entrar en el programa espacial de la NASA.

No puedo pasarme la vida obviando el hecho de que Emma me gusta, porque eso me volvería igual de loca que el resto del mundo, solo que de una forma distinta.

Así que he estado mirando a ver si puedo estudiar Astrofísica en la universidad.

En King's se puede estudiar Física con Astrofísica y Cosmología y suena muy bien.

Pero si quiero trabajar para la NASA e ir a una misión interestelar tripulada, debo saber tanto ruso como inglés.

Ojalá te dijeran estas cosas cuando eliges un idioma para los CGES. ¿Por qué quise aprender francés? ¿Quién necesita francés? Creo que ni te hace falta si quieres trabajar para la Agencia Espacial Europea.

Deberían ofrecer ruso para quien esté considerando trabajar en la NASA, porque ahora voy a tener que aprenderlo por mi cuenta y ya llevo cinco años de retraso con respecto a cualquiera que haya ido a un instituto con visión de futuro y, obviamente, los rusos, que ya hablan ruso además de inglés, porque todo el mundo habla inglés.

Lo he hablado con James, que parece haberse mudado a nuestra casa, aunque está terminando la tesis y debería estar escribiendo o pintando o cualquier tontería que hagan los estudiantes de arte. Pero, para el caso, ha dicho que, si me matriculo en una universidad decente y si voy en serio, seguramente pueda apuntarme a un curso básico de ruso.

Pero tardaré más porque tienen un alfabeto raro.

Como el dichoso hebreo.

Pero, quién sabe, a lo mejor he heredado los genes de alfabetos raros de mi padre y va a ser chupado.

Puede que, para mi cumpleaños, en vez de clases de conducir, pida clases de ruso. Al fin y al cabo, ¿quién necesita coche en Londres... o en las profundidades del espacio, ya que estamos?

SÁBADO, 2 DE JUNIO   #NOMIRES

Hoy Emma ha vuelto a la tienda y no tenía pinta de haber estado enferma.

No sabía qué decirle, sobre todo porque gran parte de nuestras conversaciones de esta última semana han tenido lugar en mi cabeza, así que he fingido que estaba ocupada y la he saludado desde el otro lado del almacén.

Ha venido directamente hacia mí y, durante un segundo, parecía que iba a abrazarme y todo mi cuerpo se ha puesto rígido.

Al final, se ha quedado allí parada y ha dicho: «¿Qué tal el moratón?».

Yo:	(me aclaro la garganta, porque al parecer es algo que hago ahora) Bien, sí, genial, vale, mucho mejor. ¿Qué tal tú?
Emma:	He salido de la cárcel al fin.
Yo:	Ah.
Emma:	Siento de nuevo lo de mi madre.
Yo:	(me encojo de hombros) ...
Emma:	...
Yo:	Te guardé el Lucozade.

Lo saqué de la nevera y se lo di y luego le dije: «Tengo también los Minstrels». Y ella: «Dios mío, cuánto te quiero». Y ahí sí que me ha abrazado.

¿Sabes eso de que vas al dentista y te dicen que necesitas un empaste y te lo van a hacer enseguida y no estás preparada, sino indefensa y tumbada, y notas un revoloteo en el estómago como si fuera a salir volando de tu cuerpo?

Pues eso.

Me sonrió y sus ojos eran de un azul pálido, lo que significa que se estaba concentrando en algo y se le habían contraído las pupilas, lo que provoca que el tejido de la retina se expanda y parezca más fina. Como cuando estiras un globo.

Luego abrió el Lucozade y dijo: «¿Qué tal todo, Pat?». Y ella: «Ah, ya sabes. Igual que siempre. Por cierto, el piso sigue precioso. Y me alegro de que hayas vuelto. No he podido hablar con nadie en toda la semana».

ODIO a esa mujer. Porque yo sí que he venido a la tienda. Todos los días.

P. D.: Aún no entiendo cómo me siento con respecto a Emma. En un momento dado me dan ganas de escribirle y, al siguiente, no quiero volver a verla en mi vida.

P. P. D.: Ojalá pudiera hablar con Polly.

P. P. P. D.: Pero Polly se pondría muy romántica y no me ayudaría a intentar no sentir nada.

DOMINGO, 3 DE JUNIO   #PILLADA

Esta noche, mamá quería que le contara todo sobre los siguientes CGES y el trabajo en la NASA, pero yo no estaba de humor y le he dicho: «¿Has conocido ya al novio de Kate?». Y ella: «¿Que Kate tiene novio?».

He bajado con el portátil, con mamá aún en la pantalla, y he pillado a Kate y a James en el sofá.

O sea, no estaban follando ni nada, pero ha sido tan incómodo que me ha parecido espectacular.

He dicho: «Mamá, este es James. James, esta es mamá». Y él: «Hola, mamá». He visto que Kate se moría por dentro al decir: «Amelia, ya te escribiré. ¡Vete, Phoebe!».

Y entonces mamá se ha echado a reír con ganas y ha dicho: «No, no, espera, Phoebe. Si te vas, te desheredaré».

Así que he dejado la cámara apuntando a Kate y a James.

Mamá: Hola, James.

James: Hola de nuevo.

Mamá: Entonces, ¿Kate y tú sois pareja?

Kate:	¡Ameeeeeeliaaaaa!
James:	(sonríe: alerta de hoyuelo) Sí, es verdad, estamos saliendo.
Kate:	¿Lo estamos?
James:	Pues claro.
Mamá:	(sonriendo) Enhorabuena. Me alegro por los dos. Bueno, me alegro por ti, James, porque mi amiga es muy épica. ¿A qué te dedicas?
Yo:	(partiéndome por dentro) ...
Kate:	Amelia, vete... Ya te escribiré.
Mamá:	Pero si nos lo estamos pasando muy bien.
Kate:	¡Amelia!
Mamá:	Vale. Pero escríbeme esta noche.
Kate:	Lo haré.
Mamá:	Y quiero detalles.
Kate:	¡Vete!

Después de eso, mamá ha seguido con lo de ser astronauta y ha dicho que King's es una universidad muy buena y que debería mirar sus criterios de admisión enseguida.

El problema con mamá es que nunca sé si dice esas cosas porque quiere formar parte de mi vida o porque quiere congraciarse conmigo.

P. D.: Me he distraído durante el estudio de hoy y he descubierto que eso de ponerme bocabajo es lo peor que podría haber hecho para desenamorarme de Emma.

Al parecer, cuando nos gusta alguien, todo el flujo sanguíneo en el centro de placer del cerebro se incrementa, que es la misma parte implicada en los comportamientos obsesivo-compulsivos. Así que, por accidente, he estado alimentando mi obsesión al acumular toda esa sangre en el cerebro.

Ahora quiero revertir los efectos permaneciendo de pie todo el día. Lo que significa que seguramente suspenderé los próximos CGES, por culpa del flujo sanguíneo reducido.

¡La vida! Todo son problemas.

LUNES, 4 DE JUNIO   #AmorLujuriaPerdición

Esta mañana, antes de Historia 1, Polly me ha metido en el baño.

Polly:	Alcé la pelvis y ¡maravilla!
Yo:	…
Polly:	El orgasmo vaginal.
Yo:	Estamos a punto de hacer un examen de Historia.
Polly:	Solo quería que lo supieras. Tardó siglos en funcionar y por ahora solo ha pasado una vez, pero bueno…
Yo:	Estamos a punto de hacer un examen de Historia.
Polly:	Ya, lo sé. Es genial. Te quiero.

Luego me ha guiñado un ojo y ha salido como flotando del baño hacia el pasillo.

Sé que es culpa mía, pero:
¡Oh!
¡Dios!
¡Mío!

De camino a casa, le he escrito a Emma:

a) porque, de manera subconsciente, sé que he perdido a Polly para siempre y, por tanto, del modo más patético posible, debería aferrarme a las otras personas que siguen en mi vida,

b) y porque soy tonta.

Le he dicho: *¿Estás estudiando o te apetece venir a ver a Richard?* Y ella: *Iré a las cinco.*

Y como mi cerebro seguía dormido después de la siesta que me he echado en el autobús, le he preguntado si quería quedarse a cenar y ha dicho que sí.

Así que le he tenido que preguntar a Kate si le parecía bien, y me ha dicho que no fuera tonta y que Emma puede venir a casa siempre que quiera, pero que no debía quedarse mucho rato por los exámenes de mañana (Lengua Inglesa 1, Geografía 2).

Cuando he abierto la puerta, Emma se ha puesto en plan: «Vengo a visitar a Richard». Y yo: «Sígame, señora».

Emma ha jugado un poco con él y luego el gato se ha quedado dormido encima de ella. Le he dicho que no se moviera y he ido a la cocina a ayudar a Kate con la cena.

Yo:	No puedes vender a Richard. Emma le salvó la vida y debería quedárselo.
Kate:	…
Yo:	Se piensa que es su madre. La quiere.
Kate:	¿Ah, sí?
Yo:	(mientras rallaba queso) ¿Por qué lo dices con ese tono?
Kate:	¿Con qué tono?

Yo:	Como si me lo estuviera inventando.
Kate:	Phoebe. Respira hondo.
Yo:	(respiro hondo) …
Kate:	Otra vez.
Yo:	(respiro hondo otra vez) …
Kate:	(susurrando) Creo que *tú* quieres a Emma.
Yo:	(sin respirar) …
Kate:	…
Yo:	…
Kate:	(sin dejar de susurrar) Vale, bien, cambiemos de tema. No puedo darle un gato así como así. A su madre le dará algo. La mujer tiene fobia a los gérmenes y no la culpo.
Yo:	(susurrando, pero casi gritando) Yo no quiero a Emma.
Kate:	(imitando mi tono) Estoy hablando del gato.
Yo:	¿Y qué pasa si la quiero?
Kate:	Nada.
Yo:	No volveré a hablarte si dices algo.
Kate:	(finge que se cierra la boca con una llave invisible y luego la lanza por encima del hombro) …

Cuando he acompañado a Emma a casa después de cenar, estábamos muy raras. O sea, no sabía qué decirle e incluso tenía que pensar en cómo andar. Al llegar, he perdido hasta la capacidad de habla, así que me he quedado allí plantada como una extraña en mi propia vida.

Emma:	(se mira los zapatos y luego me observa con una sonrisa, pero quizá se esté riendo de mí) Buenas noches. Y suerte mañana.
Yo:	¿Qué pasa mañana?
Emma:	(se ríe y esta vez sí que es para burlarse de mí) Los CGES.
Yo:	Ah, ya. Vale. Bien… Casi me había olvidado. Buenas noches.

Si pudiera morir de vergüenza, ya estaría muerta.

MARTES, 5 DE JUNIO   #ElFactorAmor

Estoy agotada.

Después de lo de ayer no he dormido muy bien y esta mañana todo el mundo me ha estresado haciendo preguntas estúpidas hasta el último momento. Así que, cuando me he sentado a hacer el examen de Inglés, no recordaba ni cómo se escribía mi propio nombre.

En otro orden de cosas, la persona de la organización benéfica vendrá este viernes por la noche a la tienda para darnos el premio.

También viene alguien de la *Gaceta de Wimbledon* y Kate quiere que vayamos todos para salir en la foto y concienciar a la gente.

Ojalá el curso escolar se diera prisa y se acabara de una vez, porque estoy harta de todos y de todo: CGES, Polly, Tristan, los gatitos, la tienda benéfica, Emma.

Creo que no soporto las emociones intensas.

Cuando Polly se coló por Tristan, ella lo aceptó. Le encantaba estar enamorada y le encantaba cómo el amor la consumía.

Pero yo no soy así. Es como si hubiera caído en arenas movedizas y no pudiera moverme. Me hundo y no puedo respirar y lo odio.

Enamorarse es ridículo y provoca que la gente haga cosas ridículas.

Mira a Romeo y Julieta: ridículo.

MIÉRCOLES, 6 DE JUNIO   #MiércolesSinExámenes

Hoy la gente lista (como Emma) que eligió español en vez de francés ha hecho ese examen, por lo que yo tenía el día libre.

He estado todo el día repasando mates y lo raro es que me ha relajado. Agradezco que haya una estructura. Todo tiene sentido, solo existe una respuesta correcta y mis pensamientos no se desvían tanto cuando estoy mirando números.

Mamá ha enviado un correo diciendo que sí que estará de vuelta para mi cumpleaños y que deberíamos dar una gran fiesta en el jardín e invitar a todos mis «nuevos» amigos. Y a James.

Me pregunto si alguna vez se echará novio.

A lo mejor no quiere.

O a lo mejor ya lo tiene. A lo mejor es como mi padre: israelí, gracioso y guapo.

JUEVES, 7 DE JUNIO #MATES

Hoy he hecho Matemáticas 2 y he fingido que era el examen de admisión para el Programa de Exploración de Marte para la NASA.

Creo que me ha ido muy bien.

He acabado antes que nadie y he pensado: *Mmm, ¿debería repasar el examen un millón de veces aunque sé que son las respuestas correctas o debería entregarlo?*

Así que lo he entregado.

Después, Miriam Patel ha dicho que no ha sido para tanto.

Qué dramática que es.

Emma me ha escrito para preguntar si voy mañana por la noche a la cosa esa y le he dicho que sí, y ella ha respondido que genial, porque Alex también va. Hemos quedado los tres para ir antes a Sprinkles y ahora tengo medio cerebro pensando: *Recuerda la lista, Phoebe.* Pero la otra mitad estaba en plan: *¿Lista? ¿Qué lista?*

P. D.: Mañana tengo el examen de Lengua Inglesa 2 e Historia 2.

Y quiero pasarme una semana durmiendo. Me duele todo el cuerpo. Y, hablando de dolores, ahora el moratón parece un chupetón.

VIERNES, 8 DE JUNIO #YELGANADORES...

Hoy ha hecho mucho calor.

Me estaba derritiendo durante el examen de Inglés y, aunque en la hora de la comida han abierto todas las puertas y las ventanas para airear el aula, por la tarde era un horno y solo podía pensar en el futuro y no en historia y las ganas que tenía de salir viva de esa habitación. La judía que hay en mí no dejaba de refunfuñar: *Oy, vey!*

Después he vuelto corriendo a casa porque quería ducharme antes de reunirme con Emma y con Alex. Tras media hora probándome todo tipo de ropa, he acabado con los vaqueros negros de siempre y, al llegar a Sprinkles, sudaba de nuevo.

Leí en algún sitio que sabes lo que sientes por una persona cuando la ves después de un periodo prolongado de ausencia.

Cuando Emma y yo nos hemos visto en la puerta de Sprinkles, habían pasado noventa y tres horas desde que la había visto por última vez. No es un periodo muy prolongado, pero no podía dejar de mirarla y tardé, no sé, cinco minutos en poder formular una frase completa. Lo que significa que no me gusta solo de la forma que me gusta la tarta y que puedo, por tanto, aceptarlo o no, pero la cuestión es que estoy perdidamente enamorada de ella.

Yo:	Hola.
Emma:	Hola. ¿Cómo estás?
Yo:	Bien.
Emma:	(sonríe) …
Yo:	(seguramente sin sonreír) …
Emma:	(sonriendo más) …
Yo:	(aún sin sonreír) …
Emma:	¿Qué tal te ha ido hoy?
Yo:	Ha sido horrible.
Emma:	Ya ves. Qué calor.

Yo:	Si suspendo, no pienso repetir ningún examen.
Emma:	(asintiendo) Creo que todos pensamos lo mismo.
Yo:	No lo digo de broma.
Emma:	(sonríe como si le hiciera gracia) ...
Yo:	...
Emma:	¿Sabes algo de Alex?
Yo:	No.
Emma:	Él no tenía exámenes y llega tarde. Qué divo.
Yo:	Ya te digo.

Cuando al fin conseguí apartar los ojos de la cara de Emma, me di cuenta de que llevaba un vestido muy mono color pastel, zapatillas Vans y el pelo suelto. También se había puesto brillo de labios, de ese que no te cambia el color, sino que los hace parecer más jugosos.

Yo:	Quizá debería haberme esforzado más.
Emma:	¿A qué te refieres?
Yo:	Tengo un aspecto horrible.
Emma:	(riéndose) Para nada. Vas como... tú.

Luego apareció Alex y hasta él se había puesto una camisa de vestir y, aunque hacía un calor espantoso, llevaba un abrigo elegante. Emma y yo nos lo quedamos mirando mientras se acercaba y dije: «Nop, definitivamente tendría que haberme esforzado más». Emma se rio y contestó: «Pues ponte algo de la tienda». Y yo: «No me vaciles».

Me he pedido un helado de mantequilla de cacahuete, y tanto azúcar y proteína me han dejado aturdida. Nos hemos sentado en uno de los reservados, yo junto a Emma y Alex delante de las dos, y en mitad de la comida (digo «comida», pero ese helado más bien contenía las calorías de toda una semana), he notado que la pierna de Emma se apoyaba en la mía. En vez de apartarme y cambiar de postura, me he quedado quieta y hasta me he apretado contra ella.

¿Qué me pasa? Esto no ayuda. A lo mejor soy masoquista.

Y lo peor es que creo que Emma ni se ha dado cuenta, porque no ha dicho nada ni me ha mirado de una forma que sugiriera que ese gesto había sido deliberado. Y entonces me he acordado de sus prioridades y he pensado: *Pues claro que no significa nada.*

Por suerte, teníamos que estar en la tienda a las seis y media, así que no he tenido mucho tiempo para pensarlo, aunque sí que lo he hecho. Como un ordenador que hace comprobaciones de fondo mientras tú escribes una redacción.

El resto de la tarde acabó siendo tronchante por la gente mayor.

Pat se había vestido como si viniera la reina de visita. Llevaba una combinación rarísima de blusa y falda, toda floral, y cuando el señor de la organización benéfica le ha estrechado la mano, ella ha hecho una reverencia.

Hemos tenido que hacer como tres trillones de fotos porque Bill no dejaba de contar chistes y nos hacía reír.

Melanie solo sacudía la cabeza en plan: «Cielo santo, Bill. Qué infantil eres».

En un momento dado, Emma me ha centrado más en la foto tirándome de la muñeca y literalmente he caído sobre ella, y luego me ha pasado un brazo por encima del hombro y me he sentido rara en mi propio cuerpo.

Emma y yo nos hemos quedado hasta el final y, mientras Kate cerraba, la hemos esperado en la acera y la he mirado y ella ha sonreído y yo solo podía pensar: *Lo eres todo para mí.*

SÁBADO, 9 DE JUNIO   #SinPalabras

Esta mañana, Kate ha llamado a mi puerta a las siete.

Yo: Mamá ha muerto.

Kate: (sentada en la cama y estirando la mano hacia mi pierna) No, cielo. Tu madre está bien. Pero Melanie sufrió una apoplejía.

Yo: ¿Qué?

Kate: Melanie ha sufrido una apoplejía. Está en el hospital, pero no parece que se vaya a recuperar.

Yo: ¿Qué?

Kate: (mientras me acaricia la pierna) Pat acaba de llamar para decir que está en el hospital con ellos dos.

Yo: Vale.

Kate: Dice que no pinta bien.

Yo: ¿Qué quieres decir?

Kate: Que seguramente no sobreviva.

Yo: Pero ayer estaba bien.

Kate:	Lo sé, cielo, pero una apoplejía puede ocurrir de repente y de forma muy inesperada. Lo importante es llegar al hospital lo antes posible para salvar todo lo que se pueda del cerebro. Bill no se dio cuenta de que algo iba mal hasta que la ha encontrado esta mañana en la cama y no podía levantarse.
Yo:	¿Y ahora?
Kate:	Ahora voy a ir a la tienda a poner un cartel de que hoy permanecerá cerrada y luego voy a ir al hospital. ¿Puedes escribirle a Emma para decirle que no vaya a trabajar?
Yo:	Claro.
Kate:	¿Quieres venir al hospital conmigo?
Yo:	Creo que no me gustan los hospitales.
Kate:	Lo entiendo. Son una caca. ¿Quieres que te escriba con cualquier novedad?
Yo:	(asintiendo) ...

Me he quedado en la cama y he esperado a que la puerta principal se cerrara y luego, en vez de escribir a Emma, la he llamado.

Emma:	(responde enseguida) Hola, Phoebe.
Yo:	Melanie ha sufrido una apoplejía.
Emma:	¿Qué?
Yo:	Lo sé.
Emma:	Dios mío.

Yo:	Está en el hospital de Kingston. Kate ha ido para allá y Pat también. Dicen que no creen que sobreviva.
Emma:	Dios mío.
Yo:	Lo sé.
Emma:	¿Vas a ir tú?
Yo:	No me gustan los hospitales.
Emma:	Creo que a nadie le gustan.
Yo:	Podríamos ir en autobús.

Cuando nos hemos encontrado en la parada de autobús, Emma me ha abrazado y no ha sido raro. Es curioso lo que las malas noticias hacen a la gente. En el bus hemos hablado sobre Bill y Melanie y lo mucho que molan.

Le he escrito a Kate para decirle que íbamos de camino y nos ha recogido en la entrada.

Cuando era pequeña, tuve que ir a Urgencias una vez porque me caí de espaldas desde una mecedora, me abrí la cabeza y tuvieron que ponerme puntos. Lo raro es que no recuerdo quién me trajo, si mamá o Kate, pero sí me acuerdo de haber sentido miedo porque las luces brillaban demasiado y nada me reconfortaba.

En el ascensor, vi que Emma temblaba, como si tuviera frío, y Kate se ha acercado para abrazarla y le ha frotado los brazos muy rápido para que entrase en calor.

Kate:	¿Es aquí donde Bradley...?
Emma:	No.

Kate:	(la abraza otra vez) ¿Estás bien, cielo?
Emma:	Sí, claro. Gracias.
Kate:	No hace falta que te quedes.
Emma:	Pero quiero quedarme.
Kate:	De acuerdo.

Pat estaba sentada en el pasillo, junto a la habitación de Melanie. Al vernos, ha dicho: «Me alegro de que hayáis venido. Despedirse es importante».

Y yo: «He venido a saludar». Pero solo ha esbozado esa sonrisa horrible como para hacerte saber que lo sabe todo y tú no sabes nada.

Emma ha preguntado enseguida si podía entrar y Pat ha ido a consultar a Bill. Dos segundos más tarde, ha salido de nuevo y ha dicho que se podía.

Emma:	(a mí) ¿Entras conmigo?
Yo:	(niego con la cabeza) …
Emma:	Vale. Les diré que has venido.

Me he sentado delante de Pat con Kate a mi lado.

Kate:	Nunca has visto a nadie así, ¿verdad, Phoebe?
Yo:	¿Así cómo?
Kate:	Cuando alguien se está muriendo.
Yo:	Melanie no está muerta.

Kate:	(me agarra de la mano y me mira a los ojos) No. Pero se está muriendo. No sabemos cuánto daño ha sufrido su cerebro, pero no está consciente y le fallan los riñones. Si Bill decide no ponerla en respiración asistida cuando llegue el momento, seguramente muera hoy o puede que mañana.
Yo:	¿Cómo lo sabes? No puedes saberlo.
Kate:	(respira hondo y exhala despacio) Lo siento, Phoebe. Pero lo sé.
Yo:	Podría recuperarse.
Kate:	El cerebro es un órgano muy complejo. Cuando muere tanto como le ha pasado a Melanie, es muy improbable que la persona se recupere. No del todo, no de verdad.

Me quedé allí sentada como un millón de minutos y luego se abrió la puerta y salió Emma. Pensé que debía tranquilizarme, porque si alguien tenía motivos para sentirse mal por esa situación, era Emma. Bueno, y Pat. Y Kate, supongo.

Kate:	¿Estás bien, Emma?
Emma:	(asintiendo) No siente dolor.
Kate:	No lo siente, no.
Yo:	¿Cómo lo sabes? Solo porque no diga nada, no significa que no le duela. Podría estar gritando por dentro.

A Pat casi se le salieron los ojos de las órbitas y seguro que habría dicho algo si Kate no se le hubiera adelantado.

Kate: No, Phoebe, lo sabemos, ¿vale? Te estoy diciendo
            que Melanie no siente nada de dolor ahora mismo.
            Y si insistes en decir la despiadada verdad, yo
            también lo haré.

Yo: Por favor y gracias.

Kate: No se trata de Melanie. Ella ya no está con
            nosotras. Seguramente no reconozca a Bill ni a Pat
            ni a Emma ni a nadie. Ahora debemos centrarnos
            en nosotras. En si queremos acompañar a su
            cuerpo mientras deja de funcionar. ¿Lo entiendes?
            La Melanie que conocíamos ya no está.

Al final del discurso, Pat sollozaba y Emma lloraba, pero sin hacer ruido. Como si las lágrimas le fluyeran de los ojos mientras ella seguía con su vida.

Musité algo sobre que no quería quedarme, me levanté y me fui.

Salí del estéril hospital a la calurosa tarde de junio y me quedé en el aparcamiento durante un minuto. No recuerdo cómo llegué allí.

Le envié un mensaje a Kate para decirle que volvería a casa en autobús y, al llegar, lo único en lo que podía pensar era en que debía repasar para la gran fanfarria de ciencias de la semana que viene, pero no lo hice.

Ni siquiera subí a mi cuarto.

Me quedé jugando con los gatitos de marca y con los otros en el salón, hasta que se aburrieron y fueron a buscar a sus madres. Entonces me acosté en el suelo y me quedé mirando el techo.

James ha llegado cerca del mediodía y me ha dicho: «Eh, Phoebe… ¿Qué pasa? ¿Dónde está Kate? No responde al teléfono».

Yo: Melanie está en el hospital muriéndose, pero yo me he ido.

James: Perdona, ¿qué?

Yo: Melanie ha sufrido una apoplejía y todo el mundo está en el hospital, pero Kate ha dicho que ya es como si estuviera muerta, así que me he marchado porque ¿qué sentido tenía quedarse?

James: (me mira como si no hablara su idioma) Eso es mucha información sobre muchas cosas en una única frase.

Yo: Mantente al día.

James: Voy a intentar llamar a Kate otra vez.

Le he pasado mi teléfono, porque sé que a mí me respondería, y James ha desaparecido en el piso de arriba.

Diez minutos más tarde, ha bajado de nuevo y ha dicho: «Voy a pedir un Uber para ir al hospital. ¿Quieres venir?».

Yo: No.

James: Bill ha firmado un formulario para que no reanimen a Melanie. Así que… Bueno, ya sabes lo que eso significa.

Yo: …

James: …

Yo:	Imagina tener que hacer algo así.
James:	No puedo, la verdad.
Yo:	Imagina que tienes que firmarlo para Kate.
James:	No podría. Pero, si yo estuviera en el lugar de Melanie, me gustaría que lo hiciera. Menuda rayada, ¿no?
Yo:	Ya ves. Y Emma está allí como si fuera lo más normal del mundo.
James:	(pensativo) Supongo que lo es. La muerte forma parte de la vida, ¿verdad?
Yo:	Me da miedo.
James:	A mí también.
Yo:	¿Sabes lo de su hermano?
James:	(asintiendo) Sí... Me dijo que le recordaba a él. Los dos íbamos a remo en el instituto.
Yo:	(sintiéndome como una idiota) ...
James:	¿Seguro que no quieres venir?
Yo:	(me levanto del suelo después de, no sé, tres horas) Primero voy a buscar agua y sudaderas para todo el mundo. Por si no... ya sabes... muere... pronto.
James:	Te espero en la entrada.

Cuando llegamos al hospital, habían trasladado a Melanie a otra habitación, cerca de la sala de operaciones, porque es donante de órganos. El equipo de trasplantes estaba esperando a que dejara de respirar y muriera para quitarle las partes buenas enseguida y salvar así a otra gente enferma.

Era todo tan triste que parecía ridículo.

James abrazó a Kate y yo me senté junto a Emma.

Emma:	¿Estás bien?
Yo:	La verdad es que no.
Emma:	(asiente) ...
Yo:	¿Y tú?
Emma:	La verdad es que no.
Yo:	...

Nos quedamos allí sentados sin hablar durante una eternidad. Pat entró en la habitación para estar con Bill y el resto nos quedamos en las sillas incómodas.

Kate y James fueron a la cafetería a por bocadillos para todo el mundo, pero nadie tenía hambre.

Emma se comió la mitad del suyo y me pasó la otra mitad, y solo comí porque lo tenía delante.

Kate se acercó y se arrodilló frente a Emma para decirle: «¿Estás bien aquí? Nadie pensaría mal de ti si te marcharas a casa».

Y Emma: «Estoy bien y quiero estar aquí. A mis padres les parece guay». Y Kate: «Vale, pero si cambias de idea, dímelo, ¿eh? James o yo te podemos llevar a casa».

Y Emma: «Gracias».

Cada media hora entraba una enfermera para comprobar el estado de Melanie, aunque tampoco era que la mirasen a ella, sino a sus órganos.

Emma y yo fuimos a dar un paseo porque me estaba congelando y poniendo de los nervios de estar allí sentada. Fuimos hasta la entrada del parque Richmond sin decir nada y luego dimos la vuelta para regresar.

Emma: ¿Estás pensando en Melanie?

Yo: No.

Emma: ¿En qué estás pensando?

Yo: En Bradley.

Emma: Yo también.

Yo: ¿Estaba en el hospital cuando murió?

Emma: (asiente) …

Yo: …

Emma: Yo estaba con él.

Yo: …

Emma: …

Yo: ¿Cómo supiste qué debías hacer? Cuando estaba muriendo, quiero decir.

Emma: (se encoge de hombros) No lo sabía, la verdad. No dejaba de acariciarle el brazo y de decirle que le quería.

Yo: …

Emma: Pero de una forma muy tonta, en plan: te quiero más que a una pizza del Domino's. Te quiero más que a la Navidad. Te quiero más que, no sé, a la vida misma.

Yo   Odio que tuvieras que hacer algo así.

Emma: Yo odio que esté muerto.

Yo: …

Emma: A mi madre se le fue la olla cuando supimos que se iba
           a morir. Quería probar medicamentos nuevos, pedir
           otras opiniones, ir a otro hospital. No podía aceptarlo.
           Supongo que me mantuve tan tranquila porque no
           dejaba de pensar en lo que a mí me gustaría que
           hicieran si fuera yo la que estuviera a punto de morir. O
           sea, me habría gustado que alguien apoyara a mis
           padres.

Yo: Ya veo.

Emma: Sé que a Melanie le gustaría que alguien estuviera con
           Bill para que no tenga que sentir que debe tomar
           todas las decisiones imposibles él solo.

Yo: Exacto.

Emma: Lo peor es el vacío de después. Es como si alguien te
           hubiera arrancado el corazón de verdad y no puedes
           respirar ni pensar y solo sabes que estás tumbada en el
           suelo, babeando.

Yo: ...

Emma: Aún sueño con él, ¿sabes? Que está vivo, pero, como
           sé que va a morir, no quiero verle, porque pienso: *No,
           te vi morir, no lo hagas otra vez*. Y, cuando me
           despierto, me alegro de que se haya acabado.

No supe qué decir, así que le tomé la mano y le besé el dorso,
como Kate hace a veces conmigo.

Y Emma: «Estás muy rara». Y le repliqué: «Vete a cagar, que
esta no soy yo siendo rara. Llevo siglos con ganas de besarte la
mano».

Se rio, y eso que no era mentira.

Yo:	¿Tengo que entrar a ver a Melanie?
Emma:	No, claro que no. Es lo que ha dicho Kate: ahora lo importante somos nosotras.
Yo:	Es que no quiero verla así.
Emma:	Y no pasa nada.
Yo:	¿Estás segura? Porque no quiero que nadie piense que soy una persona horrible.
Emma:	Creo que nadie lo pensará.
Yo:	Pat, sí.
Emma:	Ella ya piensa que eres horrible.
Yo:	…
Emma:	(riéndose) Te quiero.
Yo:	Vete a la porra.

Cuando volvimos al hospital, no había cambios.

Bill salió un momento y le abracé. Luego seguimos esperando.

A las ocho trasladaron de nuevo a Melanie porque no había muerto a tiempo de aprovechar sus órganos. Al parecer, el cuerpo llevaba demasiado tiempo sin recibir el oxígeno necesario. Así que la cambiaron al piso de arriba, a una habitación más bonita con menos máquinas.

No miré cuando pasó a mi lado.

A las nueve, James nos ha traído a Emma y a mí a casa, aunque mañana no tenemos insti.

Ahora solo estoy esperando a que me digan algo.

No puedo dormir.

No quiero dormir.

Pensar que una persona se halla en proceso de abandonar esta vida es muy complicado.

Creo que quiero a Emma.

DOMINGO, 10 DE JUNIO #MUERTE

04:24

Melanie ha muerto.

Kate acaba de llamar. Va a quedarse a ayudar con cosas del hospital y luego Pat y ella llevarán a Bill a casa.

Aún no me lo puedo creer.

Melanie estaba bien.

Mañana su foto saldrá en la *Gaceta de Wimbledon*.

21:15

Kate ha llegado a casa por fin a las nueve y se ha ido directa a la cama.

James ha venido de visita durante unas horas, pero luego se ha marchado a trabajar a las cuatro, así que he preparado la cena y he despertado a Kate a las seis.

Ha dicho que es muy difícil cuando dos personas mayores llevan tanto tiempo juntas y uno de ellos muere, porque el otro es codependiente. Ha dicho que espera que Bill no muera de lástima.

Menuda decepción se llevaría Melanie si eso pasara. ¿O quizá se sentiría honrada?

LUNES, 11 DE JUNIO   #LOSMUERTOS

Esta mañana tenía el examen de Biología 2 y por la tarde Geografía 3.

Después de ayer, no sé ni cómo lo he hecho, la verdad.

En la comida, le he contado a Polly lo de Melanie y ha dicho: «Lo siento mucho. No me puedo creer que estuvieras allí con ella». Y luego, de camino a Geografía 3, me ha tomado de la mano a mí, no a Tristan.

Es la mejor.

El entierro de Melanie es el viernes.

Qué raro resulta pensar que su cuerpo está en alguna parte, muerto y frío hasta entonces.

Me pregunto cuánta gente muerta habrá por ahí esperando a que la entierren o la incineren.

Nunca he asistido a un funeral y no sé si quiero ir. Será muy triste y horrible y el ataúd con Melanie estará en la iglesia/sala.

P. D.: La foto en la *Gaceta de Wimbledon* es graciosísima. La semana que viene saldrá el obituario de Melanie.

P. P. D.: He intentado buscar en Google *¿Cuántas personas muertas y sin enterrar hay ahora en la Tierra?*, pero no lo sabe y eso es desconcertante, porque Google lo sabe todo.

Supongo que siempre podría calcularlo si miro cuánta gente murió el año pasado y divido ese número entre los días que tiene el año y luego extraigo una cifra aproximada, pero estoy demasiado cansada.

23.43

Hay cerca de 151.506,85 personas muertas, sin enterrar ni cremar, en el planeta ahora mismo. Y Melanie es una de ellas.

Buenas noches.

MARTES, 12 DE JUNIO   #MATES3

Esta noche he tenido sueños inquietos en los que llegaba al examen de Matemáticas 3 sin una calculadora, a pesar de haber llenado la casa de notitas para recordar que debía llevarla conmigo.

El examen ha ido bien.

Polly (que volvía a llevar el chocho lleno de fórmulas) me ha sonreído como una idiota y le he dicho: «¿Ha ido bien?», pero solo se ha puesto en plan: «Se acabó, Phoebe. Eso es lo único que importa. Adiós a la nube negra, adiós al peso sobre mis hombros… Oh, estoy hecha toda una poeta».

Nunca debería haberle dicho lo de alzar la pelvis, porque, en serio, está más enamorada (es decir, loca) que nunca.

Sin embargo, me ha preguntado por Melanie para saber qué tal me iba y me he encogido de hombros, porque a veces las cosas son como son y es una mierda. Así que me ha dado un palito de KitKat y me ha dicho que me quiere.

Estoy triste por la muerte de Melanie, pero sobre todo estoy triste porque Bill está triste.

Esta mañana estaba muy motivada, en plan: *Vale, saber muchas cosas de química y de cosas relacionadas con ella será vital para explorar el espacio exterior.*

Anoche solo quería que mi cerebro sacara una foto mental de la tabla periódica, pero no ocurrió ni se desarrolló, y da igual, porque no me habría servido para nada.

El examen ha ido bien y esta noche viene Bill a cenar.

No lo he visto desde el hospital.

Parece que Pat se encarga ahora de su vida y eso es genial, porque hay que hacer cosas muy ridículas, como certificados de defunción, cancelar tarjetas de crédito, seguros, etc.

Es un asco tener que lidiar con toda esa mierda cuando lo único que quieres es enroscarte en una bolita y llorar.

Una de las gatas de marca blanca quiere mucho a Bill. Cuando ha venido, se ha pasado un siglo lamiéndole los zapatos, luego ha subido por sus pantalones de pana y se ha quedado frita en su regazo.

P. D.: He llegado a la conclusión de que el apego emocional no es algo bueno.

Entiendo que, a lo largo de la historia de la evolución, a los seres humanos les iba mejor en grupos, por lo que establecer vínculos emocionales tenía sentido, pero ya no somos cazadores-recolectores.

No quiero ser nunca como Bill o como Emma, tan tristes y con el corazón hecho pedazos.

P. P. D.: Mañana no tengo ningún examen, así que voy a dormir hasta que desaparezca el cansancio. Emma tiene uno de español.

JUEVES, 14 DE JUNIO #PolvoEresYEnPolvoTeConvertirás

Para un día que puedo dormir hasta tarde, va y me despierto a las siete.

Así es la vida.

Por la mañana he repasado para Física 2 y por la tarde he ido a la tienda benéfica.

Era raro saber que una persona faltará para siempre.

Emma ha venido después de su examen. No esperaba verla y ha estado bien. Ahora me abraza cada vez que me ve y me pregunto si hará lo mismo cuando dejemos de estar tristes por Melanie.

Alex, como siempre, tenía todas las respuestas a las grandes preguntas de la vida y ha dicho que venimos del polvo, nos convertimos en polvo y hasta la Tierra se desmenuzará en polvo algún día.

No he querido decirle que primero arderá cuando el Sol se convierta en una supernova, sobre todo porque van a incinerar a Melanie.

Aunque supongo que tiene razón.

Kate me recogerá mañana después del examen y luego iremos a por Emma. El entierro es a las dos y media.

No quiero ir.

P. D.: El dolor de estómago ha vuelto.

Seguro que es psicosomático.

VIERNES, 15 DE JUNIO #Entierros

Emma y yo nos hemos dado la mano hoy.

En el entierro.

Lo que significa que no sé lo que significa.

Antes de entrar en la capilla del crematorio, le dije: «No quiero entrar», pero ella replicó: «Phoebe, a diferencia de lo que pasaba en el hospital, ahora esto no va sobre ti, sino sobre Bill. Así que tranquilízate. Y siento si es duro».

Así que me senté en un banco y no dejaba de pensar: *No vomites, no vomites, no vomites,* porque tenía muchas náuseas.

Me había sentado junto a una pared en la tercera fila, con Emma a mi izquierda, seguida de Kate, James, el padre de Alex, Alex, la madre de Alex y Pat.

Temblaba y el estómago me dolía una barbaridad. Miré a Emma y vi que lloraba de nuevo, aunque la misa aún no había empezado, y me dieron ganas de llorar también porque estaba muy triste.

Bill iba muy elegante en un traje de tres piezas y nos dirigió un gesto con la cabeza al vernos. Había un millón de personas y el lugar estaba a rebosar. En un momento dado, me giré y vi que había gente de pie en la parte de atrás y en el pasillo porque no había sitio para sentarse.

Yo: (susurrándole a Emma) Creo que voy a vomitar.

                  ¿Qué pasa si quiero vomitar y no puedo salir?

                  ¿Vomito encima de toda esa gente?

Emma: (abre su bolso y me lo acerca) ...

Yo: Ni hablar.

Emma: No vas a vomitar, pero sí. Por si acaso.

Yo: Gracias.

Y luego me agarró de la mano y entrelazamos los dedos y me la besó como yo se la había besado el día en que murió Melanie.

Me di cuenta de que Kate lo había visto, pero no dijo nada.

El funeral no duró más de media hora.

Como no había ido a ninguno, no sé cuán bueno fue, pero me pareció bonito.

La parte horrible llegó al final, cuando transportaron el ataúd en una cinta y sonó *Fly Me to the Moon* y quien no estaba llorando se echó a llorar entonces mientras veíamos cómo Melanie salía de la sala. Luego la cortina se cerró detrás de ella y la persona que narraba el entierro dijo algo tipo: «Bueno, gente... se acabó el espectáculo». Así que no nos dejaron quedarnos a digerir lo que acababa de pasar, porque los del siguiente funeral ya estaban esperando para entrar.

No puedo superar el hecho de que toda la vida de Melanie se haya resumido en menos de media hora.

Imagínatelo: vives ochenta y seis años, mueres y un desconocido narra los aspectos más destacados antes de que eche con amabilidad y firmeza a tus amigos de la capilla porque tiene que hacer lo mismo sobre otra persona muerta que no conocía hasta cinco minutos antes.

Y sin ganas de ser graciosa, diré que el desapego emocional es el mejor superpoder de nuestra era.

Después del entierro, hemos ido al club náutico de Bill, donde hemos tomado canapés y bebidas de marca y Bill ha dicho: «Gracias a todos por haber venido».

La semana pasada estaba dando un gran discurso sobre el póster de *Star Wars*.

SÁBADO, 16 DE JUNIO

Sé que Pat es la persona más horrible que ha vivido sobre la faz de la Tierra, pero resulta que las crisis se le dan bien.

Ahora vive prácticamente en casa de Bill, porque él sigue conmocionado y no puede levantarse de la cama por las mañanas.

Según Kate, Pat lo ha amenazado muchas veces con enviarlo a un asilo, lo cual es un poco duro si tenemos en cuenta que Melanie solo lleva muerta una semana, pero la verdad es que también me hace gracia.

P. D.: Me he dado cuenta justo ahora de que los CGES casi han terminado. Lo único que me queda es Mates 1 y 2 y sanseacabó. ¿Cómo ha pasado?

P. P. D.: Polly tiene el CGES de Danza el martes. No entiendo cómo puedes dar una nota académica en danza, pero mucha suerte para todo el mundo. Je.

DOMINGO, 17 DE JUNIO #PlaceresViolentos

Esta tarde, Emma y yo nos hemos echado una siesta juntas por accidente y ha sido lo mejor del mundo mundial.

Ella ya no tiene más exámenes, así que ha decidido venir a comer así de repente y hemos preparado sándwiches de queso y té. Emma ha jugado con Richard y después le he preguntado: «¿Qué quieres hacer?». Y ha dicho que no quería hacer nada porque estaba muy cansada, así que he sugerido: «Vale, pues veamos basura en la tele».

Hemos puesto episodios antiguos de *Love Island* y ni cinco minutos más tarde, Emma ha dicho: «Qué redundante es esta gente».

Pensé que era una palabra genial y lo siguiente que recuerdo es que me estaba despertando con las piernas desnudas de Emma encima. Ella estaba dormida y he pensado: *Esto es agradable.* Así que me he dormido de nuevo.

Solo nos hemos despertado cuando Kate y James han vuelto de su *brunch* romántico (¡puaj!) y Kate ha exclamado: «¡Phoebe! ¡Emma!».

Sentía como si me hubieran pillado con las manos en la masa, pero creo que no lo dijo en ese plan, porque me estaba sonriendo. Y he pensado: *Si sueltas algo bochornoso, me voy para siempre.*

Los padres de Emma la esperaban para cenar y no podía quedarse, así que la he acompañado a su casa a las cinco.

Justo antes de llegar, me ha tomado la mano de nuevo y he permitido que la sostuviera, aunque cinco segundos después me estaba sudando una barbaridad y el estómago me daba unas vueltas terribles y pensé: *Acuérdate de la lista.* Y luego me he olvidado de respirar como una persona normal y me he mareado hasta el punto de que casi me desmayo.

Al despedirnos, me ha abrazado y, aunque ahora lo hacemos mucho, sigo sin saber qué hacer con mis brazos. Y es ridículo, porque cuando abrazo a Polly ni siquiera me paro a pensarlo.

Me estaba preguntando si la estaba abrazando con torpeza cuando Emma se ha apartado y de repente me ha rozado un lado de la cara con la nariz y he retrocedido sin querer.

Emma me ha sonreído, pero ponía cara de estar descifrando un sudoku complicado.

Y yo tendría pinta de estar como pez fuera del agua, toda nerviosa y con los ojos como platos y la boca como si buscara oxígeno.

Es raro cuánto puede pasar en un segundo.

22:21

Si Emma me hubiera besado, creo que le habría devuelto el beso, aunque no tengo ni idea de cómo besar a alguien como ella.

22.50

¿A quién pretendo engañar? No sé cómo besar *a nadie*, pero siempre me ha dado igual, porque no era importante.

Me pregunto si Emma está sintiendo lo mismo que siento yo, porque hay momentos en los que pienso que es imposible que sea la única que esté perdiendo la cabeza por algo así.

En *Romeo y Julieta* es muy diferente porque se besan antes de conocerse y eso vuelve su relación menos complicada de lo que la gente quiere admitir, pero así también el final es más doloroso.

P. D.: Voy a tener que rescatar esa lista si no quiero volverme ¡LOCA!

P. P. D.: «Esos violentos placeres tienen violentos fines».
—Fray Lorenzo, *Romeo y Julieta*, Segundo Acto, Escena VI.

P. P. P. D.: Hoy he hablado con mamá y me he dado cuenta de que a veces me olvido de su existencia.

LUNES, 18 DE JUNIO   #CerebroCongelado

Polly y yo hemos ido a Starbucks esta tarde porque:

    a) no teníamos instituto
    b) y Tristan iba al dentista.

Polly:	Me parece increíble que los CGES casi hayan acabado.
Yo:	Lo sé. Ha sido horrible y no quiero volver a repetirlo nunca, pero ahora tampoco me parece para tanto.
Polly:	Seguro que ni has repasado.
Yo:	Pues claro que repasé. Pero no tanto como tenía planeado porque ahora mismo no pienso con claridad. Por suerte, siempre presto atención en clase... No como tú, que no dejas de pensar en Tristan.
Polly:	(observa la nada con la mirada perdida) Lo sé. Estoy muy enamorada.
Yo:	Estoy comiendo, por favor.
Polly:	Un día te enamorarás y estarás tan feliz como yo.
Yo:	...

Así que me he pasado el resto de la tarde pensando en que quizá *no* estaba enamorada, porque la verdad es que no estoy feliz. Soy desgraciada. Estoy hecha un desastre. Quizá solo puedas enamorarte cuando la otra persona también se enamora de ti. Lo que ahora mismo podría significar que básicamente soy una de esas fans que acosan a los famosos. Excepto porque la otra persona sabe que existo.

Iría a ver a un psiquiatra, pero no quiero ir por algo tan tonto.

Aún tengo la esperanza de que esto desaparezca, porque Polly se enamoró una vez de Adam Smith y ahora está en plan: «Bah, tampoco era para tanto».

MARTES, 19 DE JUNIO   #OdioALosSeresHumanos

Matemáticas 1 fue bien.

Lo que más odio es la gente que repasa en el último momento en el pasillo o en el baño. Como si fueras a tener una revelación a esas alturas.

Miriam Patel es la peor.

Esto es lo que los CGES me han enseñado: que odio a la gente.

Hoy, durante todo el examen, alguien se estaba sorbiendo los mocos cada treinta segundos en vez de sonarse y acabar de una vez con ello.

Podría haberle pegado un puñetazo.

A lo mejor no soy capaz de embarcarme en una misión espacial. Seguro que tendría la suerte de ir en el mismo cohete que la persona que se sorbía los mocos.

Después del insti, Polly y yo hemos hecho una visita rápida a Starbucks.

Nos hemos sentado fuera y, durante un momento, parecían las vacaciones de verano del año pasado. He respirado hondo y me he dado cuenta de que llevaba meses sin hacerlo.

Polly ha dicho: «A ti te pasa algo».

Le he contado que estoy cansada, pero me ha mirado con los ojos entornados mientras estiraba las piernas después de su agotador examen de danza. Y ha dicho: «Todos estamos cansados...».

No puedo contárselo.

Además, qué más da si le digo: «Por cierto, ¿te acuerdas de Emma?».

¿Qué sentido tiene?

Emma podría estar con cualquiera. ¿Por qué va a querer estar conmigo?

MIÉRCOLES, 20 DE JUNIO   #CómoArreglarLoInarreglable

Tenemos que hacer algo con Bill.

Kate dice que Pat dice que se va a morir de tristeza.

Lo he buscado en Google y, aunque en general parece ser un mito, sí que hay sucesos registrados en los que alguien ha muerto unos minutos o unos días más tarde que su pareja. Es raro pensar que tu cuerpo va a permitir algo así, porque ¿has intentado contener la respiración? El cuerpo lucha por respirar.

Le he escrito a Emma por si ella tenía alguna sugerencia.

Yo: *¿Cómo superaste la muerte de Bradley?*

Emma: *No lo hice.*

Yo: *Lo siento.*

Emma:	*Tranquila.*
Yo:	*¿Cómo sigues adelante?*
Emma:	*Lo hago por mis padres. No quiero que me vean rota.*
	No creo que puedan soportarlo.
Yo:	*Entonces, ¿sigues rota?*
Emma:	*Sí.*
Yo:	*Ojalá fueras feliz.*
Emma:	*Lo soy. Pero también estoy rota. Cuesta mucho ser las dos cosas.*
Yo:	*¿Qué hacemos con Bill?*
Emma:	*No lo sé. Creo que necesita un motivo por el que vivir.*
Yo:	*¿Pat?*
Emma:	*JA.*
Yo:	*Lo digo en serio.*
Emma:	*A lo mejor tenemos que decirle que tiene responsabilidades en la tienda. O sea, las tiene de verdad.*
Yo:	*Cierto. Kate ya se está quejando de que Pat pase tanto tiempo en su casa y nadie haga nada en la tienda.*
Emma:	*Nosotras tampoco hemos estado mucho por allí.*
Yo:	*Ya.*
Emma:	*Tengo que irme. ¿Hablamos mañana?*
Yo:	*Mañana iré a la tienda. Hablamos.*
Emma:	*Un beso.*
Yo:	*Otro para ti.*

Matemáticas 2 ha supuesto el final de mis CGES.

Mucha gente va a ir al parque después, pero yo he pensado: *Lo que necesito es no veros durante una temporada*. Así que he ido a la tienda benéfica como había prometido.

Kate me había comprado un montón de flores para felicitarme por lo bien que lo he hecho estas últimas seis semanas y se ha pasado literalmente cinco minutos besándome la cara mientras me daba un abrazo mortal.

Emma se ha reído.

Como no hemos ayudado nada estos días, decidimos ponernos manos a la obra y celebrar una competición de verdad sobre las donaciones de la semana. Este es el funcionamiento:

En vez de elegir una cosa, cada una va a seleccionar una donación ridícula; nos curraremos la exposición, intentaremos venderla por al menos diez libras y, quien la venda primero, gana. Vamos a jugar todas las semanas hasta que se acabe el curso escolar y quien haya ganado más veces, invitará a la otra a un helado.

Esto implica: nosotras nos lo pasamos bien, la tienda gana más dinero y al final nos comemos un helado.

Además: Alex no tiene permitido ponerse de parte de nadie, sino que debe promocionar las dos donaciones por igual. Obviamente, tenía mucho que decir al respecto, pero le hemos dicho que puede venir a Sprinkles al final. Después de eso se ha quejado menos.

Mi primer candidato es un par de zapatos de bolos que he encontrado en la parte inferior de un montón de zapatos tan feos que no se van a vender nunca.

Son de un rojo brillante, están muy gastados y resbalan una barbaridad. Los he pulido hasta dejarlos ultrabrillantes, les he puesto una etiqueta de *Vintage* y los he expuesto en el escaparate por quince libras. Emma ha encontrado un marco con flores prensadas que ha puesto en la vitrina con un cartel que decía: *Una foto vale más que mil palabras.* Para mí no vale nada, pero veremos.

Los zapatos van a ser los ganadores.

P. D.: Ahora soy libre. No hay más exámenes. Pero empieza la terrible espera hasta los resultados. En serio, el instituto es básicamente una cadena infinita de acontecimientos inevitables diseñados para hacerte sentir mal.

VIERNES, 22 DE JUNIO   #AQUÉHEACCEDIDO

Hoy Polly me ha preguntado: «¿Has estado alguna vez en la piscina de Tooting?».

Yo:	Nunca. ¿Dónde está?
Polly:	En Tooting.
Yo:	Qué graciosa.
Polly:	Lo sé. Por eso eres mi persona favorita.
Yo:	(pensando: tiene razón, *ella* sigue siendo mi persona favorita) ¿Por qué lo dices?
Polly:	Tristan y yo queremos ir el domingo.
Yo:	Pasadlo bien.

Polly:	Y nos preguntábamos si querrías venir.
Yo:	¿Y ver cómo os enrolláis en una piscina? Deja que lo piense... eeeeeeeh. ¡No!
Polly:	No será así.
Yo:	Eso lo dices ahora, pero cuando lo veas con el bañador y con esas piernas flacuchas, te quedarás: ay, debo lamerlas de inmediato.
Polly:	...
Yo:	¿Qué?
Polly:	Eso es lo que piensas de mí, ¿no? Que soy una loca obsesionada con el sexo.
Yo:	...
Polly:	Lo cierto es que me gusta pasar tiempo con Tristan y me gusta pasar tiempo contigo, así que ¿por qué a ese cerebro tan listo que tienes le cuesta tanto procesar que de vez en cuando quiero tener a mis dos personas favoritas en el mismo lugar?
Yo:	...
Polly:	¿Vendrás o no?
Yo:	Iré.
Polly:	Bien. ¡Señor! Eres tan difícil como sacar sangre a una piedra.

P. D.: Le acabo de escribir a Emma para preguntarle si quiere ir a la piscina y ha dicho: *Sí, me encanta nadar.*

Dios mío, yo odio nadar.

Mátame, camión.

Los sábados en la tienda benéfica son muy raros sin Bill y Melanie. Hoy Pat sí que ha venido. Era la primera vez que la veía desde el funeral.

Kate:	Pat, ¿por qué no vas a casa a descansar un poco?
Pat:	Gracias, Kate, pero me gusta mantenerme ocupada.
Kate:	Vale, pero no te olvides de cuidarte. Me parece muy bien que cuides de Bill, pero no podrás ayudar a nadie si acabas sufriendo una crisis nerviosa.

Y luego Emma ha dicho: «¿Creéis que debería preguntarle a Bill si quiere venir a mis reuniones? Sé que Melanie no murió de cáncer, pero ha perdido a alguien igualmente».

Kate:	(se muerde el labio y mira a la nada) La verdad, cielo, no creo que Bill esté listo para eso.
Emma:	Es posible.
Yo:	(al fin) ¿De qué van esas reuniones?
Emma:	De gente que ha perdido a alguien por cáncer.
Yo:	Entiendo.
Emma:	Me gusta ir.
Yo:	Vale.
Emma:	Creo que me mantienen cuerda.

Luego Kate la ha rodeado con un brazo para abrazarla de lado, le ha dado un beso en la cabeza y ha dicho: «Me alegro de que al menos una de nosotras esté cuerda».

20:05

Quiero saber qué pasó después de que Romeo y Julieta murieran. Quiero saber qué pasó con la nodriza y con los padres y con todos los que metieron tanta mierda que acabaron volviendo locos a Romeo y a Julieta.

Pero nadie habla sobre lo que ocurre después de la gran tragedia.

21:10

Ojalá le hubiera preguntado antes a Emma lo de las reuniones. Pensaba que era algo muy secreto, cuando solo va a hablar con gente que ha sufrido el mismo trauma que ella.

DOMINGO, 24 DE JUNIO   #PISCINA

Esta mañana hemos abordado el autobús para ir Tooting. Polly y Tristan ya estaban, yo he subido en Wimbledon y Emma en South Wimbledon.

He tenido que comprar un bañador en Primark porque el único que tenía era de quinto de primaria y es de Minnie Mouse.

Nota para mí misma: ten siempre un bañador decente a mano y no lo compres dos minutos antes de subir al autobús.

He acabado con una cosa horrible de un azul brillante que me queda fatal.

¿Por qué soy tan torpe?

Más motivos por los que la misión a Marte es perfecta:

- Tienes tu propio traje espacial.
- Tienes ropa interior reglamentaria de la NASA.

Emma iba maravillosa con su bikini rojo de cuello halter, pero la verdad es que le queda bien todo.

Emma y Tristan se han caído bien enseguida, cómo no.

¿Qué tiene él que lo hace tan irresistible?

¿Es su dependencia?

¿O el hecho de que aparenta tener doce años?

La verdad es que no habíamos pasado ni diez minutos en el autobús cuando ya se estaban riendo y bromeando como si se conocieran de toda la vida. Y en la piscina han ido a buscar agua y luego helados y en una ocasión hasta han ido al baño juntos.

Polly estaba en plan: «Qué guay, es como una cita doble». Y, en cuanto lo ha dicho, ha sido como si lo oyera de verdad por primera vez y luego me ha mirado con los ojos entornados y ha preguntado: «¿Phoebe?». Pero la he mandado a la mierda.

Hemos nadado un par de veces, pero a mí no me ha acabado de gustar, sobre todo porque el agua de la piscina estaba helada, aunque tampoco es que se me dé bien nadar. Todo el mundo hacía largos de verdad y a mí me costaba mantenerme a flote.

Pero, como hacía calor y lo estábamos pasando bien, nos hemos quedado hasta el punto de que íbamos a volver tarde a casa.

Emma ha sido la primera en bajarse del autobús y no dejaba de dar saltitos y de despedirnos con la mano, y eso que no nos estaba mirando. A Polly le ha hecho tanta gracia que hasta lloraba de la risa.

Yo he bajado después y, al llegar a casa, Kate me ha preguntado: «¿Alguna novedad?». Y le he dicho: «¿Qué tipo de novedad?». Y ella: «No sé. Novedad *novedad*. Ya sabes».

Yo:	¿De qué estás hablando?
Kate:	De novedades.
Yo:	¿Puedes dejar de decir «novedades»?
Kate:	Novedades.
Yo:	Se te va la pinza.

No digo que Kate *no* esté loca, pero desde que está enamorada, se supera.

21:04

Hoy ha sido un día genial y, por algún motivo extraño (seguramente por un golpe de calor), hasta Tristan me ha parecido un poco soportable.

Puede que me vaya bien siendo solo la amiga de Emma.

Puede que sea lo mejor.

Porque las amistades duran.

Creo que Polly y yo volvemos a estar bien de nuevo.

LUNES, 25 DE JUNIO   #HOGARDEFINITIVO

Esta mañana, estaba en plan: ¿qué es la vida?

Odio estar tan cansada por las mañanas y tan despierta por las noches, que es cuando no me siento cansada.

Mañana por la noche viene gente a ver a los gatitos.

Kate ha dicho: «Es hora de que se vayan a sus hogares definitivos».

No es que sea la mayor fan de los gatos, pero será raro estar sin ellos porque, aunque han sido como un grano en el culo, también me lo he pasado en grande.

Mamá me ha enviado un correo largo, porque ayer no hablamos ya que «te lo pasas tan bien con tus amigos que ni te acuerdas de tu pobre madre».

¿Por qué todo tiene que ser sobre ella?

Y lo siento, pero sí: no he pensado mucho en mi madre, porque llevo sin verla cinco meses y he estado liada por los CGES, la verdad sobre mi padre y gente muriéndose.

Emma no deja de decir que quiere ser como ella cuando sea mayor.

Pues no, no quieres.

He mentido sobre la disponibilidad de los gatitos de marca (en concreto, sobre la de Richard).

El primer grupo de gente ha venido antes de que Kate volviera de trabajar y les he dejado entrar para enseñarles a los gatitos. Les he dicho: «Esos tres son de pura raza, pero el macho naranja ya está vendido».

Cuando Kate ha llegado, el hombre ha dicho: «Nos llevamos a una de las hembras. Preferiríamos al macho, pero entiendo que ya lo hayan pillado».

Kate me ha mirado con cara de: *Pero ¿qué?*

Yo: Los naranjas son los más populares.

Hombre: Sí que lo son.

Kate: ¿?

Me alegro de que no haya preguntado: «¿Qué dices? Pues claro que se pueden llevar al dichoso gato naranja».

Cuando se han ido, Kate me ha mirado, se ha cruzado de brazos y ha dicho: «Explícate».

Yo: No vendas a Richard, por favor.

Kate: (suspira) Phoebe.

Yo: Por favor. Dáselo a Emma.

Kate: ¿Le has preguntado si quiere al maldito gato?

Yo: No.

Kate: Pues debes tener esa conversación, ¿no crees? Y, ya que estás, deberías hablar con ella sobre lo otro.

Me he enfadado como una imbécil y me he metido en mi cuarto.

¿Qué me pasa?

Esto tiene que parar.

20:43

He buscado en Google *Cómo desenamorarse de alguien*.

Por desgracia, internet no ha sido de ayuda, porque parece que solo puedes plantear esa pregunta cuando mantienes una relación con alguien.

Me sugiere: *Escribir una lista de cosas que no funcionaban en vuestra relación*.

Bueno, no es que las cosas *no* hayan funcionado. Sobre todo porque la persona en cuestión no me ha mirado nunca de esa forma ni lo hará en un siglo.

O sea, es genial que se puedan ver videos en YouTube del tipo: «Todo lo que necesitas saber sobre agujeros negros en veinticinco segundos», pero ¿qué pasa sobre las preguntas que tienen un impacto inmediato en la vida real? En plan: ¿¿¿¿cómo dejo de estar enamorada de alguien????

Seguro que hay una forma y seguro que no puedo ser la única que se lo ha planteado.

P. D.: Emma, Polly y Tristan ahora se siguen en Instagram.

Mi vida se está desmoronando.

MIÉRCOLES, 27 DE JUNIO #TiemposDesesperados

Hoy he vuelto a pensar en la expresión «caer presa del amor» y por fin la entiendo. Caes. Te atrapa. ¡Y bum! Es completamente involuntario, no como un salto en paracaídas (y se llama «salto» y no «caída» por algo).

Al parecer, da igual lo inteligente que seas. Yo lo soy mucho, pero también soy lo más torpe que existe, y creo que me enamoré de Emma del mismo modo que a veces tropiezo con mis propios pies.

Diría que no me queda nada por hacer, solo esperar hasta caer del todo. Y luego puedo lidiar con el impacto, quitarme el polvo de encima y alejarme cojeando con toda la dignidad que pueda.

Como aquella vez que me enfrenté a la ladrona de la tienda.

JUEVES, 28 DE JUNIO #GanarONoGanar

Esto es lo que *no* se hace:

- Tocarla a la menor ocasión.
- Intentar pasar tiempo con ella.
- Dedicar una hora a decidir qué ponerte porque su posible reacción de repente es más importante que tu comodidad.
- Releer *Romeo y Julieta*.
- No dejar de mencionarla.

Lo positivo es que los zapatos de bolos que resbalaban se han vendido, y eso significa que voy ganando 1 a 0.

He preguntado quién los había comprado y, según Kate, ha sido la señora que siempre viene con las gafas de sol puestas y enseguida se queja de que está demasiado oscuro y no puede ver nada.

A lo mejor no vio que eran unos zapatos de bolos.

Espero de verdad que no se caiga y se rompa el tobillo, porque eso sería culpa mía por completo.

Juraría que Kate me observa cuando estoy con Emma.

¿Hay algo más vergonzoso?

Emma y yo hemos pasado de los zapatos y del marco con flores prensadas y esta semana yo apuesto por un chándal verde, rosa y blanco de los años 80 y Emma ha puesto una Biblia mohosa en la vitrina.

Sé que no va a ganar porque no es temporada de biblias.

Empieza el juego de nuevo.

VIERNES, 29 DE MAYO #ConHuevosOSinHuevos

Esta noche, Kate me ha dicho: «Phoebe».

Yo:	Dime.
Kate:	El lunes voy a llevar a todos los gatitos a que les vacunen y les hagan cosas.
Yo:	¿Y?
Kate:	Tienes que decirme qué quieres que haga con Richard.
Yo:	¿Qué quieres decir con eso?

Kate:	Es un macho de pura raza. Podría hacer que alguien ganara mucho dinero.
Yo:	Aún quieres venderlo.
Kate:	Pues claro. Pero... Sé lo que es cuando te sientes blandita por dentro y no puedes renunciar a algo tan bonito, sobre todo cuando la persona a la que quieeeeeeeeeeres lo adora.
Yo:	Yo estoy bien por dentro. Solo creo que Emma debería quedárselo.
Kate:	Lo entiendo, pero ¿has hablado con ella?
Yo:	No.
Kate:	Vale, pues esa es tu misión para mañana, porque tengo que saber si su futura propietaria quiere usarlo. Si no, haré que le corten los huevines el lunes.
Yo:	Eso es horrible.
Kate:	La verdad es que más bien los retuercen.
Yo:	Para.
Kate:	(se encoge de hombros) ...

Le he escrito a Emma enseguida.

Phoebe:	*Si fueras la mamá de Richard, ¿querrías que estuviera en condiciones para hacerte ganar mucho dinero o preferirías que le retorcieran los huevos?*
Emma:	*¿?*

Y al final he pensado que daba igual, porque lo cierto es que no puedo tener una conversación con Emma sobre testículos de gatos.

SÁBADO, 30 DE JUNIO   #SINHUEVOS

Kate dice que va a buscar más voluntarios ahora que nos falta una persona.

Es como si estuviéramos en guerra.

Supongo que, en cierta forma, lo estamos.

Tenemos que trabajar más duro para ganar más dinero para que más científicos puedan investigar y la gente no muera de cáncer.

Es la guerra contra la muerte, lo cual es una tontería, porque todos vamos a morir algún día.

Pero creo que, como no tengo dotes sociales y, por tanto, nunca seré como mamá y papá, esta es la única forma que tengo de ayudar a otras personas y quizás eso le complazca al mundo/al universo/al karma.

Han venido muchos clientes a la tienda en plan: «¿No es terrible lo de Melanie? Pero tuvo una buena vida».

Supongo que esa es otra cosa que nos decimos para sentirnos mejor.

Le he preguntado a Emma en persona sobre los huevos de Richard, porque era menos raro que por mensaje, y ha dicho: «No me gustaría que le retorcieran los huevos... Eso es cruel».

Yo: Pero hay otra cuestión. ¿Y si va por ahí y se tira a
               todas las gatas del vecindario?

Emma:	Supongo que ya hay suficientes gatitos sin hogar.
Yo:	Si conserva los huevos, sería su trabajo tirarse a otras gatas de marca para hacer más gatitos de marca.
Emma:	Mi pobre bebé.
Yo:	Sería como un semental.
Emma:	¿Has visto a dos caballos haciéndolo? El tamaño del pene de un caballo es de otro mundo.
Yo:	...
Emma:	O sea, no lo vi a propósito.
Yo:	...
Emma:	Pues digo que le retuerzan los huevos. Pero ¿por qué me preguntas a mí estas cosas?
Yo:	Por nada.

Dios mío.

El resto son gatas, tanto las de marca como las otras. A las de marca blanca les van a ligar las trompas y a las otras las dejarán intactas porque los nuevos dueños quieren usarlas para criar.

Lo odio.

¿Por qué necesitamos más gatos de marca?

Y aunque, según Kate, intentan evitar la endogamia, tarde o temprano alguna gata tendrá hijos de su propio padre.

De hecho, en la Biblia esto les pasa a los seres humanos desde cuando las hijas de Lot decidieron tener descendencia con su padre. O sea, seguramente no pasó *de verdad*, pero esto podría explicar por qué la gente es tan tonta en la actualidad.

¿Cómo ha llegado julio tan rápido?

He hablado con mamá y estaba en plan: «Solo faltan dos semanas, cariño, para que vuelva a casa».

Eso significa básicamente que dentro de dos semanas:

a) me tendré que mudar de nuevo a mi casa,
b) la vida que llevo desde enero se habrá acabado
c) y tendré dieciséis años como el resto del mundo.

Sé que accedí más o menos a celebrar una fiesta, pero la verdad es que no me apetece, porque tendré que pasarme el día hablando con gente y no podré marcharme cuando me harte, que es lo que hago al cabo de cinco minutos.

O sea, obviamente mamá estará presente y será la estrella del espectáculo como viene siendo habitual, así que quizá nadie se dé cuenta de que he abandonado el barco.

De hecho, sería hasta gracioso. Imagínatelo: todo el mundo está a punto de marcharse y de repente alguien pregunta «¿Dónde está Phoebe? No la he visto en todo el día».

En fin, le he dicho a mamá que pensaré a quién quiero invitar.

Cuando Miriam Patel cumplió dieciséis años, invitó a todo el mundo porque no quería «discriminar».

Dio una fiesta temática sobre los Oscars y sus padres alquilaron uno de los pubs que hay junto al río. Había como trescientas personas y creo que no hablé con ella en toda la tarde/noche.

La cuestión es que, si voy a dar una fiesta, tendré que invitarla porque fui a la suya.

Si invito a Polly, tendré que invitar a Tristan, sobre todo ahora que somos casi mejores amigos después de haber ido a la piscina juntos.

Invitaré a Kate, claro, y puede que a James.

Y quiero invitar a Alex.

Y a Emma.

P. D.: Hay momentos en los que me gustaría no haberla conocido nunca.

LUNES, 2 DE JULIO   #PobreRichard

Como esta tarde Kate tenía que llevar a todos los gatitos al veterinario, Emma y yo hemos accedido a ayudar a Pat en la tienda y a cerrar.

Ir un día de más significa que obviamente no me estoy ciñendo a mi lista para desenamorarme de Emma.

Además, hoy hemos tenido una pelea de broma.

Solo ha pasado porque Emma me ha dado un latigazo con un paño de cocina, así que le he hecho cosquillas en el costado a modo de represalia y ha perdido el equilibrio como uno de esos animales de madera a los que les aprietas un botón en la parte de abajo y se derrumban.

Me estaba riendo tanto que no podía respirar, igual que Emma, y entonces he sacado del montón de donaciones una colcha asquerosa llena de quemaduras de cigarrillo y se la he tirado por encima. Emma ha gritado tan fuerte que Pat ha preguntado: «¿Qué hacéis?».

A esas alturas yo también me estaba preguntando *qué* estaba haciendo.

Era como si se me estuviera derritiendo el cerebro.

P. D.: A Richard le han retorcido hoy los huevos y parece deprimido. ¿Qué he hecho?

MARTES, 3 DE JULIO   #PATÉTICA

Debería escribir a la NASA para preguntar si puedo inscribirme
antes en el programa espacial.
    Imagínatelo:

NASA: ¿Por qué crees que eres la candidata ideal para la
             misión tripulada a Marte?
Yo: Porque estoy enamorada y no quiero estarlo, así
             que tengo que irme de la Tierra.

MIÉRCOLES, 4 DE JULIO   #JesúsMaríayJosé

Al parecer se ha vendido la Biblia.
    Ahora vamos 1 a 1.
    Estaba en plan: «Nooooo, ¿quién compra una Biblia en vera-
no?» y Kate me ha dicho que ha sido alguien que pensaba usarla
para sus clases de escritura creativa: la cortaría en palabras y frases
para luego escribir poesía.
    Qué cutre.
    Y encima: un sacrilegio.

JUEVES, 5 DE JULIO   #SigueelJuego

Emma ha elegido un mono de vaca para adultos, con ubres de
plástico incluidas, como su donación de la semana. Yo he ido a
por el puzle de dos mil piezas de Ed Sheeran que no se parece ni

por asomo a Ed Sheeran, sino más bien a un Ron Weasley con vaqueros.

Hemos peleado por el mejor sitio en el escaparate y Emma ha acabado cayéndose hacia atrás por la ventana encima del maniquí en el que intentaba poner el estúpido mono de vaca.

Nos estábamos muriendo de la risa y Alex ha mirado a Kate en plan: *Ahora sí que se les ha ido de verdad.*

Por cierto, resulta que Alex lo sabe todo pero no dice nada. Y eso lo convierte en el polo opuesto de Miriam Patel, que no sabe nada pero lo dice todo.

Sabía lo de Bradley y nunca dijo nada, ni siquiera tuvo un desliz. Y no lo digo porque tenga síndrome de Down. Pero la gente suele ir por ahí divulgando secretos porque quieren sentirse importantes.

Le he preguntado si quiere venir a mi fiesta de cumpleaños, pero ha dicho que tiene que preguntárselo a sus padres y he acabado por invitarlos también.

Creo que voy a tener que ir apuntando cosas, porque solo quedan diez días.

VIERNES, 6 DE JULIO   #VINAGRETA

Hoy no he hecho nada, solo ver *Love Island* y cortar una página de *Guía para la mujer sobre cocina y economía doméstica* para escribirle un poema a Emma:

Poema para una vinagreta básica

Una parte de vinagre por tres de aceite

Tu belleza es
Básica
Sencilla

Varía a tu gusto
Yo siempre
Añado
Tomo

Te sigo
Hasta el final
O
Quizá
Desde siempre

Creo que es bastante profundo, je.

P. D.: Obviamente no se lo voy a enseñar nunca a Emma. O a nadie.

P. P. D.: Diría que lo más difícil de ser poeta de verdad es compartir mierda como esta con la gente y no morir de vergüenza.

SÁBADO, 7 DE JULIO   #CAOSYBESOS

Hoy en la tienda benéfica hemos celebrado una reunión de crisis sobre Bill.

Emma: Fui a verle ayer, pero ni se molestó en abrir.

Kate:	Muy mala señal. Ese hombre te adora.
Emma:	Es como si se hubiera derrumbado. Físicamente.
Pat:	Se pasa el día sentado delante de la tele sin encenderla siquiera. Melanie solía decir que la volvía loca porque leía hasta diez libros a la vez y siempre los dejaba por toda la casa. No lo he visto leer nada.
Emma:	A lo mejor deberíamos llevarle un vale para libros. Así tendrá que salir de la casa e ir a una librería.
Pat:	Pero no quiere hacer nada. Ay, nunca lo he visto así (se limpia las lágrimas de los ojos).
Emma:	Papá estaba así después de la muerte de Bradley.

(La habitación se queda en silencio. Todo el mundo la mira).

Emma:	Es raro, porque al principio hay mucho que hacer, con todo el papeleo y decírselo a todo el mundo y organizar el funeral. Y luego tienes que enviar tarjetas para agradecerles sus bonitas palabras y de repente todo se detiene y se queda en silencio y solo quieres hundirte en él.
Pat:	(llorando) …
Kate:	(le agarra la mano a Emma) Pero tú no te ahogaste.
Emma:	Porque tenía que pensar en mis padres.
Todas:	…

Emma:	Sé que Bradley se sentía culpable por morir y dejarles así de tristes y pensé que lo menos que podía hacer yo era seguir adelante.
Pat:	(llorando histérica a estas alturas, con mocos y lágrimas incluidos) ...
Kate:	Ay, Pat, sé que te has esforzado mucho con Bill. Tú aún te estás recuperando de tu pérdida.
Pat:	No sé qué más hacer, Kate. Solo quiero darle una buena sacudida.
Emma:	A lo mejor deberíamos hacerlo.
Todas:	¿?
Emma:	No físicamente, claro. Pero ¿y si le damos algo que hacer y que no pueda rechazar?
Todas:	...
Emma:	Le podríamos decir que los clientes han preguntado por él. O que Melanie estaría muy decepcionada si supiera que no atiende sus deberes.
Todas:	...
Yo:	O podríamos darle un gato.
Todas:	(excepto Kate) ¡¡¡Oooooooooooooooooooooooh!!!
Kate:	Phoebe, tienes que dejar de regalar a los dichosos gatos.
Emma:	¿Por? ¿A quién ha regalado?
Yo:	A nadie. Lo dice de broma.
Kate:	...

Pat:	No va a querer un gato.
Emma:	¿A quién no le gustan los gatos?
Yo:	Será un gato de terapia.
Pat:	Sí que le gustó ir de safari. Supongo que vale la pena intentarlo.

Todas nos quedamos mirando a Kate.

Kate:	Vale, vale, cretinas. Le llevaremos un gato después de cerrar la tienda. Pero vais a venir todas y si el jodido plan no sale como esperáis, Pat se queda con el gato.
Pat:	Kate, no, en serio, no me...
Kate:	He dicho.

Por la tarde, Kate me hizo ir a la tienda de animales a comprar un kit inicial para gatos. No hace falta gran cosa en realidad: solo comida, una caja para la arena y la arena en sí, que pesa una tonelada. Tardé diez minutos en recorrer los cincuenta metros hasta la tienda benéfica.

Nos subimos todas en el coche de Kate y me entró la risa, porque si me hubieras dicho que acabaría en un Mazda reventado con Kate, Emma y Pat un sábado por la noche para llevar un gato a la casa de un anciano en Putney para darle una razón para vivir, te habría dicho que estabas como una cabra.

Emma llevaba a la gata (una de marca blanca, claro, y seguramente la que se encariñó de Bill) y yo los accesorios.

Antes de salir del coche, Pat se miró en el espejo y se puso más pintalabios de color melocotón. En ese momento no sabía que era su pintura de guerra y quizá pusiera los ojos en blanco.

Cuando llegamos a la puerta, Kate llamó al timbre.

Y luego lo volvió a llamar otra vez.

Y otra.

Y otra.

Kate:	(mientras llama a la puerta como una psicópata) Por todos los santos, ¿quieres abrir la maldita puerta, cabezón de mierda?
Emma:	(mirándome con los ojos como platos) ...
Yo:	(en un susurro) Es escocesa.
Kate:	Perdona, pero ¿te estás burlando *de mí*? Porque no estoy de humor. Bill. Voy a echar la puerta abajo, hostias.
Todas:	...
Kate:	Pues claro que no lo voy a hacer. No seáis tontas.
Pat:	(llamando a la puerta) Bill, hemos venido todas a verte. Es de mala educación ignorar a gente que solo quiere saber cómo estás.
Emma:	A lo mejor ha salido.
Pat:	No. Nos está ignorando. Menuda decepción se llevaría Melanie. Bueno, si no hay otra opción...

Y luego empezó a rebuscar en el bolso, sacó la cartera, abrió el compartimento de las monedas, extrajo un destornillador minúsculo y lo metió en la cerradura.

Emma:	¿Cómo has aprendido a...?
Pat:	¿Te crees que soy inútil porque soy mayor?
Emma:	No, es que... Da igual.

Pat estaba agitando la puerta como una loca, hurgando en la cerradura, y de repente se oyó un clic y se abrió. En ese mismo momento, Bill apareció detrás de la puerta.

Bill:	¿Entrarías a la fuerza en mi casa?
Pat:	Es lo que *he hecho*.
Bill:	Llamaré a la policía.
Pat:	No, no lo harás.

Emma:	(acerca la gata a la cara de Bill) ...
Kate:	Y antes de que te niegues, déjame decirte que no tengo el tiempo ni la paciencia, y mucho menos el dinero, para cuidar de más gatos y puedo deshacerme de esta porque no es de pura raza y es una quejica y, como has decidido que nunca más saldrás de casa, te la doy a ti.
Bill:	No puedo tener animales.
Kate:	No seas ridículo. Es tu casa, puedes hacer lo que te salga del pie.
Gata:	Miaaaauuuuuu.
Emma:	Por favor, Bill. Mira qué guapa es.

Yo:	Y si no te gusta, siempre puedes ahogarla. Pero no se lo digas a Emma.
Pat:	¿Podemos entrar, Bill? ¿O te dejamos a la gata en el felpudo?
Yo:	Como a Jesús de bebé.
Emma:	Creo que ese fue Moisés.
Pat:	No fue ninguno de los dos.
Bill:	Os referís a Mowgli, de *El libro de la selva*. Fue un huérfano criado por otra especie animal.
Kate:	Genial. Pues aquí la tienes. Esta es Mowgli, pero es hembra. Mowgli, este es Bill. Hemos traído arena y comida. Phoebe, déjalo todo ahí mismo. Si tienes cualquier pregunta, llámame. Vámonos, equipo.

Emma depositó a la gatita minúscula en la mano enorme de Bill, yo dejé la arena y la comida y luego nos dimos la vuelta y nos dirigimos hacia el coche.

Antes de entrar, miré a Bill, que seguía con la gata en la mano, y la oí maullar. Fue como el inicio de *El rey león*: épico.

Kate dejó a Pat primero en su casa y luego preguntó: «Emma, ¿quieres entrar a tomar un té y ver a Richard?». Y ella: «Si no os importa, sí».

Pero yo estaba pensando: *Recuerda la lista, recuerda la lista, recuerda la lista*. Emma en la casa significa que estoy pasando por alto cuatro de los cinco puntos.

Por desgracia, no dependía de mí y pensé: *Bueno, lo único que puedo hacer es estar alerta*.

Richard se acercó a galope a Emma en cuanto la vio/oyó su voz y ella lo alzó y le besó su carita aplastada.

Yo fui a la cocina a preparar té.

Kate: (en un susurro) Si quieres regalarle a Richard, vas a tener que trabajar para mí el año que viene también.

Yo: No tendré tiempo por las clases.

Kate: Este año también tenías clases.

Yo: ¿Crees que puedo pedirle a mamá que me pague lecciones de ruso por mi cumpleaños?

Kate: ¿Estás cambiando de tema?

Yo: No, solo pensaba en que tengo que volver a mi casa.

Kate: No te vayas, Phoebe. Te echaré de menos. ¿Por qué no vives conmigo?

Yo: No creo que mamá se diera cuenta si no estoy.

Kate: Phoebe.

Yo: ¿Qué? Es la verdad.

Kate: (me abraza, me espachurra y me besa la cara) No lo es, pero, para que lo sepas, me encanta que te quedes aquí y odio cuando te vas a tu casa, porque te quieeeeeeero y eres un ser humano maravilloso. (Volviendo a susurrar) ¿Cuándo vas a decirle a Emma que te gusta?

Yo: (tras liberarme de su abrazo de oso) Calla. Nunca.

Kate: Phoebe. Sé que eres un poco rara, pero no cobarde.

Yo:	(en un susurro) Ay, gracias por el cumplido. Pero yo no le gusto.
Kate:	(con las cejas levantadas) ...
Yo:	(susurrando) ¿Qué?
Kate:	(susurrando) Está claro que le gustas.
Yo:	(con el corazón a mil por hora) Vete a la mierda.
Kate:	(susurrando) Lo sabía incluso antes que tú.
Yo:	(susurrando) ¿Porque le has leído la mente?
Kate:	(susurrando) Por Dios bendito, Phoebe, no seas tan pardilla.
Yo:	(susurrando) Además, si le gustara, que no es el caso, no haría todo eso de las relaciones. Porque no puedo.

Así que regresé al salón con un martilleo en la cabeza y las tazas de té. Cuando miré a Emma, ella me devolvió la mirada con esos preciosos ojos, toda sonriente y feliz y perfecta, y solo pude pensar: *Además, no podría estar contigo porque después no podría estar sin ti.*

Emma:	¿Estás bien?
Yo:	Sí, bien.

Kate me hizo acompañarla a su casa a las nueve, como siempre, y cuando llegamos, Emma me abrazó y volví a ponerme rara físicamente. En plan ¡aaag!, pero con mis brazos.

Emma: ¿He hecho algo para que te enfadases?

Yo: No, ¿por qué lo dices?

Emma: Porque estás muy callada.

Yo: Siempre estoy callada.

Emma: Vale.

Yo: Bueno. Nos vemos la semana que viene.

Emma: Sí, eso.

Y, cuando me he dado la vuelta para alejarme, ha dicho: «Phoebe, espera».

Y me ha besado.

En los labios.

Durante uno, dos, tres segundos.

Así de repente.

He vuelto corriendo a casa.

P. D.: Y ahora, ¿qué?

P. P. D.: Acabo de investigar el proceso de besar por internet, pero ha sido difícil, porque creo que el pico rápido de Emma me ha dejado con problemas visuales.

El caso es que no hay ninguna prueba de que los seres humanos de la antigüedad (los cazadores-recolectores/los egipcios) se besaran.

Dicen que a las tribus modernas de cazadores-recolectores les parece asqueroso.

Las pruebas más recientes relacionadas con los besos se remontan a un antiguo texto hindú en el que lo describen como inhalar el alma de la otra persona.

O sea, eso es lo que Tristan le hace a Polly, aunque no de ese modo tan profundo como los hindús, sino más como un dementor terrorífico de *Harry Potter*.

Según internet, los seres humanos nos besamos porque nuestro sentido del olor es nefasto, mientras que los animales pueden oler las feromonas del otro sin tener que meterle la lengua en la garganta.

Resulta interesante que las mujeres prefieran el olor de hombres que son genéticamente distintos a ellas, lo que explica lo de Polly y Tristan.

Polly:

- Inteligente.
- Guapísima.
- Graciosa.

Tristan:

- Tonto.
- Asqueroso.
- Aburrido.

Pero esto es lo que quiero saber: ¿por qué Emma y yo querríamos besarnos? No es que vayamos a enriquecer el acervo genético.

¿Qué sentido tiene?

O sea, biológicamente hablando.

P. P. P. D.: En un beso se pueden transmitir ochenta millones de bacterias.

Hoy no sé qué hacer conmigo misma.

Si lo sumo todo, me he pasado treinta minutos haciendo el pino. Ahora sé que no es bueno para mí, pero la incomodidad me hace pensar en cosas importantes, como en respirar, y no en cosas que me desconciertan, como en Emma.

Cuando se me han cansado los brazos, me he puesto bocabajo en el sofá.

Kate ha dicho: «Phoebe, si te aburres, hay que cortar el césped del patio trasero».

Así que he ido a mi cuarto y he recortado el capítulo ridículo del suflé de *Guía para la mujer sobre cocina y economía doméstica* y lo he convertido en un poema.

Dulce, ligero, sutil.
La piel es leche.
Suave, delicado, brillante.
Los labios son calor.

¿A lo mejor soy demasiado insípida?
A lo mejor ella es demasiado vainilla.
Para hacerlo bien,
sigue la receta principal.

No tengas reparos en alcanzar la perfección.
Ya eres la favorita de todos.
Perfecta para comer o cenar,
como dirían los expertos.

Estoy lista para
estrechar
mezclar
sujetar.

Esto te pido:
es diferente, claro,
rápido y caliente.
Pero esencial, necesario.
Empiezo a ceder con rapidez.
Dame un poco de espacio, cúbreme.
Acaba conmigo.
Mira
mientras
me desmenuzo.

¿Crees que la gente escribía poesía porque estaban enamorados de alguien y no querían estarlo?

Me pregunto qué tal les habrá ido.

Seguramente ahora se exasperarían al vernos analizar sus poemas para los CGES. De hecho, hasta puede que se alegren de estar muertos para no tener que presenciarlo.

19:35

Mamá ha llamado para decir que mañana le dan su itinerario.

No sé si estoy lista para que vuelva y la verdad es que no sé qué hacer con mi cumple.

20:45

Acabo de fijarme en que la segunda estrofa del poema suflé tiene forma de triángulo y que, para el ojo inexperto/los críticos literarios, puede parecer una vagina.

Si me acabara convirtiendo por accidente en una poeta famosa, los estudiantes tendrían que disertar sin parar sobre si esto fue una decisión consciente hecha por la autora que, en el momento de escribirlo, era un poquito lesbiana.

Y la realidad es que no soy ni siquiera poeta y estas solo son palabras cortadas de la receta de un suflé asqueroso que luego he vuelto a pegar en un orden diferente.

21:10

No sé nada de Emma.

Y no sé qué decirle.

A lo mejor es bueno que mamá vuelva, porque tendré que regresar a Kingston y luego no hará falta que vea de nuevo a Emma. Seremos como Romeo y Julieta. Separadas para siempre, aunque vivas, no muertas.

LUNES, 9 DE JULIO   #BESOS

Hoy no he ido a la tienda benéfica, a pesar de que tenía mucho que hacer.

Cuando le he dicho a Kate que había limpiado y pasado la aspiradora por el baño, me ha mirado como si estuviera enferma. Y supongo que lo estoy.

Creo que Emma y yo solo intercambiamos unos veinte millones de bacterias y ahora me gustaría que hubieran sido ochenta.

Tengo tantas ganas de volverla a besar que es como si mis entrañas fueran a explotar si me paso mucho tiempo así. Pero no quiero quererlo.

A lo mejor tengo tantas ganas de hacerlo porque Emma y yo somos genéticamente tan distintas que lo nuestro no tiene sentido.

19:45

Por fin he enviado a todo el mundo las invitaciones para mi cumple vía Instagram, porque Kate se ha puesto en plan: «¡Hazlo de una vez!».

Creo que tengo el cerebro roto de verdad porque le he enviado una a Miriam Patel con un «más uno».

Ha confirmado su asistencia de inmediato, claro.

Si no fuera tan lista, le diría que dejara el instituto y se convirtiera en una socialité a tiempo completo.

Le he dicho a Kate que no tengo ni idea de cómo organizar todo lo que hace falta organizar en mi vida ahora mismo y ha dicho: «No te preocupes, cielo. Está todo controlado».

¿Lo está?

Porque lo último que la he visto haciendo ha sido inhalar el alma de James en la cocina.

Emma sigue sin escribirme.

No sé lo que significa. A lo mejor se arrepiente de haberme besado. Eso le pasó a Polly después de besar a Pete Abbot, porque él pensó que estaban casados de verdad y ella se puso en plan: «Dios mío, no me puedo creer que lo haya hecho. Tampoco me gusta tanto». Y luego tuvo que mantener una conversación superincómoda con él y le rompió el corazón.

A lo mejor debería escribirle a Emma y decirle que se olvidase del beso.

En otro orden de cosas, Kate dice que Pat dice que Bill está obsesionado con la nueva gata. Por lo visto, ya ha salido de la casa y ha ido hasta una tienda de animales para comprarle un collar a Mowgli con una chapa en la que aparezca su número de teléfono.

Resultados al fin.

MARTES, 10 DE JULIO   #LOSIENTO

Hoy he recibido un mensaje de Emma: *Siento si hice algo que no te haya gustado.*

Ni siquiera sé por dónde empezar.

Aunque está claro que no se arrepiente.

Ay, pues claro que me gustó.

Pero no me gusta cómo me hace sentir.

Odio haberme convertido en esta patética humana que busca su valor o algún tipo de salvación en los ojos de otra persona.

Odio sentirme infeliz cuando no estoy con Emma y también odio sentirme como si me hubiera tragado un cubo de Peta Zetas cuando estoy con ella.

No quiero que otra persona me haga feliz, porque ¿qué pasa cuando ya no esté?

Mira a mamá. No la conocía cuando papá estaba vivo, pero, por lo que Kate me ha contado, sé que, cuando murió, mamá cambió. Y ahora huye de todo y de todos y, cuando se queda quieta un momento, tiene que ser el centro de atención y ¿quién es así de verdad?

¿Y que le pasaría a Polly si Tristan la dejara? O, peor, ¿y si la dejara para estar con otra?

No quiero ser tan débil.

No quiero darle a otra persona ese tipo de poder sobre mi vida.

Me pregunto qué es más sencillo: estar enamorada de tu pareja o no estarlo.

A lo mejor el matrimonio concertado tiene más sentido del que creía.

MIÉRCOLES, 11 DE JULIO   #CiegaEnUnMundoDeCiegos

Hoy Polly y yo hemos ido al Starbucks de Kingston.

Por algún motivo, la cosa se fue de madre y acabó contándome todos los detalles de su vida sexual y ahora sé el aspecto que tiene Tristan sin ropa.

También lo sé todo sobre la curvatura de su pene y que el agujerito de la punta no está centrado.

Dios santísimo.

Y luego me ha dicho: «En serio, Phoebe, qué ganas tengo de que te enamores. Creo que será la monda».

Y en ese momento he metido la pata en sentido figurado, porque no he dicho nada enseguida y Polly de repente se ha enderezado y me ha dicho muy cerca de mi cara: «No. Puede. Ser».

Yo:	¿Qué?
Polly:	Has conocido a alguien.
Yo:	No.
Polly:	No me mientas.
Yo:	No te estoy mintiendo.
Polly:	Mentirosa. ¿Quién? ¿Cuándo? ¿Dónde? Dímelo.
Yo:	Vete a la mierda. No estoy de humor.
Polly:	¿Quién?
Yo:	(niego con la cabeza) ...
Polly:	(intenta tomarme la mano) ¿Phoebe?
Yo:	...
Polly:	Siento si he dicho que sería la monda. Sabes que nunca me burlaría de ti de esa forma.
Yo:	A lo mejor deberías.
Polly:	¿Me lo cuentas?
Yo:	Nos hemos besado, aunque no mucho. El sábado.
Polly:	¡Dime quién es! ¡Ahora! ¡Mismo!
Yo:	Emma.

Polly:	¡NO! ¡JODAS!
Yo:	...
Polly:	¿Por qué soy tan lerda?
Yo:	...
Polly:	Era muy obvio y no me di cuenta. Qué tonta soy... Pues claro. Has pasado cada segundo que tenías libre este año con ella.
Yo:	Solo porque tú estabas ocupada con Tristan y te olvidaste de mí.
Polly:	Tú tampoco me llamaste, Phoebs. ¡Pensaba que te habías aburrido *de mí*! Madre mía, ¿te he gustado alguna vez? ¿Estabas celosa?
Yo:	(riéndome, porque la gente está fatal de la cabeza) ...
Polly:	(me da un puñetazo en el hombro) ¡Qué mala! En fin, cuéntamelo todo. La besaste. Dios mío, Phoebs, menuda lesbiana estás hecha.
Yo:	Vete a la porra. Y fue *ella* la que me besó.
Polly:	¿Y luego qué?
Yo:	Luego nada. Fue en la puerta de su casa. Ella entró y yo corrí a casa.
Polly:	¿Y luego?
Yo:	Nada.
Polly:	Pero hoy es miércoles.
Yo:	¿Y?
Polly:	¿Vas a besarla otra vez?
Yo:	No.

Polly:	...
Yo:	No puedo con todo eso, Polly. No soy como tú.
Polly:	¿No puedes con qué? ¿Con los besos? ¿Con acostarte con alguien? No tienes que hacerlo todo enseguida, no seas tonta.
Yo:	No... Sí. Todo eso del... amor. No puedo. Es demasiado... no sé.
Polly:	...
Yo:	Grande.
Polly:	(se agarra el pecho) Qué romántica eres, Phoebe. Dan ganas de llorar.
Yo:	A mí también.
Polly:	(aún agarrándose el pecho y mirándome con lástima) ...
Yo:	Ya no me reconozco y lo odio.
Polly:	Pero ella te gusta.
Yo:	No quiero que me guste.
Polly:	Pero te gusta.
Yo:	Pues claro.
Polly:	Y piensas mucho en ella.
Yo:	Pienso sobre todo en cómo no pensar en ella, pero sí.
Polly:	¿Te das cuenta de que no puedes elegir de quién te enamoras?
Yo:	Al parecer, no. Pero al menos lo intento.
Polly:	¿Sabes, Phoebe? Para alguien tan inteligente, a veces eres muy tonta.

22:10

Le he escrito a Emma para preguntarle si vendrá a mi fiesta de cumpleaños, porque aún no lo ha confirmado en el grupo de Instagram.

22.30

Acaba de responder.

Emma: *No sé si podré ir.*

     Y ya está.

JUEVES, 12 DE JULIO   #LasAventurasDeMowgli

Tenía muchas ganas de ver a Emma, pero al final no he ido a la tienda benéfica esta tarde por esa misma razón.

Al igual que mi cerebro, Polly no deja de hablar sobre el tema y ahora me arrepiento de habérselo contado, porque lo último que necesito es que la histeria de otra persona afecte a las sustancias químicas inestables de mi cerebro.

Polly me ha llamado a la hora de la comida en plan: «¿Alguna novedad?».

Yo: No.

Polly: Phoebe, estar enamorada no es como una
           enfermedad.

Yo: Entonces, ¿por qué me siento mal?

Polly: Eso ya se pasará.

Yo: ¿Como un dolor de cabeza?

Polly: (suspira) El abrazo de Emma será como un paracetamol.

Yo: No quiero drogas.

¡No quiero tener dieciséis años y estar enamorada como una tonta! La lógica me dice que lo mejor para esta situación es que Emma no venga a mi cumpleaños el domingo.

Porque entonces no será tan raro y podremos no volvernos a ver en la vida.

Siempre le puedo decir a Kate que quiero concentrarme en las clases y en aprender ruso y que no tengo tiempo para ir a la tienda cuando vuelva mamá. O sea, sería muy triste no volver a ver a Alex, pero supongo que podemos quedar para ir a Sprinkles y todo eso.

Y puedo pagarle a Kate el resto del dinero de los gatitos a largo plazo. Es decir, cuando esté en Marte.

Mmm. Nunca lo he pensado, pero ¿cuánto ganan los astronautas? Seguro que mucha pasta, porque es un trabajo muy peligroso y debes tener ciertas habilidades. Y no tendría muchos gastos, porque estaría en una nave espacial. ¿Y estaría exenta de impuestos? Eso sería lo más justo.

En fin, que ya le devolveré el dinero a Kate en el futuro. Y con intereses.

P. D.: Mañana, después de trabajar, iremos a Kingston a dejar listo el piso.

Limpiar el polvo, pasar la aspiradora, comprar comida... lo normal. Además, tenemos que comprar todas las decoraciones y la comida para la fiesta del domingo.

No me puedo creer que haya pasado ya medio año desde que se marchó mamá.

P. P. D.: Noticias muy raras de Bill.

Se ha hecho una cuenta de Instagram y sube fotos a diario con el hashtag #LasNuevasAventurasDeMowgli. Por lo visto ya tiene trescientos ochenta y cinco seguidores.

Me meo, en serio.

Y como todo el mundo los quiere a él y a Mowgli, la gente le ha escrito para preguntar de dónde ha sacado a la gata y Kate tiene ahora diez peticiones para venir a ver al resto y todos vienen el lunes de visita.

VIERNES, 13 DE JULIO   #SORPRESA

Al final mamá no vendrá para mi cumpleaños.

Le he dicho a Kate que lo cancelo.

No hemos ido a Kingston.

23:07

He tenido una rabieta monumental.

Estoy muy avergonzada y no lo digo por decir.

Kate no me ha hablado desde entonces, y eso significa que la cosa ha sido fea. Muy, muy, muy fea.

Le he dado una patada a una pared.

Pero con mucha, mucha, mucha fuerza. Me duele el pie.

Y luego he lanzado el zapato del uniforme hacia la puerta principal con tantas ganas que ha dejado marca.

Y he gritado como si estuviera loca y he llamado a mamá de todo.

Y luego he ido a mi cuarto y he cerrado con un portazo que ha retumbado en toda la casa.

Y luego me he pasado, no sé, tres horas llorando.

Creo que a esto se refieren cuando dicen: «Ha perdido la cabeza».

No me imagino saliendo de la cama nunca más.

Quiero mucho a Emma.

SÁBADO, 14 DE JULIO   #PUESVALE

Hoy no he ido a la tienda benéfica porque:

a) sigo muy enfadada con mamá
b) y demasiado avergonzada para mirar a Kate a la cara
c) e incapaz de lidiar con Emma.

No estoy enfadada porque mamá no venga por mi cumpleaños, aunque me *prometió* que vendría. Estoy enfadada por enfadarme.

Porque debería habérmelo esperado, ya que es lo que pasa *siempre*.

He cancelado la fiesta por Instagram y cinco minutos después me ha escrito Polly.

Polly:	*¿Estás bien?*
Yo:	*Sí.*
Polly:	*Has cancelado la fiesta. ¿Por qué?*
Yo:	*Mi madre se queda por una paciente, así que no vendrá hasta la semana que viene.*
Polly:	*Qué asco.*
Yo:	*Ella sí que da asco.*
Polly:	*¿Por qué se queda?*
Yo:	*Alguien va a dar a luz y parece que las mujeres nunca en toda la historia han sido capaces de parir sin ella presente, así que tiene que quedarse. Cómo no.*
Polly:	*Pero tengo un regalo para ti. ¿Puedo ir a tu casa mañana?*
Yo:	*No estoy para nadie. Lo siento.*
Polly:	*Y lo respeto. Pero te llamaré.*
Yo:	*Vale.*
Polly:	*No estés triste. Te quiero.*
Yo:	…

Luego he visto *Love Island*.

Por suerte, el programa es tan absurdo que mi cerebro se ha apagado para evitar más daños y me he dormido.

Me he despertado cuando Kate ha vuelto del trabajo y notaba todo el cuerpo roto.

Kate (mirándome tumbada en el sofá):	¿Quieres hablar de lo de anoche?

Yo:	(con lágrimas cayéndome de los ojos) Lo siento mucho, Kate.
Kate:	Gracias.
Yo:	No volverá a pasar.
Kate:	(asiente) ...
Yo:	...
Kate:	(me pone la mano en la frente como si fuera a comprobar si tengo fiebre) ¿Has comido o bebido agua hoy?
Yo:	No. Y sí.
Kate:	(se sienta y me deja apoyar los pies en su regazo) Sé que las emociones te cuestan, Phoebe.
Yo:	...
Kate:	Pero es lo que nos hace humanos.
Yo:	Pues lo odio.
Kate:	Lo sé. Lo que pasó anoche no es aceptable.
Yo:	Lo sé.
Kate:	Sé que lo sabes y por eso no volveremos a hablar nunca sobre el tema.
Yo:	Gracias.
Kate:	Emma me ha dicho que has cancelado la fiesta.
Yo:	¿Y?
Kate:	¿Cuándo planeas decírselo a Alex? Él no tiene Instagram.
Yo:	Mierda.

Kate:	Sí, mierda. Pero no te preocupes, que ya he hablado con su padre.
Yo:	Lo siento.
Kate:	Puedes cambiar de opinión, ¿sabes? Podemos ir a Morrisons ahora mismo.
Yo:	(niego con la cabeza) ...
Kate:	Vale. Pero *sí* que saldremos a comer por ahí.
Yo:	La verdad es que no estoy de humor.
Kate:	No te lo estaba preguntando, cielo. Te lo estaba diciendo. Tengo ganas de contar la historia de cómo hace dieciséis años tu cabecita tan inteligente le rompió la vagina a tu madre y tú caíste sobre mis manos.
Yo:	Supongo que te lo debo.
Kate:	Pues sí, cielo.

22:43

Me preguntó dónde estaré dentro de un año.

23:15

Nunca había llorado tanto como en las últimas veinte horas. Pensaba que ya había acabado con las lágrimas, pero entonces Kate me ha preparado un sándwich de queso y he empezado de nuevo.

00:01

Tengo dieciséis años.

11:35

Treinta y cinco personas me han escrito ya para desearme feliz cumpleaños. Incluida Miriam Patel.

Emma, no.

Kate me ha dado una tarjeta que han enviado los abuelos desde Hong Kong. Dicen que quieren venir de visita pronto. A lo mejor voy a verles de forma espontánea este verano. Tampoco es que vaya a hacer gran cosa. Se lo preguntaré a mamá.

Quien todavía no me ha escrito.

Kate, James y yo vamos a salir a comer ahora, pero tenemos que pasar por la tienda benéfica porque Kate se dejó la cartera y no piensa permitir que pague James.

LUNES, 16 DE JULIO   #AquíHayDragones

Ayer fue una locura.

Llegamos a la tienda benéfica, que estaba cerrada porque era domingo.

Kate abrió la puerta un resquicio y entró deslizándose, con James pegado a su espalda durante todo el proceso, y ella estaba en plan: «Phoebe, ¿puedes ver si la cartera está en la mesa del almacén?». Y yo: «Ve y mira tú». Pero replicó: «No puedo, porque estoy besando a James». Y luego se puso a besarlo y les espeté: «Qué asco».

Así que atravesé la tienda, entré en el almacén y, de repente, un montón de gente gritó (pero gritó de verdad):

¡¡¡¡¡¡SORPRESA!!!!!!

Y yo chillé y me caí al suelo.

Kate se estaba riendo y aplaudía. Alguien encendió las luces y abrió la puerta trasera y todo el mundo se puso a cantar *Cumpleaños feliz*.

Estaban todos.

En el almacén.

Cantando.

Polly, Tristan, Emma, Miriam Patel, Alex, sus padres, Bill y hasta Pat.

Creo que habré dicho «joder» unas quinientas veces, pero nadie se escandalizó. Solo se rieron.

No podía dejar de mirar a Emma y el corazón me latía como loco, pero eso pudo ser por la sorpresa. Emma me sonrió, aunque enseguida supe que algo iba mal. Faltaba una pieza. Estaba rota. Mi mente pensó: *Qué has hecho, Phoebe*. Pero estaban pasando tantas cosas que no pude procesar esa pregunta como es debido, así que me quedé mirando a Emma y mirándola y mirándola.

Kate debió haber organizado todo el sábado cuando me dio el bajón después de la crisis nerviosa y yacía inconsciente en el sofá.

Habían decorado la mesa como si fuera Halloween, con tazas de calaveras y platos de fantasmas y unas luces de cráneos por el medio. También había velas de calaveras y de ratas.

Trajeron sillas y había comida y regalos y todo.

Es muy raro pensar que hicieron un esfuerzo así por mí.

También me sorprende que Kate siguiera queriéndome después de que casi tirara a patadas la pared que separa el pasillo de la cocina en mi ataque de furia.

Me pasé cinco minutos abrazándola y luego dijo: «Vale, suéltame y ve a saludar a tus invitados».

Me sentí como una famosa al acercarme a una multitud de admiradores que me estrechaban la mano y me abrazaban.

Resulta que Miriam Patel vino sin acompañante, porque se ha subido al carro de las sufragistas y ya no cree en los acompañantes. Se sentó al lado de Alex y se pasaron toda la tarde hablando. Él hasta permitió que le sacara un pastelito del plato, y eso que en general no le gusta que nadie interfiera con sus dulces. Creo que todo el rollo ese de Emmeline Pankhurst le pega mucho a Miriam. Así puede hablar y hablar y hablar sin parar, pero sin decir mierdas ni parecer idiota (que no lo es).

Los padres de Alex también son supermajos. No hablé con ellos en el entierro de Melanie porque no vinieron a la celebración en el club náutico. Me trajeron flores y Alex hizo mi tarta de cumpleaños. Tenía glaseado negro y una calavera blanca con un lazo rosa. Pero lo mejor fue que, cuando la cortamos, por dentro era arcoíris. Le dije: «Habrás tardado siglos en hacerla». Y respondió: «Sí. Tres días».

Tres días.

Tardó tres días en hacer algo que era para mí.

Casi me negué a comerla, pero estaba muy rica.

Pat dijo: «Alex, eres un mago». Y es cierto.

Al final la fiesta se convirtió en una barbacoa porque Kate había traído platos desechables y los dejó junto a la puerta trasera. Bill se encargó de la barbacoa y lo oímos discutir de broma con Pat durante una hora. El resto del día, si no hablaba sobre salchichas, hablaba sobre Mowgli. ¿Qué hemos hecho? Ahora es famoso en internet: tiene ochocientos sesenta y tres seguidores por ahora. ¡Y hasta un patrocinador que le paga la comida de gato!

Después de comer, Kate dijo: «Es hora de abrir los regalos, Phoebe. El mío primero».

Me dio una cajita y supe que era algo de joyería.

La abrí y dentro había una cadena plateada con una pequeña Estrella de David. Creo que me pasé diez minutos mirándola. Al final, Kate intervino: «Sabes lo que es, ¿no?». Y respondí que sí, claro. Y ella: «¿Te gusta?». Pero yo no sabía ni qué decir, porque me encantaba. Kate me ayudó a ponérmela, me besó la cabeza y susurró: «Te quiero». Y Bill dijo: «Mazel tov». Y el resto respondió: «Feliz cumpleaños, Phoebe».

Polly y Tristan me dieron vales para el cine y Polly una tarjeta que decía: *Feliz Año Nuevo*. Ja, ja.

Miriam me regaló un libro sobre mujeres que habían cambiado la historia. La verdad es que creo que hace medio año me habría dado pestañas postizas o algo así de aburrido, pero este era un regalo muy bueno.

Bill, Pat y James me dieron una tarjeta de regalo para Starbucks y un libro de poesía (idea de James, claramente).

Cuando Emma me dio su regalo, aún no había hablado con ella y fue un poco raro.

Le di las gracias y fui a abrir la tarjeta, pero dijo: «La tarjeta es para después. Abre primero el regalo».

Intenté ir con cuidado para no romper el precioso papel pero todos me metieron prisa: «¡Venga!».

Era una camiseta de Topshop con una foto de la lanzadera espacial de fondo y el logo de la NASA.

Noté la mirada de Emma. Sentía el pecho tenso y pensé: *¿Por qué me das un regalo tan considerado cuando he pasado de tu cara porque intentaba olvidar que existes?*

Pero le di las gracias de nuevo. Me salió tembloroso y patético.

Me moría de ganas por leer la tarjeta, aunque acabé esperando media hora antes de guardármela en los pantalones e ir al baño.

Me senté en el retrete y abrí el sobre.

Parecía más una tarjeta de San Valentín que de cumpleaños, porque solo tenía un corazón rojo.

El mío casi se detuvo.

Querida Phoebe:

Feliz cumpleaños. Espero que los dieciséis sean todo lo que esperas y más.

Siento haberte besado sin preguntarte primero y creer
que era algo que tú querías. Habré interpretado mal las
señales.
Espero que podamos ser amigas.

Con cariño,
Emma

Me guardé la tarjeta de nuevo en los vaqueros, me lavé las manos temblorosas (aunque no había ido al baño en realidad...) y, cuando me miré en el espejo, pensé: *¿Qué estás haciendo?* Porque Kate tenía razón: no soy cobarde. Así que, antes de que pudiera pararme a pensar, salí del baño, fui directa a Emma y le dije: «¿Puedes venir conmigo un segundo, por favor?».

Salí a la tienda y entré en el cambiador.

Emma vino detrás de mí.

Cerré la cortina y fue como si de repente solo existiéramos nosotras dos y estuviéramos en una misión interestelar del futuro y el único aire que podíamos respirar era el que existía entre nosotras porque todo lo demás lo ocupaba el vacío infinito del espacio.

Durante un momento, solo la miré y fue como si la viera por primera vez.

Olía a frambuesa.

Tenía las mejillas sonrojadas y se mordía el labio. Durante un momento, flipé porque sus ojos no eran azules, sino negros, y me había olvidado de lo que eso significaba, pero entonces pensé: *Vale, Phoebe... ¡Adelante!*

Yo: No es que no lo quisiera.

Emma: ...

Yo:	El beso.
Emma:	...
Yo:	Intenté no querer besarte.
Emma:	(con cara de desconcierto) ...
Yo:	Porque me ponía enferma.
Emma:	Dios mío.
Yo:	No, no así. Así no, obviamente. No en plan... eso. Obviamente. Lo que quiero decir es que... Yo... Tú... Esto... Nosotras...

Y entonces pensé: *¡Joder, Phoebe!* No podía recordar ninguna palabra y Emma me miraba del modo en que miras el móvil cuando deja de funcionar.

Abrió la boca un poco, seguramente para decir algo y que mis frases anteriores no sonasen tan idiotas (porque es así de buena), pero antes de que pudiera hablar, me incliné y la besé.

Y ahí fue cuando la gravedad desapareció.

Solo hubo labios suaves y lenguas, brillo de labios afrutado y miedo y ochenta millones de bacterias y la cosa más deliciosa que he probado en toda mi vida.

Cuando paramos, era como si hubiera recorrido buceando toda la piscina de Tooting: me sentía mareada, ingrávida y sin respiración.

Nos reímos y dije: «Siento ser tan ridícula».

Y Emma: «Nunca había conocido a nadie como tú, Phoebe, y no te cambiaría por nada del mundo».

Y pensé: *Guau.* Y luego: *¿A lo mejor se trata de eso?*

Creo que después del beso no le solté la mano en todo el día.

Kate supo enseguida lo que había pasado y creo que, una hora más tarde, el resto también lo sabía.

Estoy segura al 98 % de que Pat se opone a la homosexualidad, porque no dejaba de mirarme en plan: *Has corrompido a la encantadora Emma.* Pero lo cierto es que ha sido Emma quien me ha corrompido a mí con sus ojos y sus labios preciosos y su clase y su gracia. Pero lo que tú digas, Pat.

En un momento dado, miré el móvil y tenía un mensaje en WhatsApp de mamá.

Había enviado una foto en la que salía con una chica que sujetaba a un bebé minúsculo.

Mamá: *Feliz cumpleaños. Espero que estés disfrutando de la fiesta. ;) Compartes cumpleaños con este hombrecito, a quien he tenido el placer de dar la bienvenida al mundo esta mañana. Se llama Salomao, que significa «hombre de paz». Llegaré a casa el jueves. Qué ganas tengo de verte. Te quiero y estoy muy orgullosa de ti. Besos, mamá.*

Emma dijo: «La madre parece una niña». Y Kate respondió: «Amelia dijo que solo tenía quince años».

Y Emma: «No me puedo imaginar tener un bebé con quince años. En un campo de refugiados».

Y entonces me sentí una imbécil integral por haberme portado tan mal con mamá por quedarse a ayudar a una chica embarazada en vez de venir a casa. Pero, si no sabes toda la historia, ¿cómo vas a comportarte como es debido?

Así que eso fue ayer.

Hoy todo ha vuelto a la normalidad, pero tengo que decir que me siento distinta... Como si hubiera mucho espacio abierto por delante, aunque no me desagrada.

Cuando Kate ha llegado a casa, ha dicho: «Siéntate».

Yo:	¿Qué pasa?
Kate:	¿Te acuerdas de los pájaros y las abejas?
Yo:	(pongo los ojos en blanco con tanta fuerza que casi me rompo el nervio óptico) Dios mío, no.
Kate:	En tu situación no se aplica, claro.
Yo:	Claro. Ya.
Kate:	Solo quería decirte que estoy aquí para lo que necesites. Ayuda, apoyo emocional, consejo... Aunque confío en que sepas dónde está cada cosa...
Yo:	Por Dios, Kate. Llevo saliendo con Emma literalmente veinticuatro horas. No voy a acostarme con ella a la primera de cambio.
Kate:	Eso es entre Emma y tú, cielo. Solo quiero que sepas que estoy aquí si me necesitas.

¡Qué vergüenza!

No pienso hablar ni por asomo con ella sobre mi vida sexual cuando la tenga.

Por cierto, Emma llegará enseguida, pero no vamos a acostarnos.

Hoy vienen a recoger a todos los gatos y vamos a despedirlos (Richard, no; él se queda con Kate por ahora porque aún quiero dárselo a Emma, pero creo que primero tengo que caerle bien a su madre #presión #suegros).

Creo que ha llegado el momento de que le presente a Kate el desglose monetario de todo el dinero que le debía y los servicios prestados. Aunque no voy a incluir la pérdida económica que supone Richard, porque Kate ha accedido a quedárselo (por ahora).

Pensé que le debería dos mil libras, porque esperaba que los gatos de marca blanca no trajeran ningún beneficio.

Sin embargo, vamos a vender tres por doscientas cincuenta libras. Eso son setecientas cincuenta.

Dos mil libras menos setecientas cincuenta son mil doscientas cincuenta.

También voy a restar las quinientas treinta libras del póster de *Star Wars* (es lo justo), así que se queda en setecientas veinte. Y si le resto las quince de los zapatos de bolos son setecientas cinco.

Mi trabajo de los últimos meses creo que sí que vale esas setecientas cinco libras, así que diría que Kate y yo estamos en paz.

P. D.: No me puedo creer que ya tenga dieciséis años.

Cumplir dieciséis era lo que le pasaba a otra gente, no a mí.

Pero supongo que lo mismo ha ocurrido con el amor.

AGRADECIMIENTOS

La creación de esta novela ha coincidido con una época de grandes cambios e incertidumbre en mi vida, y primero debo darles las gracias a las tres mujeres a las que he dedicado este libro por arrastrarme/empujarme durante el proceso: a mis mejores amigas Brittain, Luci y Sophie. Gracias por vuestro amor y apoyo inquebrantable, por aguantarme, por prepararme la cena, por hacerme tarta y, sobre todo, por hacerme reír siempre. Os quiero infinito.

Gracias, Tony, por conducir el coche en el que huimos aquella vez. Gracias, Ruth, por darme un hogar. Gracias, Dawn, por ofrecerme un trabajo y, como quien no quiere la cosa, por darme también un montón de nuevos amigos.

Gracias de todo corazón a Melvin Burgess por sus ánimos, sabiduría, humor, y por darme un empujón.

Me gustaría dar las gracias a la comunidad del máster de escritores jóvenes de Bath Spa, sobre todo a mis compis de taller, Hana Tooke y Lucy Cuthew. Desde el primer día me habéis apoyado y habéis sido críticas conmigo. Sé que tuve mucha suerte de conoceros.

Gracias a Audrey y Jack Ladevèze por el premio de escritura que me otorgó la Bath Spa University y que tan bien me vino para quitarme un peso económico de encima.

Gracias a Julia Green y a todos mis fantásticos profesores del máster, sobre todo a Joanna Nadin, que supervisó el manuscrito y es la madrina en la vida real de Phoebe. Tu tenacidad y tu trabajo duro me inspiran y te estaré siempre agradecida por no dejar de animarme con ahínco para que me esforzase más y lo hiciera mejor.

Gracias a Jo Unwin por entregar mi carta de amor a la agencia JULA y a la mujer maravillosa, fiera y valiente que se convertiría en mi agente: Rachel Mann. Rachel, Rachel, Rachel: gracias por querer a Phoebe tanto como yo y por decírselo a todo el mundo. Gracias por escribirme cuando guardaba silencio, por enseñarme qué es cada cosa y por saber siempre lo que quiero. Eres un regalo caído del cielo.

Muchas gracias al gran equipo en Mcmillan que nos acogió y lanzó una minifiesta por Phoebe incluso cuando ese día era el cumpleaños de Gruffalo. Gracias a mis brillantes editoras Rachel Petty y Joy Peskin, porque siempre hacen las preguntas correctas. Vuestra perspicacia, conocimiento y empatía me permitieron tomar mejores decisiones una y otra vez.

¿TE GUSTÓ
ESTE LIBRO?

Escríbenos a

puck@edicionesurano.com

y cuéntanos tu opinión.

ESPAÑA ⟩ 🇫 /MundoPuck 🐦 /Puck_Ed 📷 /Puck.Ed

LATINOAMÉRICA ⟩ 🇫 🐦 📷 /PuckLatam

▶ /PuckEditorial

¡Gracias por vivir otra
#EXPERIENCIAPUCK!